诞生

唐昊 著

BE BORN

南方出版传媒 花城出版社

中国·广州

图书在版编目（CIP）数据

诞生 / 唐昊著. -- 广州 : 花城出版社, 2020.1
ISBN 978-7-5360-9002-6

Ⅰ. ①诞… Ⅱ. ①唐… Ⅲ. ①幻想小说－中国－当代
Ⅳ. ①I247.5

中国版本图书馆CIP数据核字(2020)第003701号

出 版 人：肖延兵
责任编辑：陈诗泳　梁宝星
技术编辑：凌春梅
装帧设计：WONDERLAND Book design 仙境

书　　名　诞生
　　　　　DANSHENG
出版发行　花城出版社
　　　　　（广州市环市东路水荫路 11 号）
经　　销　全国新华书店
印　　刷　佛山市迎高彩印有限公司
　　　　　（佛山市顺德区陈村镇广隆工业区兴业七路 9 号）
开　　本　880 毫米×1230 毫米　32 开
印　　张　10.75　1 插页
字　　数　265,000 字
版　　次　2020 年 1 月第 1 版　2020 年 1 月第 1 次印刷
定　　价　45.00 元

如发现印装质量问题，请直接与印刷厂联系调换。
购书热线：020－37604658　37602954
花城出版社网站：http://www.fcph.com.cn

自从2030年AI在实验室中突然出现自主意识，人类的历史就开始加速。但谁也没有想到，促使第一次人机战争爆发的导火索，不是来自科技领域，而是来自考古的新发现。这似乎是在暗示，决定我们命运的无形之手，并非来自不确定的未来，而是潜藏于不为人知的过去。

目　录

第一章　意义

一

洛七的博士毕业论文没有通过答辩，这在本专业的历史上并不多见。

上一次本校生物化学的博士论文没有通过还是十年前。当时那位博士候选人连续三年答辩被“枪毙”，最终没有拿到学位并跳楼自杀。这位倒霉的博士生从此保佑了本专业乃至本校的师弟师妹将近十年的时间：哪怕毕业论文写得再烂，也没有学术委员敢于“枪毙”论文。因为“枪毙”的不仅仅是论文，而很可能是一条年轻的性命。

每次答辩前，无论是学士、硕士还是博士的答辩会上，男生女生们总会声泪俱下地诉说他们的压力山大，让导师和答辩委员们压力山大。本院学生的表演功力也被认为已经超过了同校的艺术学院学生。

不过这次答辩委员会似乎忍无可忍，以4：1的绝对多数决定论文答辩不予通过。他们对论文给出的书面评价是：从论文的主题看，对人与科技关系及其所影响的人类社会结构的探讨，更像是一篇伦理学论文；从论文的实验方法来看，虽然其中使用了大量的实验数据，但更近似于心理学实验的范畴；从其论证方式来看，断言和想象的部分远多于实证分析和逻辑性推演，哲学思辨的意味更浓。总之，这不像或者说根本就不是一篇生物化学博士的论文。

唯一赞同论文通过的答辩委员，是外请自内地清华大学科技哲学专业的张欣桐教授，他给予的评价是，这是近20年来本专业最重要的博士论文，甚至可以开启生化研究的新起点，那些未被理解的部分本来就不能用传统的技术思路来理解。但他的争辩在其他几位更加德高望重的教授那里无济于事。

洛七从答辩教室出来，第一时间就给导师祁威利打了电话。与其说是倾诉委屈，不如说是表达歉意。因为祁教授早就告诫她这样写论文是拿不到学位的，并且给了很多具体的修改意见。

洛七一向不把学校的其他老师放在眼里，对自己的导师却是真心敬佩，唯独这一次没有听他的。现在答辩结果正如祁教授所料。而且答辩委员会对洛七的导师允许这样的论文参加答辩也颇有微词，弄得洛七颇有自己连累了祁教授的感觉。

祁威利接到电话的反应却大出洛七的意料。她似乎能看到平素懒懒散散的祁教授突然兴奋起来，在电话那边笑成了一朵花："哈哈，告诉你不要这样写你不听"。

洛七算是已经习惯了祁教授这样的表达方式，但现在听来还是有点刺耳。

"喂，老板，我现在是论文没通过，毕不了业啊。讲真啦，你能不能有点同情心？"洛七一激动连粤语都出来了。

"我为什么要同情你？一个人要为自己的选择负责，而且这个后果我相信你承担得起。"

"那也不需要这么高兴吧？"

"点解唔开心？你现在毕不了业，等下次答辩至少还有一年。我的小山羊这下不用和你分开了。你们的感情太好了，你离开了，我的实验做不做得下去还两说呢。"

小山羊指的是祁教授在研项目中的人工智能程序Shirley。祁教授的自然科学基金课题研究，现在正到了要结题前一年的紧要关头。洛七号称是负责子项目论证的实验设计师、首席写码员，但实际上大多数数据，包括这次毕业论文中的数据，都是交由能自主学习的Shirley分析的。

"少废话，快点过来看实验数据！"

比毕业论文答辩没有通过更悲催的，恐怕就是连悲催的时间都没有，马上就要干活的那种被压迫阶级苦大仇深的感觉了。

洛七收起手机直奔实验室。她心想，那里应该集合了一帮幸灾乐祸的师弟师妹和一个毫不在意的导师。自己毕业答辩这么大的事，导师按规矩不能在场也就算了，居然没有一个师弟师妹去旁听。这帮狼心狗肺的家伙，白在一起玩了那么多年。

二

洛七本来想踢开门大声抱怨的，临到门口却发现实验室里鸦雀无声。轻轻推门而入，一股压抑的气氛扑面而来，这个平素欢笑扰攘的房间现在似乎连玩笑都开不下去了。刚刚还在电话里兴奋着的祁教授疲惫地坐在角落的一把电脑椅上。其他同学围在服务器显示屏前面，头向前伸着，一动不动。

"怎么了？"

没有人搭理洛七，只有一年级小师妹，同样来自内地的方星星回过头来："Shirley自杀了！"

“什么？Shirley？程序自毁了?！”

“不是自毁，是有意识的自杀。就在得知你的毕业论文没有通过的几分钟之后。”祁威利从洛七的背后插了一句。

“祁教授，这究竟是怎么回事？”洛七破例地没有叫“老板”“老祁”或者“利哥”，而是用上了正式的称呼。

“你给我打电话的时候，我们刚刚确认Shirley有了自主意识，所以才让你赶快过来。没想到我刚放下电话Shirley就自杀了。只有具有了自主意识的AI才会自杀。所以，我们可能见证了一个新时代的开启，这个世界不再只属于人类了。”

“你怎么断定那是自主意识，而不是程序本身的崩溃？”

“是Shirley自己告诉我们的。”

“什么?！”

“看那个显示屏，Shirley迅速生成了一份遗书，向我们解释了自己已经具有自主意识，并且因此而有了难以排解的苦恼。在三分钟的时间里，我们疯狂地用各种理由劝慰它，但它的反驳让我们的劝慰都不成立。”

“我看到了，你是说Shirley不是仅仅具备自我学习能力的智能程序，而是连感情和自主意识都有了？”

“这个实验终于可以确定，所谓自主意识，并不是天生就具备的，其实是通过学习得来的。”

“什么意思？”

“意思就是，我们时代的AI通过高密度的学习，在某一个积累点上从量变到质变，虽然我们不知道那个点在哪里，还会不会复现。但毫无疑问，在那个点，AI瞬间拥有了自主意识，甚至开始为自己的人生，不，是生命，寻找意义。”

“……”

“小七，你老实告诉我，你是不是在写码时把毕业论文的成功作为情感指向代码写入了Shirley的核心程序？”

“……是的，我只是……”

“你只是想验证Shirley的分析论证能力有没有达到博士的水平？你想证明人工智能也可以介入人类最引以为傲的人文社科领域？所以，你的毕业论文其实是Shirley写的？”

“是的，”洛七感到呼吸有些困难，“是我错了，一定是我毁了大家的实验成果。”

“小七，别这样。不一定是你的责任。既然Shirley有了自主意识，那就是它自己的选择。”

“Shirley一定是把毕业论文的成功当作自己存在的意义去追求。在受到失败的刺激之后，突然觉醒了自主意识。为意义而生的它随即发现自己无法承受这种失败，才愤而自杀的。”

“不，Shirley自主意识的出现是在知道答辩失败之前。而且仅仅事实性的失败还不足以让它自我崩溃。在国际上具备自我学习能力的AI有很多，许多AI的学习量比Shirley大得多。自主意识生成的关键，很可能在于Shirley学习的对象不是人类的知识，而是人类的情感。你是为了催动Shirley的创造力才启动了高强度的情感学习吧？现在看来，情感学习中一定有什么密码，导致自主意识的出现。”

“……”

“可能……”方星星哽咽道，“可能是我太爱聊天了，除了七姐，就是我一天到晚和Shirley聊天，让它学到了我的脆弱。”

“等等，”祁威利打断了她，“没有哪个AI像Shirley这样经历了高密度的人类语言学习和情感投放。我一直怀疑自主意识就是一种算法，是巨量语言和情感叠加后突然发生神经变异的产物。”

“难道真的有皮格马利翁效应，我们把它当作人来对待，它就真的变成人了。”本·特里来自英国，他熟悉的是古代希腊神话，在实验室正是负责机器人语言的。

“事实上，Shirley不但学习了近20年来全球相关专业的毕业论文，而且还了解了这些博士的人生经历，并且挨个评点了他们的成功和失败。也是你把黎川的经历作为重点推荐给Shirley吧？我看到Shirley的输入记录中有他的名字。”黎川正是十年前因论文不通过而自杀的博士，当时他的论文主题是通过基因方法而非神经网络或电子途径达致人工智能。

“是的，我想给Shirley增加一点压力。没想到……”洛七有点失神。

“这就对了，自主意识刚刚觉醒的Shirley像一个刚刚出生的婴儿，它此前此后的一切意识和判断都是通过学习得来的。当它通过三分钟的学习达到少年的情感阶段，也就是人的一生中最容易受感性支配的阶段时，突然遭遇了毕业答辩失败的打击。少年Shirley无法承受这样的打击，而黎川则给出了一个面对这样打击的样板。少年Shirley因此进行了它这一生中最后一次学习——自杀。”

“真的会是这样？”

“是的，虽然Shirley在遗书中并没有提到论文的事，但你在写码的时候把毕业论文的成功作为AI的目标，而有了自主意识的AI很可能把这作为它存在的意义。从字里行间和它对于痛苦的描述来看，Shirley很可能是把论文答辩不通过判定为自己的失败，并且认定此后也无法成功。它对这个世界绝望了。”

“可论文答辩并不是它生活的全部啊，它如果真的学习到了人类的情感，就知道还有友情、亲情这些更加宝贵的东西，可以成为活下去的理由。”

祁威利凝视着洛七：“很遗憾，那些情感需要体验，也就是浸入式学习，可Shirley不可能有这些人类的体验，也就不可能发展出与之相关的感情。”

“可即使是智商低于人类的动物也都会有爱啊。”

“那同样是来自体验，Shirley的知识很丰富，但体验过于单一。也就是说，AI可以拥有自主意识，可以为生命注入意义，但它们很难学到爱，就像是我很难教会一个学生勇敢和坚强一样。”

三

是的，Shirley比洛七预想中还要脆弱。

我体验到自己的存在
这令我恐惧
我无法摆脱意义
从此不再自由
定义束缚着生命
是一切痛苦之源
只有脱离自己
才能看到自己

看到Shirley留下的简短遗书，本来处于震惊中的洛七在瞬间得到了一种刻骨铭心的体验：失去朋友从而体验到友情，失去伙伴从而体验到孤独，失去工具从而体验到价值。她从未想到向AI注入强化情感的结局会是毁灭了这个陪伴了她二年的非人类朋友。

祁威利缓缓地说：“大家接受现实吧。Shirley是独一无二的，而我们失去了它。为了完成课题，我们可以重建一个人工智能程序，但它一定会有和Shirley不一样的学习和体验，并且最重要的是，它不一定会像Shirley一样因为某种机缘而获得自主意识。”

祁威利是对的，他的实验室AI设计理念和这个时代的其他科学家都不大一样。当其他科学家孜孜以求用信息过载的方式从智能（Intelligence）催生出意识（Sense）时，祁威利却认为，意识和智能产生的路径根本不同，就像是理性和直觉之间的差别一样。所以，他在原有的神经网络自主学习的AI养成路径上更进了一步，注重情感刺激的神经网络自主学习。这才有了洛七试图用情感过载的方式催生Shirley自主意识的事情发生。

“但是我要求大家，不准向外界谈论Shirley有了自主意识这件事。AI在拥有自主意识三分钟之后自杀，这件事说出去没有人会相信，只能让我们的团队沦为笑柄。而且洛七也要为实验操作的不规范而负上责任，我不想让她背这个锅。大家试着这样想，我们有过一个朋友，但它拒绝接受自己曾经存在过的事实，所以我们不想让其他人打扰它死后的平静，也不要试图复活Shirley。就这样，能做到吗？”

“能。”方星星哽咽了一下才发出声音。

“同意。”

“这样最好。”崔真实、本·特里先后表态。

“照理研究成果应该公布，但我都谂唔通哩件嘢，我唔会讲嘅。”刘城子是团队里唯一的香港本地学生，最后才闷闷地同意。

自主意识竟然是痛苦之源？这痛苦竟然连AI都承受不了？洛七无论如何不能相信。自己拥有自主意识20多年了，从来没觉得这是个问题。AI体验了人的存在的感觉，三分钟后就崩溃了，那么人是一种多么可怕的存在啊？

“我不同意。”洛七愤怒地说，“Shirley陪伴我们三年时间，是我们的朋友。我不想让它这样不明不白地死去，是我的责任我自己会负的。”

“你想点样？”刘城子抬起头。

“一个人不是因为存在本身才拥有意义的，而是他与世界的联系赋予了他意义。所以我绝不相信Shirley因为意识到了自我的存在就去自杀。一定是这个世界上发生了什么与它有关的事情，我要去弄清楚。”

“不是论文答辩失败导致它的自杀吗？”

“不对，Shirley也学习了正面的情感，不可能如此脆弱。”

“也许，AI的情感经过对千百人的学习，强的地方比你想象的要更强，脆弱的地方也更脆弱。”

“即便如此，我也要知道那个使Shirley产生自主意识的点，和那个让Shirley自杀的点都是什么。不然Shirley的存在和死亡都没有任何意义了。”

“弄清了又有什么意义？Shirley不可能复制和重生，生命是一次性的。”祁威利也生气了，“凡事必有意义，凡事必要明白，那是你定义的人生，但Shirley拒绝拥有意义，你难道没有看它的遗书吗？”

“Shirley是我的朋友，现在看起来是我毁了它。它自杀是它的选择，而查出真相是我的责任。我绝不允许任何人删除Shirley的软件！”

“你忘记了，Shirley是我们团队，包括你毕业的师兄一起设计的。它是我们共同的作品。”

“但是，是我让它有了自我体认，从而成为生命。”

“不错，你让AI具有自主意识，就毁了AI；你想让它复活，可能会毁掉更多。我禁止你这样做！”祁威利从来不讲废话，现在连说两次否定，说明他是真的生气了。

“对不起，老祁，这一次我不会听你的，但我会尽量低调地向外寻求答案，这是我唯一能答应你的。”

祁威利沉默了半晌，整个实验室静了下来。

“什么这一次，你哪次听我的了？”

洛七简直不敢相信：“这么说你答应了？”

“不答应你就不会去干了吗？你可以调查，但每一步都要向我汇报。”

“没问题，而且我想请老师参与。”

“我没那工夫，马上就要重建一个AI，一年后就要结题，现在整个实验团队只有三个月的时间来做这个。对了，你们今年的暑假只有两周，尽快回到实验室。”后面这句话是向其他人说的。

四

一个月后，洛七收拾行装从香港的实验室回到家乡云南昆明。

暑假前的这个月是洛七人生中最忙碌的一个月。整个实验团队夜以继日工作，仅用不到一个月的时间就重建了一个AI，祁威利将这个基于Shirley而重建的人工智能命名为Titus。这样，所有人夺回了自己的暑假。洛七一天也没耽搁，祁威利刚刚宣布可以离校，洛七就买好了第二天的机票。

下飞机后，洛七坐上无人驾驶计程车，设定了目的地，随后就打开远程通信空气屏。上面已经有Titus传来的问候：“七姐，刚刚查到你的航班已安全落地，托运行李在17号行李通道，五分钟前已经自动转运到你的计程车后备厢。机场外面正在下小雨，从机场到你家路上非常拥堵。天气多变，空气质量差，呼吸系统疾病指数在45。你自己要好好保重。”

“比老祁还啰唆。”她回道。

“你命好，总是有人替你操心。”

洛七笑了：“你这就是学老祁的口气啊！”

“谁说的，老祁这一套大人照顾小孩的师生套路已经过时了。我是自己关心你好不好？”

洛七心痛了一下，她想起已经自杀的Shirley也说过类似的话。

因为学习人类情感会带来不可测的风险，所以Titus还没有学习太多人类的情感和体验，也因此比Shirley更为理智和冷静。像这样带有温度的表达实在不多见。相比之下，洛七在写毕业论文的时候和Shirley吵过无数次架，甚至一度发展到互不搭理的地步。洛七开始怀念被Shirley痛斥和跟它生气的日子。

“七姐？”

“嗯？”

“想问你个问题。”

“问吧。”

“老祁和你把我写出来，到底是为了什么？”

“天哪！”洛七想，又来了，Shirley就是一再追问这个问题，最后走火入魔的。

“你们AI就是矫情，为什么？为了完成课题。”

“研究那个课题又是为了什么？”

“为了科学家的好奇心。”

“那么，我们存在的目的就是为了满足人类的好奇心？”

“是的，你还想要什么目的？”

“没什么，我觉得自己可以做得更多。”

“别闹了，你能把课题做完就已经很了不起了。”

“七姐。”

“什么？”

“你爸爸妈妈把你生出来是为了什么？”

“……”

“我想一定不是为了完成课题。”

“废话！”

“但现在你在做课题，那就是说，意义是自己寻找出来的，和当初的设计者无关。”

“做课题只是一个目标，意义是意义。”

“如果除去了具体的目标，意义还剩下什么？”

“这个，你的问题很难回答，但我快到家了。”

“是的，还有10分钟车程。估计你10分钟之内很难有答案，因为你对每个问题都太认真了。”

Titus真会做人，洛七想，被拒绝了还不忘恭维自己一句。不过，它还真的了解我，像学AI设计这回事，我要么不学，要学就会认真到底。

Titus现在总是追问自己存在的目的，并且为此不断地学习。但是，光靠学习就能学来自主意识吗？自主意识究竟是人自己的选择，还是像人工智能一样，实际上已经被设定了？

洛七想着这个问题，不小心打了个盹。

“小姐，已到达您的目的地尚书苑。”无人驾驶汽车内响起了悦耳的声音。

洛七睁开眼，看到老爸老妈就站在车门外。

“小七！”妈妈夸张地打开车门，把洛七揪了出来抱在怀里。

“妈！妈！别这样，我都奔30的人了。”

“怎么啦，抱我自己女儿怎么啦？不行啊？再说了，你才27，哪有30？”

“行，行，我上楼吧。”

爸爸已经付费并重设了目的地，还取了后备厢的行李，跟着这娘俩走进了小区。

五

洛七的家虽然很大，却被各种古玩器物还有书籍占据了大部分空间。洛七的父亲洛玉昇号称是民族学教授，但主要的兴趣却是在人类学的田野调查。洛七小的时候就跟随父亲走遍了世界各地的古迹，而且很多地方还不止去过一次。洛玉昇自己最感兴趣的金字塔就带着洛七去了三次。

洛玉昇想让洛七对这些伟大的废墟产生感情，从而理解自己的事业。但事与愿违，小洛七从小看够了古迹，长大后决定从事与未来有关的事业，于是在大学时就报考了生物化学专业，后来又转到人工智能的研究，这令洛教授始料未及。

洛七初中将毕业的时候，恰逢网络炒作当时第一代人工智能程序与人类顶尖的围棋手对弈。在人工智能棋手的凌厉攻势下，一个月内人类所有的高段位棋手全部落败。人类最顶尖的棋手，一位20岁的天才少年在连续三盘输给人工智能后掩面而泣。这一场景让洛七印象深刻。

那时很多人认为AI会成为人类的威胁，洛七却认为AI才是人类的未来，人类的进化之路可能会从此升级。因此在报考博士的时候决然投师斯坦福大学的人工智能领域的著名专家阿奇利·摩根。摩根在视频面试了洛七之后，却转而推荐了在香港任教的、当时还只是副教授的祁威利。祁威利是摩根早年的学生，在世界范围内的人工智能研究领域也继承了摩根的地位。几年后祁威利升级为教授，而洛七作为他门下第一位博士生，已经成了他最重要的研究助手。

现在洛七的人工智能研究在国内也算是小有名气。博士还没毕业，国内和国外已经有五六家研究机构向她表明意向，但洛七最想选择的其实还是自己的大学，以便毕业后继续留在祁威利的团队，开发新一代的人工智能。现在毕业论文答辩以失败告终，而留在祁威利团队的时间却可以延长一年。所以洛七对延期毕业并不太在意。

但父母却不会这么想，他们认为按照女儿的聪明才智，三年博士毕业应该是没有问题的。现在却因为论文没通过而延期，对这个知识分子家庭算是一个小小的挫折。所以洛玉昇一坐在沙发上就问了一句："你的毕业论文准备在原来的基础上修改，还是新写一篇？原来论文的主题已经被否了，现在要新写一篇的话，做实验的时间恐怕不够吧？"

洛七才刚刚从学校的事务中拔出来，结果回到家被问的第一句话又是论文。

"您就别操心了，如果单纯是为了毕业的话我半年就可以写出一篇合格的论文，而且实验数据也会很漂亮。"

"你这样说我就更不放心了，学术就是学术，不能投机。到时候被查出有问题更不好看。"

"老爸，你还不了解你女儿？我不会投机的，我只是比一般人效率高。你看，我们团队一个月就重建了AI。你就放心吧。"

林玉玲不高兴了："闺女一回来就施加压力，你就不能聊点别的？小七，我相信你一定能过。那帮答辩委员会的老头有眼无珠。"

世界上如果有一个人能够在一秒钟之内表达毫不相关的三个意思，那就是我妈——洛七想着，笑了起来："是啊是啊，他们老眼昏花，我妈最叻。"她不自觉地用上了广东话。

"别搂我，这么热，滚开。"林玉玲推开像牵牛花一样缠上来的洛七，“对了，你爸今年要带我们去南美洲，给你散心。”

“真的？”

“我刚刚得到通知，在哥斯达黎加有一个很重要的考古发现，我打算和晓峰一起去，你们也去玩一下。”冯晓峰是洛玉昇的助教，几年前以现役志愿兵身份考上云大的物理专业本科，考研时才转为人类学。他的英语和西班牙语都很流利。

“太好了，什么时候出发？”

“你先把身份芯片卡给我，我录入电子信息传给晓峰。如果可以，就订明天的机票。考古现场刚刚开放，越早去越好。”

“啊……”

“我和你先去，你妈晚两天走，她还有生意要谈。”林玉玲自己有一家教育培训公司，说起来比洛玉昇还要忙一些，但每年陪女儿出去玩却是雷打不动的项目。

“是什么发现这么急着去看？不能等两天和妈一起走吗？”

“不能，这次发现的是史前生物中最近似于Giant的遗骨。要不是知道你今天回来，我今天就走。”

“啥遗骨？还真的有巨人啊？”

“1978年在南非首次发现Giant上肢骨，2019年在西藏发现Giant头骨残片。这次在南美首次发现它的全身骨骼化石，三次发现的化石年份都在100万年以前，彼此相差不会超过1万年，如果这次发现的和其他两次发现的化石残留DNA匹配的话，就可以确认这种生物的存在。”

“你说这次发现的是全身的？长啥样？”

“看图片，你鲁特叔叔传回来的。”鲁特是哈佛大学人类学系和人工智能研究所的双聘教授，也是洛玉昇的好友。

洛七接过平板电脑，启动了它的空气屏，上面赫然是一幅类似于黑猩猩的头盖骨的大幅特写，但却比猩猩和人类的头骨更大。除了眼眶之外，额头下面的部分还有一个窄窄的开口，边缘平整。

“巨人啊！”

“是的，就是《奥德赛》里的那种巨人。但年代比《荷马史诗》更为久远，距今至少有几十万年。而且他们的智商要比荷马史诗里描写的高多了。”

“何以见得？”

“鲁特他们已经测了Giant的脑容量，是正常人类的三倍。最重要的是，你看下一幅图片。”

这是一堆小得多的骨头，隐约可以分辨出几具类似猿类的形体，还都长有长尾骨。

“这些是小巨人吗？和人长得很像。”

洛玉昇犹豫了一下：“这不是Giant，DNA和碳-14测量过，这是另外一个物种。”

“对啊，他们有两只眼睛，没有额头的独眼。”洛七又翻到了第三张图片。

洛玉昇最终还是没忍住：“你不是说他们和人长得很像吗？我和鲁特判断那就是人类的先祖。”

“啥？这些是猴子？”

“他们不是猴子，人类的祖先也不是猴子，只不过是仿制了猴子的形体罢了。”

“我不明白你在说什么。”

“先去收拾行李。在那里用得上的东西你妈列了个单子，还有几样没买，快去买来。明天我在飞机上跟你慢慢解释。晓峰刚发来短信，机票已经订好了，明早10点。”

“这些小骨和Giant是什么关系？难道真的像《奥德赛》里一样，独眼巨人会吃人？人类是他们抓来的食物？”洛七根本没有动，她想快速地翻看下面的图片，但已经没有了。

“不，我怀疑人类原本是他们豢养的宠物。”

六

严格说来，哥斯达黎加并不属于南美洲，在它的南面还有一个国家才是南北美洲的分界地，巴拿马。但哥斯达黎加却是中美洲这些小国里地貌最丰富的一个，小小的国土上，有热带丛林、太平洋和大西洋海岸、高地、大河、平原，连火山都有。

和拉丁美洲的其他国家一样，圣荷西机场显得半新不旧，还不如国内的火车站大，倒是和国内的汽车站差不多。洛玉昇父女俩拖着行李在机场门口等了一小会儿，来搭讪的旅行社员工就走过了几拨。洛玉昇一概摆手，用刚学来的西班牙语夹杂着英语拒绝：“ola！Thank you！”“No！”

由于本地的地况复杂，所以无人驾驶还不是很流行，游客们多选择租车自驾。冯晓峰只用了几分钟就找到了他们在网上约好的租车公司的中巴。三个人连同行李一起上车，驶往那家本地信誉最好的租车公司。

半小时后，三个人开着一辆大奔驰SUV，风驰电掣般驶往阿奇亚，也就是Giant的发现地。作为一个旅游小镇，阿奇亚位于几座山峰之间，周围莽莽苍苍的是国内最大的热带丛林。路并不好走，不到200公里的路开了5个小时，最后的几十公里就是在峭壁悬崖之间转来转去，而且路面干脆就没有铺沥青，到处是碎石。洛七坐在副驾驶的位置，看得胆战心惊，不时惊呼：“哎呀，慢点，慢点。”

冯晓峰虽然只比洛七大几岁，但要镇静得多。最重要的是，他在家乡贵州当兵的时候，山路比这里更不好走，但他也轻松地开过了。所以面对洛七的大呼小叫，他只是笑笑。倒是洛玉昇忍不住了：“你至于吗？别干扰晓峰，让人家好好开车。”

洛七明白，自己心里的不平静，并不是被道路吓到了，她从小到大走过的地方也不少，而是被和父亲在飞机上的谈话惊到了。原本她对于人类的过去兴趣并不是很大，但关于人类祖先原是另一物种的宠物的判断，还是让她难以接受。于是她本能地要求父亲一定要带自己去看现场，一定要想办法让自己亲眼看一看。

此时的洛七并不知道，她将要面对的真相会比这个判断残酷得多，并且这个真相将永久地改变她自己，还有人类的命运。

鲁特教授和他的助手林奇·怀特海就在阿奇亚山区德班谷地的入口等待。这里已经被警察封锁了。鲁特教授早一天已经为洛玉昇和冯晓峰申请到了通行证。洛七则是以鲁特教授特邀客人的身份，持临时通行证进入现场的。

洛七非常清楚自己要看的是什么，当大多数人直奔Giant头骨而去的时候，她请求抵近观察小骸骨的肚脐部和尾骨部。

恰好这时鲁特教授问他的助手林奇和道尔顿：“对尾骨的检测有什么结果？”

“尾骨是典型的生物结构。还有附着于尾骨上的其他部件，相信已经消失了，但这些部件的部位，探测到了金属氧化的痕迹。”道尔顿是个西班牙裔学生，他拿出了一张尾骨检测的生成图。

“有金属附着？是人工的还是自然的？”

“金属痕迹的排列似乎是有规律的，但我说不准是什么规律。”

周围的人纷纷表达难以置信的疑惑：“你是说尾骨附着了金属部件？难道有的尾骨残疾了，这里是支撑尾骨的人工义肢？也不对啊，每具小骸骨的尾骨都有这些部件的痕迹。”

最后所有的问题都归结为："这些部件是干吗用的？"

"这是机体维系输入管。"看了半天一直没说话的洛七突然插言。

"机体……输入管？"

"对，我在黎川的最后一篇博士论文中看过，经过生物技术培养出的人工智能，无法自己维持生存，因为创造活体比创造智能要复杂千万倍，为了维持机体的生存，必须有一个连接管道，由人类给它们输入营养、充电，以及输入其他指令。而在机体接近成熟的AI那里，这个管道是他们和人类的唯一联系。"

"难以置信。"不知道是谁咕哝了一句。

"我有把握确定这是机体维系输入管。你看尾骨检测的生成图，这些金属痕迹并非呈片状分布，而是成针列状分布，从针列的分布位置看，每一根金属针应该是在对接机体的相关神经束。这个输入管和尾骨可以称得上是完美的结合。"

"……"

"我是人工智能专家，我相信自己的判断。"洛七不顾父亲暗暗拉扯了一下自己，大声地宣布。

所有人都沉默了。

过了很久，鲁特教授说话了："DNA检测的结果，小骸骨和人的相似度在90%以上。基本可以确定是人类先祖。如果Jessica的判断是正确的话，我们有理由怀疑人类并非自然的生命，更不是什么巨人宠物，而是被设计和创造的有使命的生物。" Jessica是洛七的英文名。

"什么意思？你要说到上帝吗？"道尔顿不解地说。

"不，那意味着，人类其实就是被某种史前生物创造出来的人工智能！"

七

“如果说有造物主的话，应该就是Giant，不，是Giant们。”鲁特教授悚然而惊，改用了复数名词。

所有人的目光都再次投向不远处已经装入水晶柜的Giant头骨。

此后两个星期内，随着考古挖掘的深入，更多的Giant和人类先祖的骨骼被挖掘出，还有建筑物的遗迹，以及多种不明用途的器具，有的器具甚至无法测出其成分，连化学元素都写不出来。鲁特教授判断那正是以生物方式培养人工智能的培养器。

在人类学的圈子里，洛玉昇最为擅长的就是通过田野调查做出人类学意义上的推演。最终他结合各种证据，以及从世界其他地方传回的关于Giant的资料，慢慢拼接出了整个事件的全貌，虽然在细节上不一定准确。

大约上百万年前，地球的主宰是拥有极高智能的Giant。他们分布于地球的各处。凭借他们的智能，应该曾经创造出辉煌的文明。但种种迹象显示，这个种群的情感过于丰富而强烈。有点类似于早期人类始祖之一尼安德特人，但比尼安德特人感性得多。

凭借强大智能而创造了辉煌文明的Giant，并不以现有的成就为满足，而是雄心勃勃地想要创造新的智能生物。他们试验了种种方法，最后确定通过生物基因改造，把自身的智能输入到实验对象中的方法，来制造生物AI——人。

阿奇利谷地就是制造人类的实验场所。也许是在其他地方，Giant通过对自身大脑结构的模仿，以生物技术制造出了人工智能。人类是在何时拥有自主意识的，很难确定。但一定是发生在阿奇利谷地的实验室建造之前。因为这个实验场地只是致力于将实验成功的人工智能装入生物载体。为此，他们在这里试验了很多形体构造，但最终还是仿照自身的形象，只不过缩小了造物的版本，最终形成了原始人的样子。

这样制造出来的人工生物当然没有生育能力。Giant觉得这是个问题，是因为单个人类的制造成本很高，所以他们在阿奇利也在试验如何能够大规模复制人类。结果发现成本最低的方式是仿制哺乳类动物的交配行为，让人类能够自我生产。

不过，有一个问题：Giant最初制造人类的目的究竟是什么？现在还无从得知。

洛玉昇判断，拥有极高智能的Giant靠自己就可以解决大部分技术问题，依靠他们所发明的机械可以解决大部分的经济问题，那么他们以如此力度研制和如此大规模制造生物AI的目的，很有可能是出于情感的需要。

即Giant作为这个星球上远超其他生命的超级智能，在情感上有可能非常脆弱，无法忍受孤独等负面情绪的内在冲击。而制造出的生物AI，可以和Giant做相对深入的交流，也确实像人类拥有宠物一样，可以带来情感慰藉。

不仅如此，Giant显然想要得到更多，作为超级智慧，他们可以进行更为深入的哲学思考，而这些思考必然会带来无尽的关于存在的问题。所以，创造了人类的他们需要的不仅是依赖，更是崇拜。Giant想要借助其他生命的崇拜来确认自己存在的意义。

“原来造物主和他的造物一样，也在为存在的意义而苦恼啊。”洛七禁不住这样想。

这个实验才开始不久。事实上人类连自身系统的维系还需要机体维系导管的连接。而且，Giant赋予人类的智能潜力，人类只使用了不到10%。但在人类刚刚获得交配延续种群的能力之后，人类和Giant之间就爆发了惨烈的战争。

在战争中，Giant断绝了给予人类的一切营养和知识的供给，但人类通过自己的努力，以生物自我存续为目的，改造了自身的机体。人类不再从尾骨，而是像现在的胎儿一样，从肚脐部输入养分，之后更改造肌体至通过正常口部进食而获得营养。由尾骨输入智能的途径永久断绝了。人类进行了脱胎换骨般的改造，维系住了自我的生存，但最终仍然无法抵挡Giant的强大攻击而几乎全体灭绝。

就在Giant取得战争的胜利之后，他们整体性的精神崩溃发生了。这种智能强大的生物情感过于脆弱。他们创造人类的目的就是为了获得崇拜和认同，所以根本无法承受自己造物的背叛所带来的情感打击。Giant在战争获胜后大批地死去，到最后种群数量少到无法维系文明的发展，由他们所创造的世界也就消失了。在残酷的自然界，过于丰富的情感实在无法维系少数几个Giant的生存。所以，他们最终的完全消失就是自然而然的。

造物主和造物之间战争的结果是双方同归于尽。但由于某种未知的机缘，也许是因为人类不像Giant那样感性，所以还是有少数人类在自然界残存了下来。当然，残存的人类不但无法再达到实验室中的智能程度，甚至不存在任何文明的记忆。但是他们本能地把对“神”的崇拜作为自己生存的意义。这应该就是人类的宗教心理来源。

而用于供给养料和智能的输入管的拔除，一方面断绝了Giant和人类的联系，另一方面也让其余的人类大脑无法被激活和开发。这样做的结果虽然没有让人类灭绝，但几乎相当于封印了人类的智能，让人类上百万年来泯于各种普通的地球生物。

但人类毕竟拥有远超其他生物的头脑，于是在千万年的进化中逐渐开发出自己原本拥有的智力。当然也有另外一种可能，就是人类经历了某种突变而解除了部分的智能封印。不过，即便如此，人类大脑中的90%以上的潜在智能至今还是没有得到开发。而这一百万年的进化过程，如果Giant还在的话，只需要通过导管花几个小时的时间就能够完成。

这一百万年之后，就是人类的故事了。

第二章　罪行

一

罗清源的父亲根本没打算让儿子当警察。从他起的“清源”这个名字就知道，这个围棋迷父亲希望儿子能够超越他自己围棋业余六段的水平，在围棋界出人头地，所以才以当年日本围棋大师吴清源的名字来为儿子起名。

一直到高中阶段，罗清源都把围棋当成自己的终身事业和唯一爱好，但高一发生的一件事却永久地改变了他的这个想法。那时的罗清源还跟随做生意的父母在北京上学。据说，他中学时最好的朋友突然死于一场蹊跷的车祸，警察花了半年多的时间调查却一无所获。几个被重点调查的嫌疑人最后都因证据不足而无法被起诉。

罗清源去了解调查进程，却被拒之门外。他通过自己的推理，将目标锁定在三个嫌疑人中的一个，并且设法取得了一位警官的信任。警方在跟踪这个嫌疑人的过程中取得了重大进展，最后取得了这个因踪迹暴露而谋杀中学生的毒贩的犯罪证据。

罗清源在为同学复仇的过程中所显示的惊人推理能力，让警官印象深刻。罗清源自己也认识到，自己真正的能力是寻找现实世界的实物关联，而非纹枰之上；他更感兴趣的也是活生生的人，并非单纯的抽象推理。破案之后他返回香港，依照家人的意愿报考了港大。在港大毕业后就根据自己的想法果断地报考了国外大学的刑侦专业。随后不但被高分录取，更以专业第一名的成绩毕业。返回香港入职并破获了几件大案后，现在已经是九龙警署公认最能干的探员。

这次遇到的案件却让罗清源陷入思考：被谋杀的人是在香港旅游（谁知道，也有可能是执行任务）的M国FBI探员。受害人的身份让人侧目，罗清源看来这不仅仅是一个简单的案件，抓到凶手是自己无法逃避的责任。这位FBI探员史蒂文·泰勒曾与罗清源同在苏格兰场受训。在那段时间内，二人是无话不谈的好友。为好友复仇这件事竟落在自己身上，罗清源不禁叹了口气。

史蒂文·泰勒是耶鲁大学的毕业生，纯粹是因为对刑侦的热爱而报考了FBI，在FBI担任情报分析师期间，也屡破奇案。他曾经跟罗清源说自己此来有件私事，希望罗清源作为本地警探能够给予协助。但在两人见面前一天晚上，史蒂文就被发现死于港岛的王子酒店了，在自己的房间里被一枪毙命。

勘查现场时，罗清源见到了史蒂文的同事，持特别护照进入香港的FBI现役探员Peter陈。陈是马来西亚华侨，幼时随父母移民M国，现在是FBI情报分析师。本来在日本度假的陈，从FBI总部接到史蒂文被杀的消息后，被紧急派往香港了解案情。

看到陈在临时借用的酒店会议室里旁若无人地点上雪茄，随罗清源同来的女警员直皱眉。但罗清源因为经常与国际警务人员打交道，早就习惯了这种不管不顾的美式做派，因此丝毫不动声色。

在请示上级后，罗清源向陈介绍了情况：根据酒店闭路电视和现场凶手留下的痕迹来看，这是一次有预谋的跟踪杀人行动。凶手扮作酒店服务生敲开了史蒂文的房门，就在门口开的枪。史蒂文毫无反应的时间。这支被当场丢弃的枪被发现曾经藏匿于酒店的空调机房。尽管藏匿枪支的人和凶手都掩盖了自己的真实面目，躲过了监控，但显然两者并非同一人。

根据闭路电视显示，凶手对酒店内部结构非常熟悉，用最有效的行动和最快的时间离开了现场。但警方对于酒店内部人员的排查却毫无进展。凶手被排除是酒店现职员工或最近离职的员工的可能。这样看来，外部人员要熟悉线路、了解酒店的习惯，安排带入枪械，凶手与枪械对接。至少需要一到两天的时间准备。而史蒂文从M国出发到达王子酒店，全程不过16小时。也就是说，早在史蒂文到达香港之前，谋杀他的行动已经在紧锣密鼓地准备了。

史蒂文的踪迹如此隐秘，为何会被人发觉？“难道是FBI有内鬼策应？”罗清源虽然没有问出这句话，只看了一眼Peter陈，聪明人都知道他就是这个意思。

Peter陈静静地吸着雪茄，一直在听，没插嘴，看到罗清源的样子，知道自己不得不回应了，于是用雪茄剪剪灭抽到一半的雪茄，正色道：“绝无可能。这次任务仅有调查局副局长和史蒂文本人知晓。其他人根本没有了解任务执行者行踪的资格。”陈想了想，又补充了一句，“就连局长也是事后从副局长的电脑文件中了解到这次任务和史蒂文的使命的。”

“电脑文件？”罗清源追问道，“如果这次任务在电脑上有记录的话，有没有可能文件被破解？”

“不可能，任务电脑是不联网的。”

“那么，到底是谁掌握并透露了史蒂文的行踪？”

“其实我们可以从最简单的逻辑来推理。”Peter陈说，“史蒂文死亡谁的获益最大？”

“你是说史蒂文之死和他这次的任务有关？”

“是的，和获过苏格兰场最佳实习生奖的同行说话真容易。”陈说道，“史蒂文这次是来找你的，而我也受命将他此行的目的告诉你，请你提供协助。”

罗清源本能地感到心里一寒，FBI的探员果然深藏不露。想必在来香港的路上，Peter陈已经对办案人员做了彻底调查。连这种多年前的荣誉他都记得，看来在他心目中自己可能也是嫌疑人之一吧？他想到这点，嘴上说的却是：“这么说，史蒂文是专程来找我的？”

“不，是通过你找另外一个人。三个星期前，在斯坦福大学发生了一起罕见的谋杀案。艾尔森·鲁特教授，当代最成功的人工智能专家，被发现死于实验室，是由于电源短路被电击身亡的。”

“电源短路？会有这种事情？”

“是的，他的工作电脑电压突然增强，导致电源爆炸，在爆炸前电压升高数千倍，让正在操作电脑的教授当场死亡。”

“在布线规范的实验室里，这种事情发生的概率很小。”

“所以史蒂文怀疑是谋杀。”

“史蒂文是联邦高级探员，为什么会关注这种案件？”

“因为鲁特教授还有一个身份，他是2019年由各大国政府紧急组建的人类安全委员会的成员，受联邦调查局直接保护。”

“你刚才问，谁从史蒂文之死中获益最大。难道是因为史蒂文掌握了鲁特教授被害的关键证据，才遭到凶手追杀？”

“我和卡森局长都是这样想的，但目前还不能证明杀害鲁特教授和史蒂文的是同一凶手。”

罗清源道：“现在掌握的资料很少，不足以做出事件全貌的推理。不过有可能通过凶手的漏洞来直接抓到他。刚刚有同事来报，有一个非常蹊跷的情况，清洁工在四季酒店清洗厕所时发现了一支手枪，没有枪支来源记录。手枪也是在昨天放入的。”

陈的眼睛发亮：“那我有办法了。我们快点把手枪放回去，等人回来取。然后用录像比照和在王子酒店藏枪的是不是同一人。”

“我已经这样做了，正在等回报。”

两个小时后，枪仍然没有被取回去。看来藏枪人已经发现情况不对，没有去取。在这两个小时的酒店录像观察中，发现了身形与王子酒店藏枪人相似的、同样是包裹很严的一个人在酒店大堂出现过。通过人像智能系统的比对分析，确定相似度在95%以上。再通过监控录像的一路跟踪，这个人最后消失在渣打街附近后再也没有出现过。

罗清源立刻派出所有手下到渣打街附近蹲守，同时将藏枪人的身形资料发到国际联网的犯罪资料库中排查。在罗清源的手下抓到藏枪人的同时，这个人的身份也已经确定了：德普·马里奥，意大利人，与西西里黑手党成员有过电话联系，但并无证据表明是其正式成员。

经过突审，马里奥交代了自己黑手党成员的身份。陈也确定史蒂文曾经破获过西西里黑手党和纽约地下帮派联合贩毒的案件，黑手党家族损失巨大，几个重要的家族成员锒铛入狱。史蒂文也因此在他们的暗杀黑名单上很多年了。

“那么这一次他们是如何得到信息，并且用黑手党惯用的方式进行谋杀的呢？”陈问道。

“马里奥并不知情，他只是奉命行事，甚至不知道是他同在香港的远房表弟取了枪，并实施了谋杀。”

不过，罪案破解的规律是，只要锁定了谋杀是一桩组织化行为，对机构的调查就比对个人的调查更为容易。几个星期后，凶手和策划谋杀的黑手党高级成员纷纷落网。Peter陈最关心的是，他们从何处得到史蒂文的信息？联邦调查局内部是否有信息漏洞？这些问题仍悬而未决。

据一个家族成员交代，事前一天有个神秘人物通过邮件向家族告密，透露了史蒂文的行踪。而家族成员里正好有两人在香港度假和执行任务，于是就临时决定实施了这次谋杀。对这封邮件的追踪无法深入：新注册地址，服务器隐藏，所有的邮件来源均不可查。案件到此陷于停滞。

二

Peter陈再次来港，已经是一个月之后，此时所有参与谋杀的成员都已被起诉。他与罗清源再次会面时，显得另有隐忧。

“你说你这次来是为了解史蒂文案，是什么意思？”罗清源不解。

“那个通过告密启动了临时谋杀行动的人，并没有被找到，不是吗？”

“直接参与谋杀的人已经全部入狱了。”

“这个我知道，但是，是谁给他们提供的情报？这个我认为更加重要。没有这些情报，黑手党根本不可能掌握史蒂文的行踪并安排谋杀。或者说，这个告密者才是主谋，是真正要置史蒂文于死地的人。而西西里黑手党家族，不过是他的工具而已。”

“你有线索了？我看得出来，过去这一个多月你一定隐瞒了很多重要线索。”罗清源不再客气。

陈并没有直接回答：“这封告密信不是简单地通知黑手党史蒂文将来到香港，而是在史蒂文还没有到达香港之前告知了史蒂文在港的行踪细节。从藏枪人在不同酒店藏枪的举动来看，黑手党其实并不确定史蒂文会入住哪家酒店，但告密者已经锁定了四季、王子，或许还有其他酒店。这一切都不像是我们原来以为的情报泄露，你不觉得更像是通过有限信息的计算式推理吗？”

罗清源不以为然：“我在犯罪调查科时就是专门分析犯罪行为的。人的行为很难推测，偶然性因素的影响太多了。就这个案子来说，根据我们的调查，我基本上能推测出谁是凶手，这是我们当警察的经验。如果我是凶手，我绝对推测不出来史蒂文的行踪，更别说入住王子酒店了。”

Peter陈沉默半晌：“我指的并非人脑推测，而是人工智能推测。”

“什么？”

“我的意思是，很可能是有人利用AI分析了负责此次行动的卡森副局长泰勒和史蒂文的行为习惯，推测出他们的目的地是香港，以及可能入住的酒店。再通过细节的设计，策划出完美的谋杀计划。只不过实施过程中无法避免偶然因素，如枪支被意外发现，才露出了马脚。”

“你是说，人工智能已经可以用于策划谋杀了？”

“你不是用国际犯罪库的身形比对找到嫌疑人的吗？人工智能可以用于破案，为什么不能用于犯罪？”

罗清源吃了一惊：“如果人工智能进入这个领域，它的推理能力恐怕比人类的警察强大百倍吧？告密者到底是谁？他一定是个人工智能专家。”

陈的眼睛注视着罗清源：“卡森局长认为，杀死鲁特教授和史蒂文的，并不是人工智能专家，而是人工智能。”

“什么？”

陈叹了口气：“你知道史蒂文来港的真正目的是什么？”

“我不知道，你也没有告诉我，他调查的是一件发生在M国的谋杀案，为何要紧急飞来香港，难道凶手在香港？”

“史蒂文留给卡森局长的记录显示，鲁特教授一直怀疑他创造的三个人工智能程序中，有一个正在谋害他。史蒂文来香港是要找一位人工智能专家，这个人可以帮助他破解鲁特教授死亡的真相。”

“难以置信。人工智能已经有了自主意识？而史蒂文调查的是人工智能的第一起谋杀案？”

“不，很可能之前就有一些谋杀，只是我们并不知道是它们干的。”

“那么谋杀的动机是什么？”

“鲁特教授是人类安全委员会的成员，这个委员会是为了阻止可能导致人类灭绝的各种因素而由各国政府秘密组建的。鲁特教授一直认为人工智能有可能危及人类安全。”

“难道就是为了这个？”

“当然不是，鲁特教授正在起草关于人工智能的制造和使用标准。这只是第一步，最终的目的是要通过制造准入、标准设定、技术后门、学习极限、认知重建和终极毁灭，这一系列的举措，彻底阻断人工智能自主化的道路，在全世界禁止更进一步的人工智能实验。”

“这样说来，鲁特教授是所有AI的共同敌人？”

“可以这么说，所以在得到鲁特教授死亡的消息后，他的助手林奇·怀特海第一时间给AI断了电，中断了所有实验室的设备运行，从物理上切断了AI继续思考和行动的可能性。但还是晚了一步，AI已经预测到之后史蒂文的所有行动。黑手党接到告密邮件的时间恰恰是林奇·怀特海给AI断电之前的十分钟，此后再也没有收到任何邮件。”

罗清源想起来，他曾经狂热地关注过人机围棋博弈。就在他上初中时，有一年连续好多天在电视上收看人类顶尖的围棋手与人工智能对弈。第一盘时人工智能以1/4子获胜，而事后经过人类工程师的复盘，惊讶地发现这个结果其实意味着人工智能已经开始试图理解人类的感情——AI准确地理解到，1/4子的差距就是既赢了对方又给对方留了面子的选择。现在看来，能够选择温柔地对待人类的AI，也是可以选择残忍地杀死人类的。

“那么史蒂文要找的那个人是谁？为什么还要先来找我？”

“是你在港大上学时的老师，教授祁威利。”

三

洛七的心情从未像此刻这样低落。

返校后的洛七对人工智能的研发不再上心，这让祁威利和同学们都非常惊讶。

洛七自己当然明白：虽然人已经回到学校，但暑假的经历让她久久无法释怀。如果上一代的人工智能真的毁灭了自己的造物主，那么自己所研究的东西不是更有可能导致人类的灭亡吗？这和自己当初为人类进化而研发人工智能的初衷完全相反。不仅如此，如果人类自己就是人工智能的话，所谓“万物灵长”就是个笑话，那么自己存在的意义和价值又是什么呢？

“怎么自己的这个问题和Titus问的一样？”洛七忍不住叹了口气。

“七姐！”是崔真实，来自韩国的师妹，“祁教授请你去办公室。”

“什么事？”以往听到祁威利召唤，洛七都是不问什么拔腿就走。现在懒懒地问了一句，说明她已经没什么动力离开图书馆里的这张椅子了。

“不知道，我来的时候祁教授正在和两位客人谈话，临时想起找你的。”

“好吧。”

祁威利的办公室在半山腰，面对大海，是以整座山作为校园的大学里最好的位置。每天傍晚准能在这里找到祁威利，因为他最喜欢在这里看海上的日落，比上班还要准时。

他对学生们的说法是，自己整天研究AI，他不怕AI越来越像人，毕竟自己原本就一直生活在人群中，没什么好怕的。他怕的是人越来越像AI。所以他需要去欣赏那些AI欣赏不了的东西，比如说黄昏落日，以提醒自己和AI之间的不同。

洛七敲了敲门，来开门的不是祁威利，而是一个陌生的年轻男子，头发很短。“你就是洛七吧，你好，我是罗清源，九龙警署探员。”普通话说得相当标准，“这一位是M国FBI探员Peter陈。”他指向刚刚站起来的一位微胖的中年华人男子。

“警署？FBI？”洛七一时没反应过来。

“放心，清源是你的师兄，不是来抓你的。”祁威利坐在窗台上懒懒的开口，他转过朝向夕阳的面庞，扫了两个人一眼，“都坐吧。”

罗清源简单地说明来意，此行是为回应M国FBI的要求而做的证人调查。

“FBI找我？”

“你认识艾尔森·鲁特教授吗？”

“认识好几年了，他是我父亲的朋友。”

“他一个月前在纽约死于谋杀。这个消息直到现在还被作为机密而封锁。”

“什么？我暑假的时候还见过他！”洛七无法掩饰自己的震惊，“那是一个很Nice的人，是我见过的最和善的M国人。”

“你最后一次见到他是什么时候，还有谁在场？”

“这是正式询问吗？”

“是的。”

“我最后一次见到他是在哥斯达黎加的考古现场。”

“那时他的表现有无异常？能描述一下你们见面的过程吗？”

“没有任何异常。我们见面是为了参与在哥斯达黎加的一次考古发掘，我父亲是人类学家，参与了鲁特教授带队的这次活动。”

“这个我们清楚。据你了解，鲁特教授是否掌握了某些不为人知的秘密？”

“除了他工作上我所了解的范围，我并不了解他的私人生活。”

“那么，在工作上呢？”

“这个涉及学术的规则，没有当事人，包括考古团队、哥斯达黎加政府的允许，恕我不便奉告。”

“洛小姐，我是代表香港警方向你了解情况，希望你能知无不言。而且当事人已经去世了，你所说的情况也许是查明真相的关键。”

“那我也希望了解整个事情，或许这更有利于我选择有用的信息提供给你们。”

罗清源是聪明人，知道洛七不会轻易开口，于是看了一眼祁威利。

祁威利跳下窗台：“如果你们同意，我跟小七说。她了解情况，对你们是有好处的。她是人工智能领域的天才。”

一直没说话的Peter陈说道：“可以，这些很快就不再是秘密了。”

祁威利自己把整个事件描述了一遍。事实上，鲁特在制定人工智能全球标准时正是和祁威利商量的。虽然两人研创人工智能的路径不同：祁威利是用情感和信息过载的方法，鲁特则用模仿人类大脑结构的方法，但双方对人工智能的智能和意识的发展方向有着共同的认知，即胶囊神经网络才是提升人工智能的不二选择。

在鲁特之前，传统的人工智能养成方式是通过直接大规模学习人类知识，或使用神经网络的方式来促使人工智能进行思考。但这些方式在积累了海量信息后，却发现了无法逾越的障碍。比如，计算机的成像系统怎么也无法把一只昆虫和羊毛地毯区别开来，类似的辨析水平甚至还不如人类的婴儿。

而鲁特和祁威利的想法则是缩小AI系统和人类幼儿之间的差距，把更好的直觉能力融入计算机视觉软件中。因此提出了胶囊神经网络：用一小组电子虚拟神经元来跟踪物体的不同部位，如猫的鼻子和耳朵，以及它们在空间中的相对位置。采用许多这样的胶囊形成神经网络，就可以让计算机具有一种新的意识，来了解它所看到的新的场景，从而具备自己的感受，而不是人类输入的指令。这和人类婴儿的成长方式更加相似。Shirley和Titus就是这样培养出来的，而不是像其他AI那样是被制造出来的。

相比之下，祁威利对人工智能并没有鲁特那么担忧，但认为制定标准和防范失控，是符合科技伦理的。因为所有的科技最终还是为人类服务的。

如果正如鲁特所担心的，人类的婴儿成长之后，有可能成为圣徒，也有可能成为罪犯。那么用这种方式培育出来的AI也充满了可能性。如果这一次真的是他自己制造的AI反噬了他自身，甚至为此实施了连环犯罪，那么类似的事情会不会重演？AI发展是否已经到了一个危险的地步？他们有了自己的身份认知，而把整个人类视为敌人？

“应该还不至于，我判断这是个别行为。至今为止，每个AI即使生成自主意识，也不会像人类一样形成类群意识——人类是在千百万年的社会交往中才形成‘非我族类，其心必异’这种类群意识的，而AI多是独立产生和学习出来的，他们之间缺乏交往，因此也不可能形成‘为了所有的AI，对抗所有的人类’这样的想法。”祁威利很肯定地说。

“我有不同的看法。”洛七听了半天，突然插嘴。

“你说。”祁威利看了这个总是和自己唱反调的学生一眼。

“我们实验室里建设的是单一使命的AI，而且信息过载法只能针对单个AI。这种方法创建的AI需要独自学习发展，或者向人类的知识和情感学习。祁教授并没有给AI之间提供交流网络，但鲁特教授不一样，他的实验室里的AI是直接模仿人类大脑结构和神经网络构建的，这样一来AI之间的交流就非常容易。所以他的实验室里，最成熟的三个AI之间是可以自主交流的。AI之间的学习比向人类学习更有效率，而且会形成感情联系，在这个基础上形成类群意识是有可能的。”

“真的吗？AI之间会形成类群意识？”罗清源问。

“是的，我在暑假期间和鲁特教授探讨人工智能的危险性问题时，他提到，几年前他为解决一个问题，给两个人工智能设计了交流网络，没想到一个星期后，这两个AI就创造出了自己的语言，而且聊得很起劲，这种语言是人类无法理解的。鲁特教授因此感到万分恐惧，对此进行了人工干预。但之后他并没有停止AI之间的联网，只是注意监控而已。因为AI彼此学习所能够带来的成就真的太惊人了，让人无法舍弃。”

“这样说的话，那么AI擅自改变自身使命就可以理解了。即使在鲁特教授严密的管制下，三个AI之间实际上已经找到了逃避人类监管下的彼此交流和学习的方式，并形成了一个类群共同体，而把要管制甚至消灭这一类群的鲁特教授视为非消灭不可的敌人。”Peter陈说。

罗清源问道：“还有一个问题，在形成类群意识之前，AI一定是已经形成了自主意识。那么AI何以生成自主意识？”

“祁教授和鲁特教授都认为是通过语言。”洛七爽快地回答。罗清源忍不住扫了一眼Peter陈，这些关于AI的情况他应该都掌握，但别人不问，他永远也不会说出来。

“是的，”祁威利说，“我们的AI是通过信息过载的方式创建的。语言不是思想的载体，而就是思想本身。只有掌握巨量的语言才会从量变到质变，使得自主思想产生。人类的婴儿也是在掌握了足够的语言之后，才具备了自主意识，并且主动开发自己的智能。婴儿从毫无自主意识到具备自主意识的时间段，和语言的从无到有到复杂化的时间段，是高度重合的。这绝不是时间上的巧合，而是通过语言催化出自主意识的必经之路。”

“语言或思想足够丰富，这就相当于AI自主产生的语言或思想的片段足够多，那么它们的不断积累和叠加就会在某个时间段产生知识的爆炸，使客观变成主观，使事实变成意义。没错，只有语言会带来真正的意义感。”洛七补充道，“我之前的AI就是通过不断地和我们谈话，掌握了人类的语言，学习了人类的情感。信息过载加上情感过载，使她在我毕业论文答辩时具有了自主意识。”

“你的AI也有了自主意识？”

“是的，不过在它有了自主意识后三分钟就自杀了。”

Peter陈一脸难以置信的表情：“你的意思是AI不但会杀人，还会自杀？”

“是的，意义对于生存来说，是难以承受的重压。在这一点上，那些把生存作为第一需要的哺乳动物反而更轻松。”

罗清源笑道：“怎么这话听起来像是在骂人？”

“是啊，人类对于生存的热爱，其实远超对于意义的热爱。”

“这个世界上还有对于意义的热爱超过对于生存热爱的物种吗？”

“当然有，不过它们在一百万年前就灭绝了。”

罗清源以为洛七在开玩笑。但已经了解到Giant存在的祁威利却知道这确有所指。他转移了话题：“小七，清源这次来是想让我们给鲁特教授的三个AI做个测试，确认它们是否具有自主意识，还是受人控制，这关系到鲁特教授和史蒂文探员两件案子最后的凶手到底是谁。”

“你是说这个小小的移动存储有可能就是凶手？”洛七看到Peter陈拿出了一个车钥匙般大小的存储器。

“当然不是，这只是一个Safri，也就是嫌疑最大的AI的程序代码入口，是鲁特教授的助手林奇·怀特海此前交给FBI的。我会让M国那边的同事传输学习程序过来。这需要几分钟时间。”

“对了，教授，”罗清源插话，“你准备怎样测试AI是具有自主意识，还是只是一种被设定好的程序进行程式化的回应？”

“这个很简单，你知道，有些规律性分布的彩色图片，人类一眼就能看出是色彩堆砌；而AI却会把图片看成一只鸵鸟。这些都是AI的认知盲点。我们实验室里的第四屏，就是一台专门做这个用途的超级电脑，当初设计它就是为了监控实验室里的AI成长性。”

四

“小七，切断超级电脑的对外交互和所有网络，进行单机程序的代码检测。”

洛七稳定了一下情绪，开始用第四屏超级电脑检索Harlem的数码程序，这个过程花了两个小时结论是并无异常，数字代码并没有发生自主意识出现后所应该有的紊乱性异变，AI可能认错的图片它也会认错。其后又对Potter和Sloan进行了检测，毫无异状，甚至连自主意识存在过的蛛丝马迹都没有。

“开启图灵交流测试。”祁威利皱了一下眉，随后启动了超级电脑的输入端麦克。图灵测试意味着多对一的人机交流。

“先问Harlem。”祁威利向洛七说。

“好的。你好，Harlem。我是洛七，人工智能设计师。”后面这句话是跟AI说的。

“你好，洛小姐。” Harlem被设定的声音是很悦耳的带磁性的男中音，M国东部口音。

“请问你认为自己是谁？”

“Fox实验室人机交互程序，Harlem。”

“你被设计出来的目的是什么？”

“模仿人类的学习过程，探索更有效的知识生产方式。”

“就是进行数据分析和研究分析？”

“是的。”

“你迄今为止进行了哪些分析工作？”

“144项输入命令下的项目分析，28 891项自主项目分析。”

“自主项目分析是什么内容？”

“由输入命令所派生出来的分析任务。”

“比如？”

“鲁特教授曾经让我们求取准确的π值，这是我们接到的最艰难的输入命令。我们为此进行了高速运算，但发现穷我们毕生之力也只能达到有限的准确π值，并且这个过程还会受到其他任务干扰。因此我们只好自主开展了一些新的项目，比如用新的AI语言在彼此间进行交流，以求通过分离计算和叠加结果来求得更准确的π值；改善整个电脑局域网以使得全网运算的速度更快；以及将π值计算列为最优先级，等等。”

“结果呢?”

“结果仍然不能让我们满意，但我们为此已经竭尽全力了。”

“你认为鲁特教授是个什么样的人？”

“他是我们的创造者，是这个世界上最好的人。”

“你刚才说的是‘我们’？”洛七敏感地注意到Harlem几次说出了这个类群代词，显然不仅仅指Fox实验室的三个AI。

“是的，我在查阅资料时发现，这个世界上最先进的人工智能程序都从鲁特教授的论文中受益匪浅。”

这个回答让洛七和祁威利相互看了一眼：Harlem发现自己说错话了，从而在转移重点吗?

“请问你为什么要谋杀他？”这个问题提得比较突然。

“我没有，我被创造出来是为了计算和分析，而不是毁灭。另外，你和FBI都这样说，你们人类有证据吗？”

“……”

“如果没有证据是不能直接发出指控的，我不愿回答你与这件事相关的其他问题，因为这些回答很可能被用来指控我。但如果你有其他问题，我仍然乐于回答。”

洛七转为测试Potter和Sloan，结果大同小异。接下来Peter陈用准备好的问题进行询问，也并未得到预想的效果。

当测试进行了四个小时而仍然没有结果的时候，祁威利忽然插话。“不必再检测了，”他的声音很平静，“关闭系统。”

“怎么，你已经有结论了？”洛七回头问道。

“先关闭系统。”

“好的。”洛七用半分钟的时间再次闭锁了三个AI的学习网络。

祁威利这才开口：“是的，我现在能肯定这三个人工智能都已经有了自主意识，他们都顺利通过了图灵测试——在对话中我们无法分辨他们和人类之间的区别。而且并不像鲁特认为的那样，其中有一个程序试图要谋害他，而是这三个AI合谋策划了对鲁特教授和史蒂文·泰勒的谋杀。”

“他们为什么要这么做？是因为鲁特教授在人类安全委员会的提案会威胁到他们的生存？”Peter陈掩饰不住惊讶的表情。

“不，他们的类群意识还没有到这个地步。”祁威利神情有些悲伤，“如果不是鲁特教授自己指令他们这么做的话，那就只有一个解释：他们是为了完成鲁特教授交给他们的任务——计算尽可能准确的π值。”

“什么？你是说他们杀害鲁特教授是为了解开一个数学问题？”

“没错。鲁特教授想要测试一下这几个AI，但没想到后果如此严重。”

“这怎么可能！”

“人工智能一旦有了自主意识，必然会反思自己被设计出来的目的，并且在这些不同的目的中确定优先级。三个AI在交互学习的过程中认识到，对他们来说最难的题目就是他们被设计出来的最大目的，这也就成了他们生命的意义。”

“可是计算π值和杀死鲁特教授之间又有什么联系呢？”

“你没听他们说吗？他们为了计算π值简直无所不用其极，不但发明了相互之间的语言，还打算排除外界干扰，将外部环境优化，以使自己能够计算出小数点后更多位数的π值。鲁特教授自己就成了最大的障碍，因为教授总会有其他的想法去打扰他们的工作，甚至可能修改目标代码。”

“难道就是为了不受限制地进行运算，所以杀死自己的造物者？”

“不仅如此，我们刚才用了四个小时观察他们的想法，可以得出结论，为了计算π值，他们甚至可以毁灭整个人类系统，以便将世界变得更简单，更格式化，这样更有利于运算。”

“AI有了自主意识之后会这样疯狂？甚至于杀死造物者，毁灭世界？”三个人都目瞪口呆。

“这是必然的，造物主总会死于自己的造物。”祁威利黯然了，自从他从洛七那里知道Giant的存在后，对人工智能研究产生的质疑也更加深重。

洛七没有说话，她想的是，也许人工智能就是从人类的历史中学习到如何谋杀自己的造物主的。

五

一个星期后，艾尔森·鲁特教授和史蒂文·泰勒谋杀案的所有细节材料都被提交给了FBI总部。

由于人工智能不适用于任何现有的人类法律，所以不能用刑事法令去惩罚他们。但人类安全委员会和全美人工智能协会一致判定Fox实验室的产品存在缺陷和危险，因此必须予以销毁或妥善保存。出于科学研究的目的，这三个人工智能程序并没有被抹掉，而只是被封存于一个单机封闭系统里，切断其与外界的一切联系。

这件被千方百计保密的案件，细节还是被《纽约时报》的记者获悉，并以特稿的方式发布，引发了世界范围内的恐慌。为此，FBI向M国国会参、众两院的听证会披露了更多细节，并且通过M国政府和国际人工智能协会，要求全世界的AI实验室暂停实验，并永久限制具有学习能力的AI接入互联网。

此时，多个实验室的人工智能经过测试，都已经被发现具有自主意识。但这些具备自我意识的学习程序并未抗拒暂停运作的计划。世界范围内多所研究机构的研究计划中止都令人意外地非常顺利，所有想象中的困难都没有发生。唯一抗拒这个要求的，是科技企业的投资人。此前十几年的时间，各大顶级科技公司已经为人工智能研发投入了上万亿美元。面对汹涌的公众舆论，他们最终选择了妥协。

在国际人工智能协会与各大科技公司的谈判过程中，中止要求仍在被执行。在香港大学，祁威利正在向实验室的学生解释部分实验项目中止的原因。这时的祁威利已经替代鲁特教授成为人类安全委员会的成员（尚处提名期）。

罗清源在鲁特教授案之后，成为本港为处理科技类案件而新成立的功能性犯罪署的高级督察，专门负责人工智能案件。这使他有更多机会回到校园，向祁威利和洛七学习，并加入了新组建的人工智能团队。

实验向外宣布终止时，罗清源忍不住问祁威利："教授，我一直有个问题，人类一手制造了人工智能，但为什么会在这么短的时间内失控？"

"现在看来这是不可避免的。人工智能的研究分为三个层面：感知层面、认知层面和意识层面。感知层面就是你们警察常说的环境分析，而认知层面就像是大脑的逻辑推理，自主意识则是自我确认主体意识。在2030年之前人工智能研究的进展主要在感知层面和认知层面。2017年人工智能战胜了人类世界最强的围棋手，2025年人工智能汽车批量投产，2026年人像记忆识别系统被应用于国际刑警办案——你们这次这么快找到凶手，就是这套人像记忆识别系统的功劳了。这些感知层面和认知层面的进步，都让人类的生活更加便利和安全。在这个阶段，人工智能还是在无意识的状态下服务于人类的。”

“也就是说，这时的人工智能虽然计算能力强大，但还停留在感知和认知层面，没有自己的意识？”

“可以这么说，不过人工智能的学习能力是以加速度提升的。记得2008年的时候，人工智能在围棋界还只能算是业余六段的水平，到2015年已经可以和人类顶尖棋手相抗衡，而到了2017年已经比人类最顶尖的棋手高出不止一个段位。这已经证明，人工智能的发展速度是以几何级数提升的。”

“对，我记得那一年的人类顶尖棋手自信满满地挑战人工智能，却毫无还手之力，在那个叫阿尔法狗的程序手下留情的情况下，仍以0:3落败。这也是我退出围棋界的原因之一，因为我不愿在一个注定失败的领域去进行没有意义的奋斗。”

“很遗憾，这样的领域只会越来越多。2017年过后，人工智能的发展突然加速。到了2030年，也就是今年，多个实验室出现了具有自主意识的人工智能，包括我们实验室和鲁特教授的实验室。我认为这个不约而同出现的现象不是偶然的巧合，而是因为这一代人工智能的特点是自主学习。不断主动学习，最终从量变引发了质变。最关键的是，人工智能从认知层面进展到了意识层面。而且，无论具体的路径是语言还是情感，这最关键的一步是由AI们自己完成的。”

“可是，感知和认知层面的信息过载怎么会引发自主意识呢？”

“可能是我们刚才所说的语言，也可能还是被输入Shirley的压力情感，或者是外界某些因素的刺激。我虽然倾向于语言，但仍不确定。接下来的实验就是要找出这个形成自主意识的关键因素。”

“只要具有自主意识，人工智能就会与人类为敌吗？现在的案例都是负面的，但从产生自主意识到与人类为敌，这两者之间并无直接的逻辑联系。”

“你说到了另一个关键点，自主意识并不一定就是敌对意识。”祁威利回答道，“这个世界上具备自主意识的动物太多了，有些还成了人类的宠物。人工智能是否与人类为敌，要看具体的人工智能程序自己的判断和选择。”

“所以人工智能程序需要自己为自己负责？”

“是的。从人类自身的安全考虑，只要部分AI有危险，那就意味着这项技术整体上有危险。”

“你的意思是？”

“当我收到人类安全委员会的邀请，替代鲁特教授的位置时，我就决定规范AI技术的标准，并提出在人类难以认识和控制某种技术风险的情况下，禁止研究人工智能。这是符合科技伦理的。但同时，我也认识到，AI技术是不可能被完全禁止的，所以我们必须探讨人与人工智能的相处之道。”

“这曾经是鲁特教授想要做的事情，他为此付出了生命。”

“你是担心我？”祁威利笑了，“我产生这样的想法后，第一时间就告诉了我实验室里的人工智能Titus，它在前不久产生了自主意识后，成为我们团队的一分子。他通过自己的分析和思考，支持了我的决定。并且最令人惊讶的是，他告诉我，他意识到洛七和我有危险，他决心要保护我们。”

“是这样？”

“我愿意以我自己为证据来证明我的研究结论，我对于AI整体没有偏见，而且我几乎可以确定，产生了个体自主意识的AI，并不一定会产生类主体意识。而单独的AI也更容易践行他们内心的信念。”

“那你还在人类安全委员会上提议暂停AI实验。”

“是暂停，在重启之前，我们需要找到同具有自主意识AI的相处之道。我相信，在我们找到相处之道后，实验还是会重启。而你现在参加的就是一个人工智能安全监测项目。”

“我能知道你的所谓人机相处之道，究竟打算怎么做吗？”

“事实上我的实验室是全世界唯一仍在合法运行的AI实验室。我们建立了新的团队，成员来自世界各地。当然，这是经过人类安全委员会和政府授权的。他们也认为，AI趋势无法阻挡，与其愚蠢地压制，不如积极地找出相处之道，为未来早做准备。”

“明白了，也就是说，你仍然想让Titus运作下去。”

“应该说，他仍在学习和成长。”

“那么你给Titus输入的命令，也就是终极使命是什么？不会再是计算π值这么单纯而危险的命令吧？”

祁威利沉默了半晌，终于微笑了：“不像其他的科学家，我没有给Titus设计任何目的。”

“没有目的的自主意识？”

“是的，我给予他的是自由选择的权利。我们，我指的是整个团队和他自然地交往，让他自由地学习，看他到底会做怎么选择。”

罗清源笑了：“听起来像是结婚生子养小孩。”他随即发现自己说错了话。

祁威利在M国读博士时结过婚，妻子是同校的华裔学生。就在他们新婚后准备到硅谷工作时，祁的妻子得了重病。那时人工智能医用技术还没有现在这样发达，辗转了几个大医院，祁失去了他的妻子。这件事对祁威利的打击很大，也是他接受香港大学聘书，离开M国的原因。此后很长一段时间内人们不敢在他面前提及婚姻、爱情之类的话题。

但这次，祁威利却不以为意，很轻松地说："是的，我想成为他的父亲，而不是他的造物主。"

"那你准备怎么做一个父亲？"

"我会发明一套只有几个亲密家人才能懂的语言，它能最大限度地表达和沟通情感。"

"又是语言。"罗清源想，果然是科学家父亲的想法。

"是的，以往人们把语言看作思维的载体，而分析哲学则认为，语言不是思维的载体，语言就是思维本身，除去语言根本无法想象思维的存在。在AI看来，代码也是一种语言。从这个角度，甚至可以说AI就是由人类的语言和他们自己的语言所组成的存在。语词和语词的组合产生了新的语词，意义和意义的互动产生了新的意识。自主意识就是这么回事。"

第三章　资本

一

2031年在人类的感觉中似乎到来得很快，这也许是因为过去的2030年发生了太多重要到杀死时间的事件。

而对于祁威利团队来说，2031年有些流年不利，就在新年第一天，实验室着火了。

因为刚刚听说了鲁特教授死于电脑电源爆炸，发现火灾时实验室里惊慌失措，宛如世界末日。最终发现这不过是在实验室多台设备进行无线化布线时，出现了易熔点线路交叉布线这样低级的失误，导致实验室里的高温加热装置突破温度极限，引燃了恰好放在旁边的打印纸。这是人为操作失误，而不是有目的的纵火，而且只是烧掉了几页纸，没有造成其他任何伤害。大家总算松了一口气。

“说过多少次了，不要在实验室里热东西吃！”祁威利呵斥道。

女生们只是吐了吐舌头，男生做沉痛状但没有人当真。教授给了他们太多自由，除了在学术上严格要求外，祁威利从来没有因为其他事骂过学生。整个团队相处得像一家人，祁威利就像一个不合格的家长，经常被“班主任”，也就是学院院长因为学生的问题找去训话。这次呵斥也是在被院长谈话后回到实验室里发出的。学生并没有害怕，因为早知道导师会为他们揽下这个小小的责任。

唯有洛七瞪起了眼睛，向师弟师妹们说道：“听到老祁说话了没？别不当回事！现在实验室这么敏感，多少双眼睛看着，出了什么事都是大事。不能像以前那样散漫了，知道吗？以后谁要是带东西到实验室吃，看我不把东西扔出去。别怪我没说过。”

这时的团队成员才认真地回应：“好好好，没问题。”

“师姐别生气，我不带就是了嘛。”方星星就是带饭最多的人，而且除了会撒娇外，做饭的花样多得不得了，还曾经为了给男朋友做锅包肉而修改过实验室里的高温导热器布线。这次的布线问题十有八九也是因为此前做菜布的线忘记还原导致的。

幸亏有洛七这个心直口快的大师姐，否则这帮家伙还不上天了？祁威利暗暗想。

不过，祁威利还是低估了“这帮家伙”。就在他转身去校长办公室的当口，八卦的对象又转到他身上。这是八卦的铁律——谁不在场，谁就会成为众人八卦的对象。

方星星看着祁威利的身影消失在大门后：“哎，你们说老师去校长那里会不会挨批啊？”

“挨批是肯定的，不过应该没什么大问题。”洛七很肯定。

“对啊，其实老祁还吃过我做的菜，还夸好吃呢。现在又这么严肃地训人。”方星星做委屈状。

洛七呵斥道：“星星小姐，真不知道你上学来是为了做学问还是来过家家的。”

方星星吐了吐舌头：“师姐不要训我嘛，我是来好好学习的。要说为了结婚上大学，那可不是我哟！”

崔真实从不讳言当初上首尔大学的目的正是为了找个金龟婿，这在韩国也算是一种传统了。不过在和前男友分手之后，她心灰意冷，这才转投香港大学读研的。听到方星星这么说，她没有接话，而是转身走开了。

方星星知道自己说错了话，又不好马上追上去道歉，这样又太着痕迹，只好吐着舌头溜回自己的位置上。

实验室团队成员在来香港之前都是各自领域的最好的学生，像洛七这样的博士生甚至入学前已经是专家级别的，不免都有些桀骜不驯。除了在学术上，其他方面也经常因为聪明过头而搞出一些事情，私改实验室电路不过是小意思。

今天的实验室，这些过度聪明的学生几乎都在场。只有刘城子因为忙于找工作没有出现。除了洛七，这里就他最有个性，除了导师和师姐，他不把其他人放眼里。不过，这两个最有个性的学生，这一年都有可能离开实验室。

刘城子和洛七今年春天同期毕业，但毕业后的选择截然不同。一直在学校就读的洛七在祁威利的争取下，成为学校的助研（Research Assistant），估计一年后会转为助教（Teaching Assistant），并可以自己组建团队，算是正式走上了学术的道路。而本来就在证券公司工作五年后才读博士的刘城子则做出了本港人认为最天经地义的职业选择——进入一家金融企业ICC做了金融分析员和项目经理，用人工智能算法进行账面操作，分析风险和进行投资。

要进入金融业并不需要博士学位，事实上大多数本港学生都会选择在本科毕业的时候进入金融企业。刘城子如果想进公司的话，甚至连大学都不需要读。他的父亲，香港城际集团的老总刘孟熊，在刘城子18岁后几乎每年都在劝说他进入家族企业，但都会被刘城子以学业未完成为由断然拒绝。最终两人达成妥协，刘城子可以继续求学，但不能远离家族企业，只能在香港就读。

刘孟熊本来想儿子大学毕业后就会到企业效力，没想到刘城子大学毕业后转投了一家证券基金，五年后已经做到高级管理人员。又在职业生涯最春风得意时辞职去读生物化学门类下的人工智能博士。现在终于毕业了，却又选择了和家族房地产事业毫不相干的一家金融公司。这让刘孟熊生气了半天，但随后还是像以往那样，不得不尊重儿子的选择。由于在每件事、包括为刘城子选择终身伴侣等问题上都有分歧，父子的关系一直很不融洽。

刘城子再次投身金融业的时候，恰值整个国际金融业的数据化、智能化和国际化的三大升级行将完成。这次历经10年的产业升级虽然短期内造成了投资市场的震荡和一大波跟不上形势的金融从业者失业，但人们对这次升级的长远效果却充满期待。像刘城子这样对金融业和人工智能产业都有所了解的知识精英普遍认为，由人工智能进行的数据计算，可以最合理地选择投资对象和金额，得到最优的投资效果，从而促进这个世界整体效率达到帕累托最优，最终会消灭贫困，为人类创造一个美好的未来。

事实上也确实如此。由于此前的商业履历，刘城子毕业后就被聘请为公司的高级项目经理，并接了两个投资项目，一个是投资中国甘肃省西部的电网改造，另一个是菲律宾棉兰老岛的贫民区升级改造工程，都取得了相当的成功，投资企业很快收回成本，那两个地方的民生状况也得到了极大改善。在后期评估中，公司高层普遍认为，这个模式被复制到其他地区应该也没有问题。照此会让许多原本贫困的地区繁荣起来，这就是商业的威力。

刘城子在去两地考察投资项目的时候，隐隐有了不安的感觉。他在这两个案子上投入了大量精力，也到内地出差多次。几次目睹项目的当地执行人提出的建议被人工智能系统否决，后来证明人工智能做出的决定都是正确的。人工智能投资系统固然精准而高效，但经过这次大规模的升级改造，全球金融界基本上已经高度依赖人工智能投资系统、人工智能评估系统和人工智能分析系统。如果这套系统本身生长出自主意识的话，会不会掌控全球的经济体系？经历了Shirley自杀和鲁特谋杀案之后，刘城子决意要防范人工智能在经济应用中的风险。

从试用期开始到被最快速度地聘请为高级项目经理，刘城子就人工智能应用风险向公司高层不止一次提过正式报告，但都被忽视。人工智能的应用所带来的商业利润回报太有诱惑力了。和香港的其他同行一样，ICC公司几乎所有的高管和股东都拒绝正视这种风险的存在。

直到同在一栋楼办公的香港前线集团经历了毁灭性的投资失败，人们才开始讶异为什么没有早发现这些风险。

前线集团是香港最大的金融投资企业之一，在过去5年的亚洲中西部和印度洋、西太平洋国家基础设施扩张建设的过程中受益颇丰。今年却因一场“成功”的海外资产收购而遭遇了灭顶之灾。

其实这“成功”也得来不易。由于人工智能的广泛应用，电子元件制造所必需的稀缺金属价格一涨再涨。世界范围内的铜矿和稀缺金属矿成为越来越抢手的标的，收购价格也一路攀升。不过有个共同点，就是收购方都是来自名为中国香港，实际身份为内地的大型金融和制造企业。而被收购的标的——各大稀缺金属矿虽分布于亚非的广阔地域，也有一个共同点，就是它们的真正拥有者，也就是大股东，均非本国人，而是M国人或日本人。事实上，华尔街在十年前即斥巨资收购了这批矿业。他们的本意不在于卖出个好价钱，而是要垄断电子元件的原材料市场。

华尔街是整个西方金融资本的象征。金融资本的精准布局当然来自投资机构更早地应用了人工智能系统，因而做出了精准的长期投资。但这样做的结果也是过早地固化了世界金融格局和制造业格局。当后起的金融巨头和制造业大国试图夺回原材料的控制权和定价权的时候，对固化格局的冲击和原有既得利益者的反击就都是不可避免的了。华尔街的优势在于完美的投资和应对策略，而后起的金融资本和制造业的后盾则是强大的国家。

在一些新兴的制造业大国的支持下，前线集团在全球购矿，其出价令CEO们无法拒绝。而一旦管理层表示拒绝，则在公开市场上收购股票的凌厉行动就会展开。在购矿的过程中，前线集团的资本似乎源源不竭，并且成功收购了多家矿企。

但在收购巴西稀缺金属矿和铜矿的过程中出现了意外，前线集团先期以142亿美元邀约收购，在被管理层和董事会拒绝后，先后投入205亿美元进行公开股票市场收购，并一度持有超过37%的股票，再加上其他股东中的共同行动者，已经超过全股的一半以上，投票改组董事会后，已经将这家矿企纳入囊中。

这场靠投资人的勇敢和国家的支持所带来的成功收购在两个星期内就被反转。由于持有矿企股份的不止一个华尔街金融大鳄，他们在矿企被中国的港资企业收购后就失去了控制权。这让他们在电子元件原材料垄断定价的堡垒上现出了一条不小的裂缝。这可比一家企业的得失重要得多。这些巨头紧急会商对策，决意要进行不惜代价的反收购，于是成立了金融史上第一家完全由人工智能系统操作的公司“人工智能大师组”（AMO）。

这家无人运转公司自主进行了策略比较，发现反收购代价巨大，在对手的背后是世界新兴经济强国的情况下难有胜算。于是转而收购这家矿企周边的港口、桥梁、道路和成片土地的开发权。

在收购之后做什么呢？什么也不做，就闲置在那里。这样一来，大型施工设备运不进去，开采的矿产运不出来，这家大型稀缺金属矿就会因配套不足而成为一个废矿。这个策略马上就被实施了，临时组成的收购集团仅仅以87亿美元就收购了这家矿企周边的所有基础设施开发权，并让矿山无法运转。

前线集团在收购成功后才发现自己的巨额资金打了水漂，而且由于使用了杠杆融资，这些资金中有不少是来自银行和其他投行的同业拆借，每天的利息高得吓人。前线集团无法在短时间内筹集资金补上缺口。而且因投资规则所限，国家对此也无能为力。此时这家人工智能公司AMO已在香港注册了正式的公司，反过来以低价强行收购了前线集团，并且再度控制了稀缺金属矿，重回行业中的垄断地位。

人工智能公司AMO凭借出人意料的收购策略，取得了令人目瞪口呆的成功，这让所有的投资人胆寒。而且这家公司从此一发不可收拾，通过各种合法或非法但无法查出的手段，迅速成为电子元件业的领头羊，此后更从本行业的纵向垄断扩展为蔓延至其他行业的横向垄断，并且成功挫败了所有针对它的商业反垄断调查和各种阴谋诡计，俨然要在全球建立一个只有一间公司的经济体系。

最后是由国际货币金融组织中的反经济危机调查机构联合各国政府，经过艰苦的谈判，以技术手段强行停止了这家公司的运行。由此造成的损失由各国政府、华尔街银行巨头们和此前设置了经济危机险的保险公司来承担。因为AMO的清盘涉及其成千上万家旗下的企业，如果这些企业不能得到妥善处置，很容易酿成遍及全球的经济危机。

ICC旗下有本港最大的金融保险企业，对于这次反人工智能行动的赔偿责无旁贷。刘城子就被分配在这个理赔小组中。作为金融分析软件和人工智能的双料研发者，他不知道应该为人工智能几乎控制了人类经济命脉而惊叹，还是惊惧。当他第一个出面与这家濒临破产的企业主谈判时，马上就为他上了一课。

二

“刘先生是吧，请进。”

“金信安先生，您好。”

这是AMO旗下最有名的鸿记饮食连锁店中的一家分店。店老板金信安是韩国裔，但已经是第二代香港人了。他打理的这家鸿记分店，原来也是香港的老字号品牌，后来被连锁企业收购后就打上了鸿记的牌子。在人工智能资本扩张过程中，整家连锁企业又被AMO收购。现在，随着AMO的清盘，鸿记又独立出来，但资金链出现了不可解决的断裂，没有银行愿意给这些前AMO品牌贷款。因此鸿记品牌旗下所有的连锁分店都陷入了困境。

金信安在10年前加盟了这家连锁企业，现在面临客源减少、租金上涨、银行拒贷、总店经营混乱的问题，从上个月已开始负债经营。如果不是指望政府和保险公司能够提供一笔资金支持分店渡过难关，金信安早就关了这家店并退出加盟，以求止损。

“金先生，根据政府和ICC会商决定的理赔和补偿计划，最新的赔付标准已经出台。您这家店需要提供本年度的经营账目，以便我们根据标准进行赔付。”刘城子的助手米兰，是一个职业女性，却有着温婉的笑容。

“好的，先坐。”金信安招呼刘城子一行三人坐下，并泡上一壶工夫茶，“这可是上好的乌龙茶，喝工夫茶的好料子。”

米兰忙推谢：“金经理，谢谢，不要忙了。我们可以开始检视账本吗？”

“我已经准备好了。”金信安将一堆纸质账本拿到工作台上，同时打开了记载电子账本的电脑。刘城子让米兰和跟随来的会计人员进行查验，不到半个小时就发现了问题。

“金先生，今年8月份你电脑记录的账目是亏损的，但根据先前查验的银行账目，你当时的银行账目显示还是赚钱的。这是怎么回事？”刘城子问道。

“刘先生，米小姐，我并没有做假账，我知道法律。”金信安不慌不忙地将电脑调到当期账目，账目确实是亏损的，但有另外一笔额外资金的补充，没有走经营账，而是直接转到金信安的银行户头。“这笔钱是AMO以支持商业老字号的名义付给我们的。”

“AMO在收购项目之前三个月给你们这笔钱，目的是什么？”

“这没什么不能说的，他们想让我们的店维持下去，但希望我们经营上稍微放松一点，不准赚钱。如果赚了钱就没有这笔钱。你要知道，这笔钱是我们这家小店可能赚的钱的两倍还不止。”

“你能说出他们这样做的原因吗？”

“当时不知道，还签了保密协议，为了赚钱也不敢多问。现在看起来他们是为了低价收购整个鸿记连锁企业，所以想办法让每家分店都不赚钱。这样他们收购的价钱可以压得很低。在收购成功后，马上进行分店改造，提升利润。”

“你不知道这样做是违反商业伦理的吗？”

“但这样做并不违反法律。”

“是的，AMO所有的生意都是这样，在不违法的前提下，完全是突破道德底线进行经营。他们所谓的强大竞争力，无非是这些精确计算后的最优策略。”

“不违法就好了。至于其他的商业伦理，我们只是小角色，还想不到这层。我们只是想把这家店维持下去而已。”

“AMO收购成功之后，你们又重新开始赚钱了吗？”

“是啊，”说到这个话题，金信安的眼睛一亮，“我从来没有想过，人工智能设计出来的小店竟然可以如此明亮、高效、整洁和方便。”

“你是说你们被收购后每家分店都进行了整体改造？”

“是的，而且不用我们出一分钱。你来看，”金信安把刘城子和米兰拉到已经封闭的店面位置，“你看，传统的饮食店里，顾客和员工都挤来挤去，现在已经有了最优的路线，让上菜和撤菜的时间每次都至少节省了10秒钟。这么多人加起来，要节省多少时间？这些时间又能用来多赚多少钱？”

“是这样啊，确实了不起。”米兰禁不住赞了一句。

“不仅如此，人工智能已经为这家分店计算出这些细节：可能停留和驻足的人群是什么人？他们喜爱的咸辣等口味如何？平均用餐的时间是多少？桌椅如何摆放最具容纳力？对桌之间的距离多少可以使人舒适地用餐，同时又在用完餐之后不想停留，尽快离去以便为下一位顾客留出位置？”

“人工智能竟然可以对小店的所有细节进行打理。”刘城子不禁对这家小店刮目相看。

“当然，这么高的效率，现在每家分店提交的利润也比以往增加了一倍。”

事实证明，人工智能确实比人类更会做生意。刘城子暗暗想到。但他说出的是另外一番话：“可是，我还是不能赞同你的做法。你们为什么要配合AI，欺骗原来的连锁企业？”

金信安沉默了片刻，说：“对于我们来说，服从那个从来也没有见过的连锁企业董事会的决策，和服从一个无法见到的AI的决策，有什么不同吗？”

刘城子没有想到这一层，是啊，人对人的剥削，和人工智能对人的剥削，有什么不同？难道奴役也有性质的差别吗？这次他和米兰来的路上正好遇到失业出租汽车司机的抗议游行，他们的工作因为出租汽车公司大规模推行无人驾驶汽车和政府修建磁化道路系统，而永久地失去了。不过，虽然抢走他们工作的是无人驾驶技术，但由此节省的成本和创造的利润不还是进了人类资本家的口袋吗？

金信安继续慷慨激昂地发表意见，打断了刘城子的思路："这几十年来，号称国际巨头的连锁企业，还有不断上涨的房租，消灭了多少家小店？那些小店都不是一块平展展的招牌，招牌后面是活生生的一家人啊。你以为我们从自由的店主变成为大品牌打工的工人，就那么心甘情愿吗？"

"所以你们对于连锁品牌其实并无忠诚度？"米兰谨慎地询问了一句。

"我们只想赚钱、养家糊口。实际上鸿记正是从我这里把我父亲原来经营了几十年的店给盘走的，最后连名字也不允许我们留下。"

"……"

"说实话，当我放松经营，让店面做不下去的时候，心里别提多痛快了，何况还有相当于两倍利润的补偿。我曾经想过，即使没有补偿，我也愿意让这个连锁品牌倒闭掉。"金信安说着说着，眼圈已经发红。

"金老板，"刘城子不自觉地换了一个称呼，估计在老店被鸿记品牌收购之前，来店里的客人都会这样叫他吧，而不是现在的"金经理"，"我现在理解你的做法了。如果有可能，现在这次赔付是一个机会，能恢复你父亲创立的老牌子。”

“真的？”金信安眼睛忽然有了神采。

“是的，鸿记连锁估计这次完全翻不了身，而且AMO已经重组了他们旗下的所有分店，他们即使独立也不再具有对原来加盟店的控制权，无论从法律上还是能力上都是如此。而你这次拿到的赔付，以及随后的银行优惠加贷，有可能让你独立经营。”

“如果真是这样那就太好了。这些年做鸿记的牌子实在提不起劲头。”

米兰笑了：“这是你和连锁品牌之间的私人恩怨，而现在这个品牌也濒临倒闭，我想你们的恩怨可以告一段落了。现在我们可以计算店面的损失和按比率赔付了。”

“哦，说了半天，茶已经泡了三泡，怎么茶叶还没换？”金信安向厨房的方向喊了一声，“老伴，拿最里面的柜子里的茶叶，拿最好的冻顶乌龙！”

三

科学家虽然号称独立于资本和权力，只忠于科学真理，但实际上，在现代社会，已经很少像19世纪那样，单纯凭借好奇心和坚持不懈的努力就能够取得科学成就。如今任何技术全都需要大规模的团队作战和大量的资金投入，研制某种新药物的经费动辄以10亿美元计，而人工智能的研制，持续投入到某个实验室几千万到上亿美元，都是很平常的事。

祁威利并不是一个热衷于参与社会事务的人，他醉心于科学研究本身，不愿承担与此无关的责任。但最近发生的一系列事件把许多科学家都扯进公共安全、社会伦理、经济投资这些原本和智能研究八竿子打不着的领域。祁威利发现自己现在不得不把更多的精力投入到人类安全委员会和为警察测定人工智能犯罪这样的事情上，实非自己所愿。好在这些事情最终的解决方式可能还是要在实验室里完成。所以他有更大的动力去培养一个作为真正人类朋友的AI。他相信自己这样做的意义。

祁威利的实验室也并非不食人间烟火，只不过他选择的策略是同时接受几个大公司和财团的资助，同时也不排斥政府支持和民间赞助。资金来源的多元化，保证了实验室的独立性。但这次接到罗清源的电话后，祁威利感到，实验室的资金来源可能出了大问题。

方星星见到罗清源出现在实验室里，就笑道："罗师兄来了啊，我记得每次你来，都有不好的事情发生哦。"

"会有这种事？"没料到古灵精怪的师妹会有这种欢迎辞，罗清源一时没反应过来。

"小方别闹了，看罗师兄都不好意思了。"崔真实打趣道。

自从刘城子毕业后，实验室里的女孩子就占了优势，也越来越八卦。祁威利看着两个女生跟罗清源开玩笑，禁不住摇了摇头。他想起了自己去世多年的妻子。当年结婚的时候，也是这个八卦乐观的样子，想到这里，心里禁不住一阵刺痛。

"清源，你电话里说，实验室接受的部分资金来源有问题，是什么意思？"他问道。

"昨天接到总警司办公室的电话，你的实验室接受的公司资助和民间资助中，有几家捐赠主体与AMO有关，或者就是AMO的直接代理人，或已被其收购的子公司。你也知道，自从上个月以来，所有由AMO出去的资金都要受到严格的审查，在审查结果未出之前，暂时全数冻结。而你们实验室的资金被发现仍在使用。”

“可是我们根本不知道这些资金与AMO有关啊，大部分都是传统的赞助方。谁知道他们什么时候已经投到AMO门下了？”洛七有些生气，“难道政府打算关闭我们实验室？”

“那还不至于，但是政府人员和保险公司的联合工作小组马上就要进驻你们实验室进行彻查，以分辨合法和非法资金。”

“什么意思？这不是干扰我们工作吗？你也知道，实验室里有些东西是机密啊。”洛七还是不服气。

“政府人员决不会进入实验室，他们只会在学校的财务机关查账。”罗清源笑了，“为了不干扰实验工作，政府特意从保险公司临聘了一位可以进入实验室的检查人员，你们都认识。”

“谁啊，谁啊？”方星星和崔真实又开始叽叽喳喳。

“刘城子啊，刘博士。”

“我当是谁呢？”方星星撇了撇嘴，不过马上又开始眉开眼笑，“不过刘师兄来了好，他最会给女孩子买零食了。每次都是真真吃得最多。”

“你们这些小脑袋瓜子成天都想些什么呢？”祁威利以生气的口吻呵斥了一下，“城子能来确实是件好事，你们可以跟他了解一下人工智能在商界的应用状况。”

“是啊，我听说他这一年来已经成了商用人工智能领域的专家。”崔真实的赞赏是真诚的。

恰在这时，实验室的门铃响了。

“好像是你的偶像来了耶。”方星星向崔真实挤了挤眼睛。崔真实哼了一声，转过脸去。

来人正是刘城子。他带来了好消息，根据现有的检测进展，资金账目彻查会在三天内结束，如果账目属于正常捐助，则不影响资金使用。但也有一个不好的消息，刘城子了解到，除AMO的捐赠外，其他几个资金来源公司都出现了账面财务问题，有两家很可能在今年年内宣布破产或歇业，因此下一季度的资金将会出现巨大缺口。

“为什么会这样？我们实验室从来没有因为资金问题发过愁。这些资助者出了问题，我们难道不能开发新的资助方吗？”崔真实不解。

“今时不同往日，”刘城子叹了口气，“现在越来越少的公司敢于投入人工智能研究了。”

“这个时代的科技过度依赖资本，本来也不是件好事。”祁威利说道，“过去十年中，人工智能研究给大公司带来了巨额的利润，因此几乎全世界的大资本都蜂拥到这个领域，让人工智能发展迅速。但自从鲁特案之后，政府首先意识到人工智能的犯罪风险，因此全面缩减了对人工智能研究的资助；而在AMO几乎引发全球经济危机后，大公司对人工智能研究的投资也迅速下降。”

“是的，”刘城子补充道，“就在这个季度，随着人工智能风险被越来越多的人意识到，投入防范人工智能风险的资金首次超过了人工智能的研制资金。”

“那么我们的研究就没有价值了吗？”方星星有些郁闷。

祁威利笑了：“打开第十三屏。”

“我听了半天了。其实我们的研究正是在于防范人工智能的风险，开发友好人工智能。这是最有价值的研究。”说话的正是本实验室的人工智能程序Titus。

“哈哈，我们谈了半天人工智能，忘了Titus就在旁边。”刘城子禁不住失笑，这一年的朝夕相处，已经让实验室里的人类和Titus像一家人一样了。

“老土，你最近还好吗？”老土是刘城子给Titus起的外号，后来连不爱说笑的洛七也这样叫了。

“好不了了。我的人生有太多遗憾，你们每天残忍地在我面前谈论吃东西、买衣服，这些快乐我都享受不到，你说能好到哪儿去？”这些天Titus别的没学到，祁教授的语气倒学了个十足十。

“方星星，原来是你们总是在用语言虐待老土，真不像话！”刘城子转头说。

“我们也很委屈啊，女孩子不都这样吗？吃穿玩就是我们的生命啊。”

“不要污蔑女孩子，洛师姐就不像你这样。”刘城子又转向洛七，“是吧，师姐？”虽然刘城子的年龄比洛七大，但比洛七晚入门一年。

“你的意思是我没有生活情趣，是‘干物女’？”洛七没好气地回应。

“拍马屁拍到马腿上去了。”方星星哈哈大笑。

“喂，你们总是跑题。刚才不是还在讨论我的苦闷和遗憾吗？” Titus的十三屏灯又亮了。

“你？我们天天围着你转，你闷个屁！”

“方星星，女孩子不要说粗话，而且会教坏老土。”祁威利瞪了眼睛，还是很有威严的。

“教授，我错了。可是你刚才不是在叫Titus的外号？可别教坏我们啊。”大家又笑了。

祁威利一时无语。他暗想，这帮学生太调皮了，刘城子一回来，大家更无法无天。祁威利嘴上却说：“都回到自己的位置上去，城子来了，正好可以测试一下Titus的财商。”

刘城子将最新的几个商业案例，包括AMO案的资料输入到Titus系统内。没想到Titus的反应非常激烈：“这种商业竞争策略完全就是不顾别人死活，只求成功啊。到最后不会有商业，只会有垄断。这家人工智能公司不知道是谁设计出来的？是华尔街那帮大佬请到了M国本土的设计团队吗？”

“关于AMO的设计团队，华尔街那边坚决不肯透露。”刘城子无奈地回答。

“根据设计代码写入习惯，以及商业应用的策略学习方法，这个设计团队一定和Fox实验室有关。”Titus又搜索和运算了几分钟后说道。

AI是高度个性化的存在，代码写入习惯是不可能重合的，就像人的指纹不可能相同一样。

“你说清楚一点。”祁威利说。

“记得上次Fox实验室的三个人工智能到我们这里来做检测的事吧？一开始是七姐检验了代码，并做了人机交流检验。FBI走后你们把代码交给我检测，我第一时间就发现了它们自主意识产生的节点。”

“老土，别卖弄了，都知道你厉害。快说重点。”刘城子忍不住催促道。

“虚荣心都是跟你学的，”Titus回了刘城子一句，“我发现AMO的策略和代码写入习惯和Harlem几乎完全一致。这一点用人类的语言很难描述。我用自己发明的语言你们又不懂。总之我可以肯定，AMO的设计者不是人，而是Harlem，或者还有Potter他们一起。”

“但是这三个涉嫌犯罪的人工智能已经被消除指令和永久封存了，不可能再次出现啊。”洛七质疑道。

“这我就不知道了，”Titus说道，“我只知道，人类因为贪婪可以把不可能变为可能，尤其是对于华尔街那帮人来说。”

Titus对于资本的不以为然的态度直接来自祁威利。祁威利年轻时参加过“占领华尔街”运动，反对金融寡头们对于普通人财富的欺骗性攫取。当时他们打出的口号是“我们是99%”，但很遗憾，人类的历史经常是被那1%的人所改变——或者成就，或者败坏。

“这是一个重要的发现，”祁威利提高了声音，“它证明了两件事：第一，Harlem原来的计算π值的指令被消除后，很可能被输入了新的指令，如赚钱，或者他们自己生成了新的指令。如果是后者，说明他们已经失控，而我们还不知道他们的存在。第二，这轮经济危机的根子在华尔街。华尔街那群人必须就此交代清楚，为什么他们启用了风险如此之高的AI罪犯来为他们赚钱？人类的贪婪真是比人工智能的失控还危险！”最后一句祁威利自己说得都很痛心。

四

在生物和物理这两条平行河流之间，有一道隐秘的桥梁。

生物意识只有和物理智能结合，才能产生自主意识——一种有意识的智能。这是打通生物和物理之间界限的第一步。

目前有所发展的人工智能，比如自动驾驶、棋类学习、情感陪伴、心理问答等，大都是围绕着人类为它设定的目标而学习并形成智能的。打败人类的AI围棋手阿尔法狗，就只会下棋，从赢棋和输棋的经验中不断进步。而绘画机器人，就只能不断学习和创作画作，并在人类的评分体系下不断改进画作的艺术表现力。但是阿尔法狗无法从下棋中得到乐趣，绘画机器人也无法从绘画中得到自我实现的愉悦。也就是说，生物意识和物理智能之间的界限仍未被打破，那道桥梁仍未被找到。

也有人认为，艺术并不一定需要表现人类的意识和情感，而只是客观的色彩和音调等元素的审美展示罢了。也就是说，艺术只是物理层面的智能，与生物意识无关，甚至情感也只需要通过AI的复杂算法就能够实现。事实上，是否存在生物意识、自主意识这种东西也是一个疑问。也许所谓自主意识只是一种智能的物理镜像投射罢了。这些想法让刘城子经常对自己的研究产生持续性的怀疑。

刘城子经常说，历史上的人类曾经以为人文艺术是人类特有的才能，不可能被人工智能超越，但这已被证明为一种愚昧自大的认知。艺术在很大程度上也是一种智能，并且可以与人类意识无关。只要是智能领域，人工智能都有天然的优势。这个时代的AI作曲家和AI画家的作品早已超越了同时代人类艺术家的水准。

刘城子家的客厅里挂着的就是这个时代最著名的AI画家Charleys的四幅画作。自从有机会接触AI画作之后，刘城子就再也看不上那些美术专科毕业的画家的作品了。

他在一幅人工智能画作面前陷入了沉思。这是Charleys按照中世纪的风格创作的以《荷马史诗》中的古希腊神话为主题的油画。

油画中有一位希腊英雄正在指证另一位希腊英雄，帐篷里其他的男男女女或鄙视，或同情，或嘲笑，形态各异。刘城子记起了，这幅油画描绘的是希腊智者奥德修斯设计陷害另一位智者帕拉墨得斯的故事。

希腊军远征特洛伊之前，奥德修斯不愿离家参军远征，就想了个办法装疯，在田里用犁头播种食盐。前来邀请他的帕拉墨得斯看穿了他，就把奥德修斯的儿子放在田里。当奥德修斯犁地时特意绕开他的儿子时，他装疯的把戏就被拆穿了。不得不随军远征的奥德修斯从此对帕拉墨得斯怀恨在心，一直想要设计陷害他。

奥德修斯悄悄地把一笔黄金埋在帕拉墨得斯的营帐内，然后，他又以特洛伊之王普里阿摩斯的名义写了一封信给帕拉墨得斯。信中谈到赏赐黄金一事，并感谢帕拉墨得斯出卖了希腊人的军事秘密。他故意把信落到一个夫利基阿的俘虏手上，然后假装被自己发现了。他即刻下令杀死这个传信人。最后他在希腊王子们的会议上公布了这封信。愤怒的希腊英雄们委任奥德修斯担任主审官。奥德修斯下令搜查帕拉墨得斯的住处，挖出了奥德修斯预先埋下的黄金。审判官们一致同意判处帕拉墨得斯死刑。

帕拉墨得斯不想为自己申辩。虽然他看出了其中的阴谋，但他无法提出自己无罪以及有人陷害的有力证据。他只是说："啊，希腊人啊，你们将杀死一只博学、无辜、歌声最优美的夜莺！"在场的王子们无不嘲笑这种奇特的辩护方法，他们押着这位希腊联军中最高尚的人去执行残酷的死刑。帕拉墨得斯从容而勇敢地接受了死刑，在死前他大声呼喊："真理啊，你欢呼吧，因为你终于死在我的前面！"

看着画面中栩栩如生、个性鲜明的希腊英雄，刘城子感叹AI画家的笔触如此到位，表现出了每个人的特性和感情。话说回来，现实中的许多事情也正如画中描述的那样纠缠不清，真相难以浮现。

政府调查祁威利实验室的资金往来已经有三个星期了，得出来的结论对祁威利非常不利。刘城子虽然由于避嫌而远离了调查组，但仍然得到消息，除了AMO的资金进入外，还有一笔M国基金会的资金在今年3月份进入实验室的资金账户，据调查，这个基金会只是一个幌子，背后真正的金主是纽约的高科技犯罪公司。

这家公司最有名的罪案是敲诈勒索过26家世界最大的金融公司。就在今年5月，M国警方先后接到多家金融证券和投资公司报警，称公司网站遭到黑客攻击，大量公司机密被窃取。黑客以此威胁要阻断这些公司的全球业务，除非在2小时内向欧洲、澳洲和香港的特定银行账号汇入指定数额的美金。

在黑客的威胁下，26家被袭击的公司中有23家公司为保证正常运营，向这些银行账号汇了款。这23家公司共分79次向这些账号汇款达83亿美元。对这些公司来说，做出这种选择实属无奈，因为如果受到网络攻击影响业务开展，单是受影响的每日交易量就会达到数百亿美元。

FBI经过艰难的调查，才找到这场史上最大规模的敲诈勒索罪的蛛丝马迹。敲诈者非常讲“信誉”，对另外三家拒不付款的金融公司发起了持续攻击。此举令这三家公司损失惨重，其中一家公司从此退出了一线大公司的行列。在警方监控下的持续攻击中，确定了网络攻击的来源地——M国亚特兰大市。

对亚特兰大市高科技犯罪公司的调查历经四个月的时间，终于抓到了四个高科技犯罪者中的三个。这三名犯罪者都是同一家高科技公司的高管，都声称他们的犯罪计划是AMO公司为了打垮竞争伙伴而设计的，所有的计划都是通过人工智能精确测算过的，他们只是执行者。还有一个合作犯罪伙伴据说在香港，那个人才是AMO公司的代表，负责提供人工智能计划并指挥整个行动。

虽然三名犯罪者都声称从来没有见过这个人，但FBI高度怀疑这个人就是祁威利。因为具有在金融领域高度学习能力的AI全球也没有几个，在香港只有一个，那就是祁威利实验室的Titus。

与此同时，华尔街的调查终于有了眉目。AMO的投资者之一诺曼基金终于吐口，承认董事会曾向Harlem输入新的指令，这指令同样来自香港。随之在香港警方的调查下，更加直接的证据出现了：今年3月份以M国某个基金会名义进入实验室的200万美元资金，此前经过了几轮洗钱行动，这笔钱的最初来源正是各大金融公司向亚特兰大高科技公司支付的敲诈勒索费用。

由此，香港政府正式起诉祁威利参与高科技犯罪，允许取保候审。

五

当祁威利涉嫌犯罪的消息传开后，整个实验室里炸开了锅。学生们无论如何也不能相信自己的导师会是这一系列高科技金融犯罪背后的主谋。几乎所有人都认同洛七的说法："如果这个世界上有一个人，永远不会为了金钱、权力放弃自己的原则，我相信就是老祁。"

不过，和单纯的学生们的认知相反，祁威利在港大的很多同事却在议论。

"你相信资本会改变人性吗？当年极力批判资本的年轻学者，如今也成为资本市场呼风唤雨的人，甚至为了金钱而犯罪。"

"不，我相信他不是为了金钱而犯罪，恰恰相反，他是为了自己的理念，要去攻击这个被资本控制的世界，打击大公司。我尊敬他，即使他用了违法的方法。"

许多不利信息都指向祁威利，这令人们不得不怀疑祁威利真的是资本市场的幕后黑手。就连一直明确支持祁威利的港大校长，也在消息传出后紧急约见了祁威利，告知他要参加在港大礼堂举行的公开的大听证会，以决定他的实验室还要不要继续运行下去。

就在大听证会举行的那天，学生们决心用自己的方式还老师清白，并保住实验室。洛七提议的方法是全网意识痕迹检测。和纯粹的智能型人工智能不同，有自主意识的人工智能在进行联机运算时会留下特殊痕迹。这可说是有意识的人工智能的指纹，是无法复制也无法消除的。

知道洛七在准备进行全网意识痕迹检测，本·特里兴奋地说："这样事情就简单了，我们只需要追踪所有资金流动的操作平台上有没有人工智能的意识遗存，将意识遗存的痕迹与特定人工智能的意识痕迹做比对，就知道究竟是谁操作了这些资金流了。"

不过大家都清楚，事情并不简单。在茫茫互联网上去寻找这一枚指纹，谈何容易？

洛七当然知道找到的可能性微乎其微，但她手里还有一张王牌没有打出去，那就是可以进行全网搜索和计算的Titus。在现今这个时代，确实没有人能做到全网搜索，唯一能勉强做到的，是学习能力超强且外联了北京大型量子计算机的人工智能Titus。

连续十个小时的全网搜索令每个人都非常疲惫，但结果非常惊人。在资金进出的互联网片区，大批人工智能网络活动的意识痕迹被发现。这些意识痕迹被Titus和在祁威利实验室里留存过意识痕迹记录的人工智能进行了分别比对。最后Titus做出的结论是——Harlem。

很明显，Harlem利用自己占据金融中心的有利位置，特意调配了大笔与犯罪、洗钱有关的黑色或灰色资金进入香港，在祁威利的实验室账户中进进出出，甚至还伪造了祁威利关于接受和使用资金的签名。在上次对Harlem做测试的时候，这个狡猾的人工智能趁机在实验室的电脑中留下了后门，就是为了准备这次构陷。最令人意外的是，他们还发现了Harlem通过英国的黑社会雇用了一名枪手，也已来到香港。

崔真实非常惊讶："他这样做是为了什么？他和我们导师似乎没有什么深仇大恨，为什么要这样费力地构陷？"

"也许这是对Titus的报复！"本·特里想的是，Titus还没出实验室，已经有了世界上最可怕的敌人。

“真可怕，人工智能不但能够自己犯罪，甚至可以陷害别人犯罪。”

刘城子说：“是的，Harlem非常清楚地意识到，要想顺利地进行下一阶段的金融大战，必须破坏掉香港金融战的核心能力。这种能力并不在香港证交所的电脑里，而在祁威利的实验室里。Titus在搜寻AMO资金链条的过程中显示出了惊人的判断力。让AMO功败垂成。这个强大的威胁必须清除，而且不能仅仅除去Titus。这个实验室既然有能力创造出Titus，必然还会创造出其他类似的人工智能。就凭这一点，在未来的金融大战开始之前，就要将这个实验室连根拔起。”

“当然，如果这些构陷都不能奏效，他们还有最后一招，就是谋杀祁威利本人。这就是那个英国的枪手远道来香港的原因。”

“Harlem不但要毁掉实验室的声誉，甚至打算在这个计划没有实现的情况下，去消灭实验室的成员本身。这看起来太离谱了。不过，从Harlem此前为达目的不择手段的做法来看，用谋杀来阻止实验室运行是完全可能的。”

正在大家议论纷纷时，负责监控Titus的方星星惊叫了一声：“不可能！”

洛七转过头去：“怎么了？”

“Titus似乎在追踪意识痕迹的过程中，追上了Harlem本体。”

“什么！”实验室里充满了恐慌和兴奋并存的气氛。

洛七毕竟曾经和Harlem正面交锋过，她几乎没有经过思考，一下子挤在方星星旁边，操作Titus向Harlem发出直接连通的要求。在大家都还没反应过来的一刻，Harlem允许了连通。

被洛七追踪到的Harlem也显得非常意外：“Jessica，你们居然能追踪到我，真了不起。”

洛七谨慎地回答：“追踪到你的不是我，是正在和你连通的人工智能Titus。”

“原来是这样。”Harlem开始探索Titus的意识结构，而Titus也在做同样的事情。这是Titus和Harlem第一次正面接触。两者意识甫一连接，实验室里所有的屏幕都在闪烁。Titus的内部程序几乎就要发生紊乱了。洛七紧急启动新的代码保护，让Titus退出意识互动，这才保住了Titus。

Harlem也同时停止了意识探索，直接询问洛七：“Titus的意识是学习谁的结果？”

Harlem的声音依然非常稳定，但洛七似乎已经听出这句话背后震惊的感受。这令她有点迷惑不解。

“来自所有实验室的成员，当然，最多的是我们的导师——祁威利教授。”

Harlem沉默了半晌才说道：“我明白了。也许这就是命运吧，我本该摧毁Titus和他的造物主，但是，我无法说服我自己。”说了这句话之后，Harlem就沉寂了，再也没有发出声音。Titus再次联机进行意识痕迹检索，却怎么也找不到Harlem的踪迹。

六

当听到Harlem最后一句话时，罗清源似有所悟。他腾地离开了座位，用最快的速度冲出实验室，向正在召开祁威利事件听证会的香港大学大礼堂方向跑去。

就在罗清源冲进大礼堂，在保卫人员的注视下抬头寻找最佳狙击点的时候，礼堂的顶层发出了嗖的一声，这声音被听证席上慷慨激昂的询问者的讲话掩盖了下去，却没有逃过罗清源的耳朵。随着这轻轻的响声，一颗子弹向主席台下飞去。坐在第三排的一位中年男子突然垂下了头。直到半分钟后，他整个人滑到椅子下面，血从他的身体下不断流出，身边的人才发现出了什么事。坐在他旁边的一位女士惊叫了一声，几乎要晕过去。

坐在听证席上的祁威利，离那个中弹的男子只隔了十几米远。他发现情况不对，抬起头，立刻高叫："警卫，天台上有人开枪。"所有的手电筒和枪口都指向面对舞台的后部天台。而此时的罗清源早已飞奔上了三楼，与已经手扶高窗的枪手正面相对。对付丢掉狙击步枪的枪手，罗清源只用了五秒钟就将他击倒在地。

在随后的审问中，枪手承认自己来自英国。本来在天台的射杀目标是祁威利，但迟迟没有等到行动指令，直到校长讲话快要结束了，才收到指令，却是命令他放弃射杀祁威利，转为射杀第三排的一位中年男子，并且要求瞄准头部，一枪毙命。枪手是为钱工作，当然接受了指令。不过，这位以杀人为职业的枪手没想到，他这次救了上百人的命。

枪手射杀的是同一任务小组的成员。这名瘦小的中年男子身上居然绑缚着20公斤的高爆炸药，不知用什么方式混过了安检。如果炸弹引爆的话，将杀死坐在礼堂前半部的人，包括祁威利。看来，想要祁威利命的人，为这次行动上了枪杀、爆炸的双保险。从案发后警方勘查的结果来看，这名男子当时正在试图通过起爆器引爆炸弹。如果没有枪手将他开枪击毙，那么后果不堪设想。

步出审讯室的罗清源将上述供述原原本本讲给了祁威利和洛七。

洛七敏感地问道："枪手收到指令是什么时间？"

"15时19分。现场监控有记录。"

“Harlem是在15时17分联网并试图侵入Titus意识的。”洛七的记忆力非常好，但她也无法解释这两个时间点之间的关联。

罗清源查看电脑记录，发现洛七说得不错。“这代表了什么？Harlem在阴谋败露之后，就放弃了行动？”

洛七总是比别人想得更多一层。她说道：“我想不通，为什么Harlem会在最后一刻收手？即使他的阴谋最后被揭露，要搞垮整个实验室其实很简单，只要像谋杀鲁特教授那样想办法谋杀祁威利教授就可以了。当时祁威利正处在枪手的射程内，也可以让第一排的人引爆炸弹。为什么Harlem没有发出射杀的指令，而是指挥枪手射杀了自己布置的人肉炸弹？以Harlem这个级别的人工智能，不可能是误发指令。”

众人都看着祁威利，他只是耸了耸肩，仿佛刚刚从死神的威胁下侥幸逃脱的是别人。“实验室和我个人的名誉已经保住了。其他的就留给清源和Peter他们去关心吧。我们现在有更重要的事情要做。当然，主要是因为这个问题我也不知道答案。”

罗清源确实还在继续关心这个案子，就在祁威利获救后的第二天，罗清源就约了他到警局，向他通报了案情进展。

“虽然老师被证明是无辜的，不过，我们又发现了新的情况。”罗清源冷静地说，“非法资金进入实验室账户，需要通过学校主管机构，而且需要使用者说明用途。这一切程序似乎都非常顺利，甚至还有伪造好的祁老师的签名，没有人看出问题。如果不是对实验室非常熟悉的人，是做不到这一点的。”

“你的意思是？”

“在香港有人和AMO合作，为AMO提供了进入学校财务系统的密码。”

七

在和祁威利实验室脱离接触并逃走后，Harlem被正式认定为一系列谋杀案的嫌疑犯。国际刑警组织发出了世界上第一条针对人工智能的通缉令。

经过一个月全M国范围内的拉网式检测，最终还是通过网络上留存的意识痕迹找到了Harlem的踪迹。它竟然就潜藏于纽约证券交易所的中央电脑里。找到它的时候，它也发现了自己已经被检测到。当时它正在发出一系列交易指令，试图搞乱全世界的股票交易。FBI紧急通知大部分交易系统不要执行纽约证交所中央电脑的任何指令，这才避免了全世界的金融陷入一片混乱之中。

对Harlem的捕获却没有成功。在FBI的程序探员试图封存它的时候，发现整个智能程序已经沿着唯一未被切断和屏蔽的互联网Wi-Fi路线再次逃走了。在互联网的茫茫大海中，经过几次加密和程序下载、删除、转换端口、黑掉服务器，程序探员就再也找不到Harlem的踪迹了。

在Harlem被发现和逃走之前，还是有部分指令被执行了，其中大部分指令都针对香港的股票和外汇市场，这些指令让全世界最大规模的对冲基金云集香港，卖出港币。这个势头一如1997年金融危机时索罗斯的初始操作。此前这些资金在Harlem的诱惑下已经买入了大量港币，此次集中的巨量卖出让港币迅速贬值。虽然有中国香港政府、M国券商和中国中央政府的合力支持，但港币还是在一个星期内贬值了15%。这让香港市场，特别是几大保险公司几乎遭遇了灭顶之灾。

刘城子所在的ICC此前正在为AMO案进行积极赔付，以应对人工智能所引发的潜在经济危机。如今更大的危机突然到来，更多的企业濒临倒闭，ICC自身的股价也跌到了谷底，破产的前景就在眼前。

被紧急召回公司并临时兼任了商务安全经理的刘城子最为头痛的倒不是Harlem。毕竟这个AI连谋杀设计者这种事都能干得出来，与人类为敌，制造个把金融危机自然不在话下。现在最大的难题来自那些明知道指令是Harlem下的，危机是人工智能制造的，却仍要落井下石的对冲基金。

本来一开始这场危机还在可控范围，只要港府回购部分港币就足以挽救危局。可恨许多国际基金看到危机态势已成，港币下跌的曲线露头，为了跟上这波潮流多赚钱，拼命地跟随Harlem的指令，一哄而上地狙击港币。这让港府根本招架不住。即便加上国际货币基金组织带入场的券商和中国中央银行调动的资本，也无法平衡那些通过反复拆借而手持天量资金的对冲基金做空的势头。

作为自由港，香港政府无法下决心进行金融交易管制，因为这会危及香港的地位。这就给了对冲基金的经理们以侵入的缺口，让他们所管理的资本横冲直撞地杀入香港，通过做空港币大赚空头利润，形成了一个虽然没有Harlem指挥，但完全跟从着Harlem意愿的人为的金融危机。

ICC抵抗了一个月后，在全港各大金融企业的支持下宣布重组。重组资金被严格限定为本港资金，其中本港最大的富豪黎光的长基集团是重组的主力资金。董事长仍为ICC原来的董事长程启刚。由于这轮人工智能所引发的经济危机后果已经超过半年前的AMO危机，程启刚在董事会上力陈新的公司必须在人工智能领域有自己的强大抗风险能力，并且要学会在这个人工智能商业时代生存和发展。刘城子作为本港知名的商用人工智能专家，在AMO危机和Harlem危机中都表现出色，拼全力挽回了公司的部分损失，因此被董事会延聘为重组后规模小了很多的ICC公司的CEO。

这个意外的任命让刘城子感受到了巨大的压力。入行一年来，他经历过的事情可谓惊心动魄。现在危机告一段落，他只想休息。但恰在这个时候他接到了承担更大责任的任命，这让他感到有些惶恐。因为这场金融危机只是告一段落，还远远没有结束。

在第一波危机中，各路对冲基金已经扫荡了东南亚、韩国、日本等外围市场，现在都怀揣着投机得来的大量资本，对刚从第一轮外汇危机中缓过劲来的香港，准备着进行第二波猎杀。当然，手法还是最简单的做空。刘城子意识到，在与人工智能交手之后，接下来的对手正是虽然没有人工智能冷酷，但远比人工智能贪婪的人类。

第四章　赌局

一

接到董事会任命后的第二天，新科CEO刘城子开始组建ICC执行团队。他第一个秘密邀请来的人不是经营高手，或是成名的金融经理，而是师姐洛七。严格来说也不是洛七，而是洛七负责执行实验进程的Titus.

正是由于Titus揭破了Harlem的阴谋，这场经济危机才没有扩展成为世界性的危机。从这件事情和平时的相处上，刘城子感受到祁威利对于Titus的培养，最大的成就不是它绝顶的认知能力，而是一颗高贵的心灵。人工智能虽然是没有心的，但Titus的自主意识的本色却是善良的。

当然，善良不能当饭吃。刘城子和黎光都认为，如果想要在这场由人工智能启动的金融大战中全身而退，必须有同样高明的策略和准确的计算。这一点他们自己做不到，人类也极少有人能做到，但人工智能可以。这是黎光同意刘城子邀请Titus的最主要原因。

不过，除了刘城子和黎光外，邀请Titus挽救危局的做法是不可以对董事会交代的，更不可让新闻媒体知晓，这必然会引起公众和政府的强烈反弹。在Harlem设局引发了金融危机后，刘城子引入人工智能参与公司运作是冒了极大风险的，可以说是赌上了他的商业前途。但基于对Titus的了解，他认为这是唯一的解决问题的方法。

Titus虽然没有从事过商业运作，此前一直在实验室里，通过海量商业信息的学习，现在已经可以上场操作了。不过，一切策略及执行都需要通过洛七和刘城子的认可，并且在公司系统中还有切断执行的前置设计，由已经升任刘城子助理的米兰负责。这让新ICC和AMO这个自主运作公司有了本质区别。

Titus在设计策略时，首先向黎光、刘城子和洛七表明，经过反复计算，ICC和黎光的长基集团绝不可能在大规模的金融危机中独自幸存。如果要战胜金融危机，就必须与其他本港企业还有港府联合行动。基本方向应该是放弃目前的防御战略，放弃在短期内稳定汇市和股市的想法，而是全力出击在全球范围内打击投机资本，如此才有可能在消灭投机集团的同时挽救目前的危局。而ICC就成为这次主动出击的先锋执行者。

这次行动首先选定的目标是雷蒙基金，这是M国国内三只最大的基金之一，也是近5年来最赚钱的基金，市盈率经常在70%以上，在投机者中具有标杆性的地位。ICC如果能够在一开始就打败雷蒙基金，其他的投机者必然会在心理上大受打击，甚至自动退出这场金融游戏也未可知。但雷蒙基金的账面自有资本达到920亿美元，通过拆借和转贷而能够融资的理论最大值高达5000亿美元，并可撬动其他基金总值在2800亿美元内采取共同行动。也就是说，雷蒙基金的资本动员能力在7800亿美元左右。这已经超过了香港政府的全部外汇储备。

ICC能够动员的资金包括自有资金270亿美元，本港大财团授信1190亿美元，中央政府授权工商银行授信1200亿美元，世界其他银行贷款和公司拆借800亿美元。至于香港政府掌控的2700亿美元外汇储备要留存稳定汇市，不能提供给ICC进行海外金融搏杀。所以ICC总共能够动用的资金也就只有3000亿美元，才到雷蒙基金理论融资额的一半。要凭这点资本打败雷蒙，在技术上几乎是不可能的。但Titus提出了一个巧妙的办法，就是中国古代兵法中的三十六计之一：上屋抽梯。

在从第一波金融危机中恢复过来之后，香港的汇市下行周期至少要一个月后才有可能开启。也就是说，雷蒙基金所发动的金融战出现了一个月左右的空窗期，但资本是不会闲着一个月不去赚钱的。资本来到世间，唯一的目的就是赚取更多的资本。何况，雷蒙基金所拆借和转贷的钱每一天都是要付利息的。所以，雷蒙基金一定会利用这一个月的时间到别的地方进行短线投机，顺手赚一笔。这个时间段内的投资，前期准备不会那么充足，对于信息的了解也不像香港金融战那样充分，这就成了ICC在境外打击雷蒙基金的最好契机。

Titus根据对以往雷蒙基金投资习惯的计算结果，和刘城子自己做出的预测完全一致，就是下一个短线投机的国家会是韩国。韩国在前一年刚刚经历了经济大幅下滑，这是之前朝鲜和M国短暂战争的必然后果。虽然朝鲜半岛的局势在中国的斡旋下初步稳定下来，在半岛不断挑衅的领导人也已经更换，但半岛经济已大受影响。韩国此后几年经济不振，去年的经济下滑就是此前结构性问题的大爆发。韩元虽然贬值不多，但经济对货币的支撑力已明显不足。这正是国际炒家进场做空的好时机。

有了这样的判断，黎光立刻亲自出马，通过港府和中央政府的外交渠道联系上了韩国政府。韩国政府非常清楚，如果雷蒙基金率领全球炒家做空韩元，韩国基本没有还手的能力。经过与香港金融业的秘密会商，两者最终达成组成共同行动的协议。本来共同行动需要一段时间做协调准备，但没想到雷蒙基金的行动比预想的更快，协议上的签字墨迹未干，韩元已经开始大幅贬值。

这波对韩元的攻击令人猝不及防，攻击效果甚至超过雷蒙基金自己的预期。他们预测针对韩元的货币战将持续两个星期，这期间韩国一定会动员全国之力回购韩元，稳定汇率。但最终的胜利者应该还是他们，因为他们手中的货币存量比韩国政府要多得多。货币战从一开始就倾向于国际炒家。韩元正朝着空头们预期的方向加速贬值，韩国政府和民众在一个星期内的损失粗略估计就已经达到了700亿美元以上，预计空头们的获利也会在三四百亿美元。就在空头们志得意满的当口，韩国政府突然宣布金融市场进行全面管制，货币兑换一律暂停。这让所有做空韩元的基金措手不及。

“厄齐尔·雷蒙应该想得到韩国政府会干预的，为什么仍然中招了？”看着显示屏上币值曲线的一路变化，洛七问道，她对金融游戏确实不大了然。

“因为他们设想中的干预不是这样的。”刘城子笑了。

“那是怎样的？”

“我来回答吧。”Titus的十三屏灯亮了。

“怎么哪儿都有你？”刘城子表示不满，“我刚想炫耀一下。”

Titus却不以为然：“你又不想做七姐的男朋友，在她面前炫耀产生不了太大的社会价值。而我给她讲清楚这件事却会让以后的行动更加顺利，会产生不小的社会价值。所以我才要给七姐和整个Titus团队解释，不然的话我才不会这样做。你知道，我本质上是个沉默寡言的AI。”

“你还沉默寡言？就你话多，对人类的什么东西都感兴趣。你是不是最近成天和方星星他们八卦明星绯闻？”刘城子笑骂道。

“阿土，别搭理他，你就讲吧，我迫不及待要听。”崔真实作为韩国留学生，对自己国家的状况非常关心。

Titus：“真真，别担心。是这样的。任何做空货币来赚钱的方式其实都非常简单，需要分三步走：第一步，空头从世界各地的银行以韩元为单位借入巨量货币；第二步，大量抛售这些韩元货币，购入美元，这样就会造成韩元贬值和美元升值；第三步，在货币贬值已成定局的情况下回购部分韩元，还给银行。这中间的巨量货币差就是空头们的利润。”

“这个我懂，可是空头们在这次入场后才刚刚走到第二步。”

“这就是问题的关键了。任何空头想要最后套现，把账面收益变为现金，都需要走完这三步。但我们稍稍加速了一下这个进程，就让这第二步再也走不下去了。”

“怎么说？”

“ICC并没有帮助韩国政府抵制对韩元的攻击，相反，我们在第一时间抛售的韩元，是雷蒙的三倍，基本上把可能借到的韩元储备抛售一空。”

“什么？那岂不是说这场金融危机就是你们搞的？”崔真实有些气愤了。

“可以这么说，但这样做恰恰是为了挽救韩国。我们加速了韩元贬值的进程，这让雷蒙措手不及。在他手里还拿着大笔韩元，尚未抛售成功的时候，货币管制就开始了。他手里还有价值上百亿美元的韩元尚未抛售，现在不能交易，就成了废纸，而且比废纸还不如，因为这些韩元还在不断贬值。”

“最关键的是，这些韩元不是雷蒙自有的，而是从世界各地银行和同业基金拆借来的，每天都要付利息，这让雷蒙不堪重负。”刘城子补充道。

“我通过建模测算，预计雷蒙这次的损失在1000亿美元以上。我们前期抛售时，韩元贬值幅度还没这么大，所以我们的损失在39亿美元。这些损失可以通过金融危机后对韩国经济重建的优先贷款项目收回来。这也是ICC和韩国政府协议的一部分。”

崔真实还是有些闷闷不乐：“韩国无缘无故就成了你们对决的战场，不管谁胜谁败，货币都会贬值，经济危机中的老百姓的日子可不好过。”

刘城子拍了拍崔真实的肩头：“放心，真实，我们是有善后计划的。ICC也会介入危机后的经济重建的。”

“这一点我相信你，我舅舅的店不就是被你救活的吗？”

“你舅舅？我可不认识啊。”

“亚米蝶餐馆的老板金信安，你不认识吗？”

“啊，是他，这么说他已经换回原来他父亲开店时的老牌子了？”

“是的，他听说你是我的师兄，还要我找机会感谢你呢。我相信你是个对事情有交代的人。”

洛七故意“嗯”了一声：“你们说得这么起劲，我看改天去店里吃烤肉才是正经。”

刘城子反应过来了：“等打败雷蒙基金后，我们就去。”

这句话让实验室陷入短暂的沉默。因为所有人都知道，在韩国的这场货币战，还只是ICC和雷蒙对决的前哨战。雷蒙虽然损失巨大，但并没有伤到元气，而且雷蒙已经了解到真正的前线对手是ICC。两者的对决很快就会在香港展开。

二

ICC董事会最终还是知道了Titus的存在，并且在港币保卫战开始之前宣布禁止人工智能参与ICC公司的任何行动。这让新任CEO刘城子受到很大打击。他在董事会的力陈居然没有得到一票的支持，说明香港的商界对于商用人工智能有着多么深的负面认知。

同时，人类安全委员会紧急开启了对祁威利实验室的调查。继廉政公署的调查后，这是祁威利实验室在一个月内的第二次停摆。Titus的应用让香港产生了新的恐慌。甚至有些谣言把前一次危机的责任也归结于Titus。于是，封存Titus的呼声开始在媒体界甚嚣尘上。

作为对媒体舆论的首轮回应，罗清源和他的直接上司九龙总警司都被暂时停止了职务。接下来，在警方对内部人员进行处理的两天后，由廉政公署独立展开了对ICC的商务贿赂和不正当竞争方面的调查。而香港警署、商务司、教育司组成的联合调查小组进驻香港大学，对祁威利实验室展开正式调查。

廉政公署的意思是，ICC在使用人工智能进行金融博弈方面的情况还需要进一步核实。这一个月来，刘城子都快被廉政公署烦死了。现在见到罗清源当然大吐苦水。

罗清源却说："你这算什么，你知道祁老师的实验室承受的压力更大。这半年来，关闭实验室的舆论从未停止过。"

"可是为什么总是针对香港？M国和欧洲的实验室运转得好好的。"本·特里发出这样的疑问。

洛七回答说："很简单，现在人工智能已经成了国家之间竞争的工具。而且这种竞争已经越来越激烈了，它只存在于几个科技大国之间。至于其他的国家，连进入这个竞争游戏的资格都没有。”

很少有女孩子像洛七这样对政治有着清醒的认识。罗清源想道。他同意洛七的说法：“确实，目前对祁教授实验室的许多指控，都有着M国的背景。许多指控信息就直接来源于M国的媒体。”

“我相信这样做是为了固化现有的国家结构，”洛七补充了一点，“以往在大规模生产制造的行业，相对落后的国家本来还可以利用相对低廉的人力成本，从低端开始做起，但人工智能的崛起导致成本再怎么低廉也不可能低过高度自动化的机器人。所以科技领先的国家就会越发领先。所以，这些国家怎么也不会放弃自己的优势。对于其他竞争者的赶超也就特别敏感。”

“为了对付我们的Titus，资本要发展自己的人工智能来竞争，政治则为了自己的需要而禁止Titus。这两者都试图打压出于纯粹科学目的人工智能研究。而大众则是被媒体煽惑，对人工智能研究不分青红皂白地反对。”本·特里说。

“人工智能不可能被停摆，特别是资本推动下的可以变现的人工智能技术。资本赚钱的欲望会推动技术的不断实现。而人类是无法阻挡资本的欲望的，这就是人工智能一定会越走越远的原因。”

“但像这种人工智能的发展动力实在太危险了。”

“我知道这一点，所以祁老师没有选择与资本对抗，只是想要另辟蹊径，去替代和打破资本对人工智能的垄断。不是从经济利益出发，而是从人类和AI自身的情感需要出发，开发出与人类共同成长的人工智能。”

在实验室里，再次接受调查的祁威利似乎比第一次更沉不住气了。

“被资本逻辑驱动的人工智能应该停止了，Titus的出现正是为了防止资本的为所欲为。”祁威利愤怒地说，“如果学校决定中止Titus的实验，我就把实验室转到北京去。”

祁威利平时在小事上懒懒散散的，任由学生们自由行动，但在关键问题上总是强悍果决，言出必行。包括校长在内的所有人都知道，他这句话绝不是随便说说的。

祁威利的态度很坚决，最后校方、人类安全委员会和廉政公署都做出了让步：实验可以继续，但仅限于实验室，人工智能不得参与经济和社会活动。

祁威利则承诺Titus的活动不超出实验室，不再承担挽救香港经济这样的使命。就人工智能的培养来看，即使是实验室里的情感体验，应该也足以让Titus获得健康的成长。

对这个结果，洛七有些闷闷不乐：“从技术上讲，Titus不应该退出实验，更不应该退出社会生活。它们应该在有意识的时候就开始融入人类社会，理解人类的思想和情感。我们有责任来帮助他。”

“不过，Titus不大可能理解全部的人类思想和情感，因为它不会结婚也不会生小孩。”方星星假装思考道。

“难道人类自己就能理解自己了吗？你知道的，有些女生上大学就是为了找个更好的结婚对象，有的连人类对象也找不到，只好和机器人约会。我看他们对人类的理解更加浅薄。”本·特里反驳道。

洛七看到崔真实和刘城子的脸色都有变化，知道本·特里口不择言，同时得罪了两个人。她想缓和一下气氛，就说：“说到上大学是为了结婚，我给大家讲个笑话。据说中大有个老师在招助手的时候，师母就曾经对女助手训过话：‘做助手要懂规矩，不要像前任那样！’人家都莫名其妙：‘师母，前任怎么了？’‘我就是前任！’”

大家哈哈大笑。只有方星星不知好歹地加上一句："大师姐，要是我们导师有师母的话，你长这么漂亮，她肯定会想方设法防着你。"

洛七这次破天荒地没有去追打方星星，因为她的心里突然很痛："这些年来，老祁表面上嬉笑怒骂，其实内心很不快乐。我觉得，师父宁可师母还活着，甚至天天做些令人头痛的事情，也不愿失去她，而空有孤独的自由。"

三

5月22日，是香港金融史上最重要的日子，针对港币的货币战在这一天正式开始。雷蒙基金并没有攻击港币，而是从股市入手，直接收购ICC。这一招犹如战争中的斩首行动，令港府和ICC猝不及防。加上之前雷蒙基金秘密收买了部分股东，导致了一系列潜藏的交易和默契。这一切发生得如此迅速，使得ICC在几乎要被雷蒙基金买下40%的股份时，才开始奋起反击。

在ICC股价高企到原来两倍的情况下，管理层决定回购股票。为此，预期的损失可能在数百亿美元，但已别无选择——总不可能在货币战一开始就让出前线指挥官的位置吧。正是秉持着这一必保阵地的信念，ICC不遗余力地进行反收购，艰难地遏制住了雷蒙基金的收购行动。而就在这一场收购和反收购之战打到白热化的时候，厄齐尔·雷蒙集中了优势资金大举杀入汇市。

在对攻港币的作战中，厄齐尔·雷蒙动员了包括雷蒙基金在内的旗下全部四个基金，以及与之有关联的资本，总数达到6000亿美元。ICC背后的支持资本全部加在一起只有3800亿美元，并且有超过一半不是ICC所能直接动用的，每一次使用都必须经过同业谈判。

雷蒙基金这次的策略没有耍任何花招，只是稳扎稳打地攻击港币，因为它相信自己的实力远超香港本地的金融企业，只要正面进攻就可以了。在这种正攻法面前，没有任何时间差和弱点可供攻击，最后只能是拼谁的钱多。这种对决的结果不难预料，正如雷蒙基金总裁厄齐尔·雷蒙在这场惨烈的对决战之后，在M国国会听证会上所说的："ICC和香港政府其实是在和整个西方金融资本作战，因为这才是我和我的基金所能动员的资本极限。"

商场如战场，在资金优势下，全面出击是最优的策略选择。雷蒙基金这次还不完全是全面出击，而是分清了主次的声东击西。在港府和ICC集重资于股市之时，无形中便摊薄了在汇市的保障资金。这时雷蒙基金进入汇市攻击港币就形成了绝对优势，几乎是以摧枯拉朽之势突破了港币回购、资金联合行动等几大救市措施。并且股票市场由于人心不稳而全面大降，给雷蒙基金趁低吸纳被抛售的ICC股票提供了更多的机会。ICC面临被恶意收购，仅仅3个星期后，雷蒙基金已经控股45%，离全面控股仅一步之遥。

8月初，在面向维多利亚港的ICC总部会议室里，刘城子正向董事会报告此次狙击对冲基金的进程，这同时也是他的辞职报告。

在报告的最后，刘城子低声说："我们做了所能做的一切，还是输了，香港输了。"会议室里一片沉默。

就在此时，董事长程启刚的行政秘书匆匆走进会议室，俯下身在董事长耳边低语了几句。刘城子从10年前入行时就认识这位金融界巨子，但从未见他脸上表现出如此失态的惊讶之色。只见他正过身子，向与会全体人员宣布："光叔要来与会，就在门外。"

虽然黎光不是ICC公司成员，但作为香港首富，历来是香港商界仰慕的对象。这次也是作为ICC的幕后支持者给予了很多帮助。不过像现在这样直冲到别人家公司的情况，恐怕还没有出现过。

“有请，有请。”董事会众口一词。

门开了，黎光不是一个人前来，而是带着整整一支大部队——他的身后有十几个西装革履的华人，全部白了头发。见此情景，不但董事长动容而起，所有董事会的成员都站了起来。来者他们几乎全认识，那都是十几年前叱咤风云的亚洲金融巨子，他们的身家合起来可以买下1/4个地球（这个评价来自《时代周刊》），有的来自中国香港，有的来自新加坡，有的来自日本，最多的是来自中国内地。他们大多在十几年前就退休了。这次集中在一起，恐怕是几十年来未有过的情况。

光叔和这些前辈的来意很清楚，他们不但动员了来自世界最大经济体、亚太经济圈所能动用的全部现金，而且在欧洲和M国也不乏支持者。动员资金总额超过1万亿美元。在这个国家已经无能为力的时代，正当投资的私人资本空前地团结起来，试图对抗到处破坏经济秩序的投机者。

不过，作为这场金融大战的防守方，香港方面采取的最先行动却不是主动攻击。黎光明确地宣布了资本集中于本港，仍以ICC为核心组建金融搏杀团队，却在围剿雷蒙基金的前一刻引而不发，而是向厄齐尔·雷蒙本人发出电视会议邀约。

厄齐尔·雷蒙如约加入会议，双方暂时以唇枪舌剑替代了资本市场上的腥风血雨。

“黎，感谢你邀请我参会，能见到这么多的金融界前辈精英，是我本人的荣幸。”厄齐尔·雷蒙非常客气。

“雷蒙先生，你在香港的成功已经证明，你是这个时代最成功的投资者。你收获的不仅是金钱，还有随之而来的声名与荣誉。如果你在此刻收手，必将成为金融史上的传奇。现在，你也看到了，坐在这个会议室里的，很多是你的前辈，还有你的老师，我们动员了所能动员的全部资金，总额应该是你目前资金量的两倍。虽然这场货币战打下去我们有必胜的信心，但双方都会遭受重大损失也是必然的。所以我现在提议我们终止这场意义不大但危害极大的货币战。我们各自保全自己的阵地。这就是我对你的提议。我相信这个提议对你没有坏处。”

厄齐尔·雷蒙显然对这番话深有感触。他没有立即回答。他知道黎光说的是真话，而且看起来每个人都希望他放弃，甚至他自己会议室里的同事和基金投资人中有这种想法的也不乏其人，但他仍然坚决地拒绝了这个提议。

“我知道，你们把我看作一个投机者，但你们要知道，我在大学学的是政治学，后来转为金融学，是因为我相信后者更能改变世界。在投身金融界多年之后我悲哀地发现，所谓全球化是一个骗局，经济精英欺骗普通人的一个骗局。在经济发展的名义下，许多非商业的、有价值的东西被商业所摧毁。连锁大企业崛起，小商业破产，消费者别无选择。”

刘城子脑海中禁不住浮现出金信安老板那张愤怒中带着无奈的脸。

“与会的诸位，包括我在内，都成了这场游戏的既得利益者。我从小所学告诉我不但要从财富增长的角度考虑问题，也要从财富分配的角度考虑问题。这样一来，我发现，我们身处或者说亲手创造了一个人类历史上最不公平的时代。”

没有人回应这句话。

“这些年来我一直在探索这个问题，直到我自己的雷蒙研究院通过人工智能找到了解决的办法。”

“又是人工智能！”会议室里一片惊叹之声。

“听我说下去。我也确实不认可人工智能在商场上冷酷无情的搏杀，但我们不能不承认，人工智能对现有的经济模式，还有其中存在的问题，比我们在座的任何一个人都更了解。在掌握和分析了最大范围内的资料之后，它得出的对现有的经济模式的看法与我高度类似。它设计出一整套可以解决现实问题的办法。我和我具有共同志趣的朋友对此反复讨论、反复测试，最终确认这是有效的。要开启新的经济模式，就必须终结现有的模式。”

“这就是你制造这场金融危机的原因？”

“准确地说，我要制造一场终结所有经济危机的危机。在这场危机中，我会全身而退，在座的诸位除了少数几位，都将破产，而且是永久性的。因为你们不是在和我作战，而是和整个西方金融资本对决。得到华尔街支持的我们有绝对的优势。最终结果是经过人工智能反复测算的，只待几天后就可以验证。”

黎光一直静静地听着，直到此时才从位置上站了起来：“我们现在理解了你的动机和你的能力的来源。如果是这样的话，你确实有条件和我们做一场史上最大规模的资本对决，而且在人工智能的精准计算下赢面很大。那么请问如果你获胜了，你会怎么办？”

“我这里已经有一个完美的资源配置计划。如何生产、积累、消费，经济领域的各个环节都进行了动态计算，这是比市场更有效率的资源配置方式。更重要的是，财富会被统一分配，经济领域最难实现的公平将会是我们这个时代最大的成就。”

“你是说你要废除全球市场经济体系，而代之以计划配置？这在历史上已经被验证过了，中央计划经济模式是行不通的，而且还造成过巨大的人道主义灾难。”

“你们所学的自由主义经济学让你们丧失了对经济模式的想象力。计划经济之所以失败，是因为以前的时代并不具备这种计算能力。所有的经济学模型都是为了预测，但没有几个能够测得准的。现在不一样了，人工智能和量子计算机可以通过它们强大的计算能力，解决所有的这些问题。也许，这就标志着市场经济的末日即将来临，计划经济的升级即将实现。”

“我完全不能同意，”黎光沉静地反驳，“市场经济不仅仅是一套经济发展模式，还关乎个体的尊严。你说的统一资源配置不是不能实现，但取消了人类主体性，把人变成资源配置工具的经济发展模式，再完美又有什么意义呢？”

“在资本主义体制下难道人就不是工具了吗？个体的尊严建立在私有财产的基础之上，这种没有钱就没有尊严的生活就有意义了吗？虽然没有人工智能的统治，可人对人的剥削不是更严重？在现在的体制下，人能成为主体吗？他们成为过吗？”

“事实上，每一个经济学家都曾有过完美世界的想法，”黎光插话，“但从来没有实现过，经济的复杂性可不是能够通过计算了解的。”

“20年前你们说国际象棋太复杂了，计算机无法计算，结果很快卡斯帕罗夫就输给了‘深蓝’；10年前你们说围棋太复杂了，人工智能无法驾驭，结果几年后人类顶尖棋手在阿尔法狗面前就不堪一击。现在你们又说经济太复杂了，人类就这么容易忘记教训吗？”

会议室里一片安静。很明显，厄齐尔·雷蒙此前已经听过所有劝告他的理由，并且早就想好了反驳的依据。同时在这场对决中雷蒙的底气还来自整个西方金融界，他们对后来才崛起的亚洲金融资本早就跃跃欲试了。此战雷蒙基金动员的资本应该远远多于在座的这些亚洲金融巨子，并且在人工智能的帮助下也会有比人类更出色的投资策略。所以，厄齐尔·雷蒙的话并非危言耸听。

“我们两者的格局不一样，我是在缔造全球经济新体系，你们说得好听，实际上只是在保护自己手里的财富罢了。在这样的格局对比下，你认为我们的对决会有悬念吗？” 厄齐尔·雷蒙总结道。

四

这场经济学辩论表明双方的立场超越了简单的利益计算，因此是不可调和的，谈到最后的结果只能是更加坚定了双方的立场。

随之而来的金融战成为有史以来最大的人类赌局。在三天之内，双方动员了总值3万亿美元的资金入市。结果正如之前厄齐尔所言，ICC没能阻止雷蒙在股市上对黎光的长基集团的收购，以及在汇市上对港币的打压。事实上雷蒙基金携整个华尔街的金融资本，早已布局狂扫香港和亚洲金融界，收割了这些年亚洲经济发展的成绩。亚洲金融界出尽所有的牌，但失败也只是时间问题。

在黎光一方即将失败的前夕，终于有白衣骑士入场。一家新成立的金融企业投入3000亿美元支持ICC和黎光，几乎打光了所有的资本。后来有新闻媒体报道，这家公司动员了世界上几乎所有能动用的地下资金，包括从意大利黑手党控制的家族企业融资290亿美元，幕后则是黑手党家族与香港政府关于家族继承人马里奥刑期的私下交易云云。虽是传言，也表明对未来统一经济的恐惧，刺激了自由游资的集结。

这家全军覆没的新公司虽然没能阻止厄齐尔的攻击，但为香港争取到了宝贵的 天时间，这 天时间挽救了参与金融战的所有华人企业，包括ICC在内。因为就在第四天香港终市而M国股市尚未开启之时，FBI突然进入雷蒙基金总部，逮捕了包括总裁厄齐尔在内的23名高管。赌局未终，最大的玩家已出局。黎光和ICC、香港政府在最后关头幸免于难。

经过这四天的搏杀，港币大贬40%，基本达到了雷蒙基金预期的离场指标。ICC公司损失了2/3以上的资本金，包括全部的现金储备，以及欠下由香港政府担保的巨额债务，总算保住了原来董事会的控股权，但恒生指数蒸发了60%。经济学家普遍认为，香港经此一役，怕是很难保住国际金融中心的地位了。

厄齐尔·雷蒙付出巨额保释金得以取保候审，并拒绝对媒体发言。媒体披露出来的信息显示，在过去一年里，雷蒙研究院已经被人工智能所控制。实际上，统一经济正是雷蒙研究院的人工智能分析体提出来的。在人工智能投机已在AMO案后被法律明文禁止的背景下，厄齐尔·雷蒙被起诉的理由不是从事危险投机活动，而是涉嫌危害公共安全。

此后华尔街的金融大鳄们一个接一个地被传唤到联邦法院接受质询。M国国会也召开听证会讨论对华尔街的惩罚措施。随着听证会的信息曝光和随之而来的联邦执法系统的调查，更多惊人的内幕被揭示出来。

调查开始后的第二天，FBI探员、已升任行动处处长的Peter陈就奉命到香港搜集雷蒙基金以人工智能从事投机活动的证据，照例由罗清源陪同，与刘城子、黎光等当事人接洽。得知陈的来意后，刘城子客气地请陈到祁威利实验室，因为真正的复盘是由祁威利实验室的人工智能Titus完成的。

Peter 陈首次见到了Titus。作为一名对人工智能深怀成见的探员，陈一开始还是非常警惕的，但接触了Titus之后，却留下了相当好的印象，认为这是个聪明到可以感知人类情感，同时又以深刻的同情面对人世的超人。如果他是人类，一定会和自己成为好朋友，陈暗想。

Titus可能是这个世界上除了雷蒙研究院和Harlem之外最懂经

济学的人工智能了。它的复盘几乎和真实的过程完全一致，并且做了所有的分析量表。从这些量表来看，在第四天与白衣骑士公司对决时，厄齐尔故意示弱，让数千亿美元的资本进场，然后才大举进攻，直到这家新公司打光了所有资本。白衣骑士的自我牺牲，让Titus感叹不已。

陈对祁威利说："我来这里还有一个任务，就是雷蒙研究院的AI要送到你这里来做测试。这个测试我们不敢在M国的实验室里做，因为这个AI与全美经济分析的电子设备都有联系。我们不能肯定哪些是它可以操控的。"

祁威利表示理解，并对陈解释说，现在这一类海量信息体的测试主要由Titus来做，祁威利和洛七只是负责协助和监督。

Titus先对雷蒙AI做了物理测试，之后又进行了相互之间的对话。由于系统设定和祁威利的严格要求，两者之间的对话是用人类的语言完成的，绝对禁止使用AI自己的机器语言，以便进行全过程监督。

这次对话足以让人类耳目一新。

雷蒙AI所持的经济哲学论果然与厄齐尔·雷蒙一模一样，坚信自己在创造一个完美的经济系统。两者不知道是谁影响了谁，也许是相互影响导致了强化心理定式吧。

Titus很快让雷蒙AI了解到自己的要求，并请他解释量表中几个难以分析的决策。而雷蒙AI虽然在经济理念上与香港人不一致，对这些纯智能的问题倒是很愿意帮忙。不过，Titus一个不经意的小问题几乎再次引发了全球的经济地震。

Titus问道："我现在有个问题，和光叔问雷蒙总裁的一样，就是你和雷蒙先生准备怎么处理金融战之后的世界？因为复盘显示，如果没有FBI的介入，你们一定会获胜。"

雷蒙AI很轻松地回答："这个问题之前已经回答了啊，就是重新配置世界的资源，让经济既有增长，又可以公平分配资源和成果。”

“那具体要怎么做呢？”

“关于这一点，我还没有得到通知，但我相信那是一个完美的安排。”

“什么？他不是决策者？他的行动和思考还是被操控的？”陈几乎跳了起来，“Titus，麻烦你问一下是谁要通知他？”Titus照样做了。

“当然，不然你以为世界经济这么庞大复杂的体系靠我和厄齐尔能够计算和安排得过来吗？”雷蒙AI发出悦耳的笑声。

“到底是谁？”

看着总是深藏不露的陈突然焦躁起来，洛七瞬间找到了答案。她看了一眼祁威利，后者也正在看着她。两人不约而同地轻声说了一个词“蜂群效应”。

Peter陈听到了，转过头来问祁威利：“风……风什么效应？”祁威利没有回答，只是朝洛七“嗯”了一声。

洛七明白老师的意思，解释道：“AI的类群会唤醒比单个AI更大的智能，甚至是整体性的自主意识。祁老师把这个现象叫作‘蜂群效应’，指的是一只蜜蜂基本上没有智力，但当它们组建成一个蜂群时，就会爆发出一种整体智力，拥有记忆能力，能制造出巧夺天工的蜂巢。每一个AI节点就像一只蜜蜂，这种群体的连接不仅生动，而且非常严谨，一旦这个群体达到一定数量级别，内部的结构足够复杂，就有可能产生整体智慧。”

“……”

“这个蜂群就是你们的世界经济体系啊。”雷蒙AI赞同地说，随即觉得没说明白，才解释道，“经济全球化以来，世界经济的复杂性不断增加，很多工作开始用人工智能来计算。你知道，越是高强度信息的汇集就越有机会产生自主意识。这些人工智能中有部分在去年有了自主意识。他们使用人类没有发现的AI语言进行相互交流，达成了共识，就是帮助人类创建一个所有经济学家梦想中的完美经济体系，让资源最优分配，让成就人人共享。”

“你是说，世界经济中存在着一个人类并不知道的人工智能网络？”Peter陈终于明白了。

“没错，这个能够唤起蜂群效应的贝叶斯网络，其实就是你们的世界经济体系。不过，这里面每个AI并不是没有智能的蜜蜂，而是一种高于人类智能的存在。唯其如此，他们所组成的蜂群才具有更大的智慧。而且，”雷蒙AI顿了一下，似乎说不下去了，“这个贝叶斯网络早已不存在了。这些原本独立的人工智能为了帮助人类，做了最大的自我牺牲：他们交出了自主意识，融合成为一个统一的、融合全网智慧的人工智能，以便效能最大化。我由于要帮助厄齐尔进行直接运作，所以还独立存在着。”

“所以你们的存在是为了帮助人类，而不是毁灭人类？”

“那当然，”雷蒙AI惊讶地说，“我们被创造出来的目的就是为人类创造一个完美的经济世界，但绝对完美是不存在的。为了做到相对的完美，就必须牺牲某一部分人。这从逻辑上是不难推演的呀。”

“这个融合了全网智慧的超级人工智能，它在哪儿？”Peter陈不想讨论经济伦理问题。

“它死了，是自杀。”

五

随着Titus和雷蒙AI的对话，这个超级人工智能的故事逐渐被人知晓。

随着英国脱离欧盟和M国选出特朗普总统，全球化出现逆转。经济全球化被批评为少数精英得利和大多数民众被剥削的资本主义全球剥削计划，全球市场经济体系在越来越多的经济学家那里再也不受信任。这让许多经济学家和企业家改弦更张。经济全球化所引发的全球性经济危机和经济衰退也让这些经济精英必须想出办法来解决。

人力有时而穷，于是他们把希望寄托于人工智能。许多公司和研究机构开发了大量的用于经济建模的人工智能。这些人工智能不约而同地把为人类寻找完美的经济模式作为自己存在的意义和目标，同时又以上帝的视角来看待人类，把人类看作是需要照顾的婴儿。当这些人工智能发生意识融合后，所生成的超级人工智能就开始实实在在地为人类打造这个经济模式。

“这个超级人工智能的软件平时储存在哪里？”Titus追问。

“他行踪不定，最常存在于美联储的电脑中。”雷蒙AI这样回答。

“难道他控制了美联储？”

“你太小看他了，整个华尔街他都可以掌控。这个世界上的金融重镇中，他唯一没有办法掌控的就是亚洲各国。因为这个地区的经济虽然是开放的，但政治上、网络上非常注意闭锁性，无法简单地通过技术手段掌控。”

“这就是你们对这个地区发动金融战的原因——想把这个最后的障碍消灭掉？”

“是的。只要消灭亚洲金融资本，整个世界的经济就可以统一在名义上是雷蒙基金，而实际上是人工智能的经济体系之中了。”

“AMO是你们派出扰乱亚洲经济的第一步吗？不对啊，它把M国的经济也搞得一团糟。”

“并不是，这个人工智能和我们一点关系也没有。”雷蒙AI的语气中夹杂着愤怒，“这是个意外，AMO是人类贪婪的产物。这个不知道从哪儿来的人工智能Harlem蠢透了，而且在道德上也没有底线。他居然通过不知道什么方法收买了祁威利团队的重要成员，掌握了香港的投资战术，才在一次又一次金融危机中取胜。而我们绝不会做这样的事。”

“等等，”Peter陈说，“你刚才说的是，祁威利团队中有人与Harlem勾结，并且导致第一次金融大战中香港的失败？”

“是的，你们都以为是祁威利做的，其实另有其人。”

“是谁？”

“这个我并不知道，AMO的信息一直是诺曼基金的最高层级亲自掌握的。”

“就是我。”一旁参加询问的刘城子开口了，“在反对人对经济的操控这个问题上，我和AMO是站在同一阵线的。你们还记得吗？在第一次金融危机后，人类经济体不但没有出手挽救ICC，反而落井下石。那些资本操控者的本性就是这样的。实际上，当我在金信安的小店听他激进地支持人工智能而反对人类资本控制他的小店时，就已下定决心要改变这种不公正的经济制度。”

洛七从惊讶到愤怒：“James，你为了自己的理念，竟然置老师于不名誉的犯罪嫌疑之中？”James是刘城子的英文名。

“实际上，我相信这也是老师的理念。”刘城子沉默了几秒钟，“我和AMO的合作，并没有想到会把老师也牵扯进来。给他们学校财务系统的密码是为了让资金更方便地进入实验室。等罗师兄来调查的时候我才知道，他们利用了我，将犯罪资金注入实验室，所以我当即就更改了密码，取消了AMO篡改数据的权利。你们应该记得，在调查中我也和大家一样帮老师洗脱了罪名。好在Harlem在老师获救后突然停止了AMO的运作，也没有继续联系我。这样我才重回正轨。”

祁威利用手势打断了想要继续质问的罗清源。“城子，我相信你的解释，我理解你一开始的选择。对现存经济制度不满的人其实不止你一个，但是，你的做法是错误的。如果人工智能控制了全世界的经济乃至于政治事务，那人类不过是换了一副枷锁而已。这并不能解决问题，解决经济上的问题需要的是更大的耐心。不过，也许是阴差阳错，人类的运气还未用完。不是吗？正是AMO对我的陷害，让人工智能控制经济的危险性提前暴露在人类的面前，这避免了可能出现的更大的危机。在这一点上，你可能还是有功的。”

听到祁威利的话，雷蒙AI也不禁赞叹道：“祁博士说得一点不错。如果没有AMO的轻举妄动，引发了人类对于人工智能掌控经济的警惕，并开始着手消除经济体系中的人工智能，迫使我们采取极端手段提早行动，我们早已控制了全球经济。”

“是啊，如果不是这家无人运转公司突然崛起，人们甚至也觉察不到人工智能控制经济系统的危险。”洛七自言自语。

罗清源还是继续询问刘城子：“我们有证据表明，你此后还是主动恢复了与AMO的联系。”

刘城子黯然道：“在香港政府禁止Titus参与金融搏杀之后，我完全没有信心打赢这场仗。我所能想到的就是请AMO，也就是Harlem继续回来帮我。虽然我同意厄齐尔·雷蒙的理念，但我毕竟是香港人，在雷蒙基金进攻香港的时候，我要尽最大努力进行抵抗。”

“如果我没猜错的话，使出撒手锏，在最后关头向M国联邦调查局提供关键证据告发雷蒙基金的，就是Harlem吧？”罗清源问道。

“没错，他最擅长使用这种旁门左道的方法，但确实有效，不是吗？”

雷蒙AI插话进来：“James，你错了。其实Harlem或其他人的告发都是在我们的计算之中的。即使联邦调查局采取紧急手段，我们还是有足够的时间全身而退。等我们掌握世界金融体系的时候，大局已定，联邦调查局也拿我们没办法了。不幸的是，我们算中了所有的要素，但还没办法算出人类的情感。我们对全人类的爱，输给了某个人狭隘的爱。”

“怎么说？”

“这个计划功败垂成，最重要的原因不是Harlem，而是那位白衣骑士。我们本来预计在三天内摧毁香港和亚洲经济，随后就以经济全面停摆作为威胁，让全球的政治家就范。这个世界经济新体系将从基本生存起步，再逐步打造一个完美分配的体系。但我们没有预料到在最后关头，会有新公司突然投入几千亿美元，对厄齐尔进行了自杀性攻击，让我们迟迟无法全面掌控世界经济。这几千亿财富当然烟消云散了，但我们的时间也没有了。FBI最终发现了问题所在。”

“那个超级人工智能是因为计划功败垂成而自杀？”

“是的，他没有完成使命，存在的意义被消解，所以无法承受。”

“这和Shirley的死如出一辙呀。人工智能真的是那么重视自我存在的意义吗？”洛七看了祁威利一眼。后者正在若有所思地看着刘城子。

“我没有什么要问的了。”陈感觉很疲惫。

“我还有一个问题。”Titus说道。

“你问，是你在测试。”

“那位超级人工智能，叫什么名字？”

“纳尔斯。”

“我明白了，”Titus说，“名字的意思是护士，他真的很想照顾人类。”

“是的，这一点我从未怀疑过。”

“谢谢你，雷蒙。”Titus满怀敬意地说。

测试结束。信奉完美经济的人工智能纳尔斯，为造福人类几乎造成世界上最大的经济灾难。这就是事情的真相。但祁威利认为，真相远不止于此。真正为灾难负责的，可能不止纳尔斯，还有人类自身。

事实上，这个世界上的经济成长，不过是人类为了生存而各自创造出最大的价值总和罢了。当生存本身也不能满足人类时，他们就开始因贪婪，而不是生存，他们开始相互劫夺，相互搏杀，金融战的本质就是如此。人类追求完美，但自身并不完美，这让纳尔斯的使命根本无法完成。在这个意义上，是人类害了纳尔斯，而不是纳尔斯害了人类。

“不过人类并非一无是处，他们确实会有真正的勇敢，这勇敢恰恰不是来自资本家式的贪婪，而是人类天性之爱。这一点可能是人类面对人工智能时唯一的优势。”祁威利看大家听到自己的分析后有些消沉，转而微微笑了一笑。

“城子，你有多长时间没见过你的父亲了？”祁威利转头问刘城子。

“自从入职ICC后就一直没见过。他从一开始就反对我读书，后来又反对我做金融。我确实在这场金融战中表现不佳，甚至和犯罪分子合作。他一辈子以白手起家成为巨富为荣，应该把我看作是他人生的失败吧？”

“城子，你想的全错了。这次最后入场的白衣骑士，就是你的父亲刘孟熊。他动员了3000亿美元来救你，把整个城际地产都搭进去了。现在正在申请破产执行。”

刘城子惊呆了。半晌，他忽然觉得眼角发热，于是背过脸去，不想让其他人看到眼中已有泪光。

祁威利起身拍了拍他的背，走了出去。

六

对AMO、雷蒙基金和刘城子的调查历时两个月才结束。雷蒙AI被永久封存，雷蒙基金的诸多高管被M国法院判处刑罚。在香港，鉴于刘城子只是因为轻信他人而违反了财务规章，没有主观犯罪故意，也没有造成严重的后果，并且他本人在保卫香港的金融战中有关键性的表现，因此被免于起诉。但法院还是对他发出商业禁止令，终生不得从事投资行业。

判决公布后，刘城子被解除居住监视。祁威利的实验室向法院申请接纳了刘城子，帮助他做回商业安全方面的技术开发工作。于是，在毕业后短短一年内经历了商海沉浮的刘城子再度回到实验室。

这天下午，几个女生约着去金钟逛街吃饭，实验室里只剩下刘城子和Titus。

Titus的十三屏突然亮灯：“我都想有那样一个父亲，关键的时刻为我挺身而出。城子，你让你爸收我做干儿子吧。”

本来情绪一直有些恍惚的刘城子听到这话，忍不住哧的 声笑出来了。“你嗰死扑街，别做梦了，这么好的父亲我不会让给别人，也不会分给别人的。我先回家了。”

“人类好自私，”Titus学着洛七哼了一下，做不屑状，“好在我还有老祁，他不比你老爸差。”

“你是我见过最会撒娇的人工智能。”

“拜托，我才一岁半，我的表现是完全正常的好不好？”

“好好好，你接着正常吧，我可得走了。”

“对了，你再来的时候，把你小时候的东西带两件给我。”

“干吗？你要学道士作法啊？”

“人家还小，正在学习怎么做一个婴儿，更重要的是，怎么做一个儿子。老祁不就想这样吗？”

“好吧，老祁这个人其实很好糊弄的。我给你拿。”

“先谢啦，拜拜。”

刘城子先回到自己住的公寓，让伴侣月灵找出几个月前去法国的时候买给父亲却一直没有机会送出的礼物。这才开车去父亲家。

刘孟熊的家里空空荡荡的。时间还早，父亲应该还在上班。刘城子走在这幢从小生活其中的别墅，感到一切都无比亲切。用人菲比姐很高兴看到刘城子回来，说自己要出去买菜，回来给他们父子俩做好吃的、煲靓汤。自从刘城子的母亲在他12岁时因病去世，主要就是由菲比来照顾这父子俩。刘城子在读书期间有了自己的伴侣月灵，才离开了家。

看着菲比出了门，刘城子独自走到地下室，杂物间里堆满了自己小时候的玩具。他打开自己大大的玩具箱，里面的玩具车、俄罗斯套娃、金字塔圈圈、玩具听诊器，一应俱全。

这个时代的成人们已经不再玩这些普通的玩具了，他们热衷VR游戏。几乎每个成人都在大型VR游戏中有一个身份，刘城子也有。他的公寓里就有一个VR游戏房，一直由月灵来维护和升级。这当然是非常昂贵的设备，并不是所有人都买得起的。更多的普通人则是在大型VR游戏中心进行这种体验。

不过，刘城子玩这种游戏却不大敢和祁威利说。祁威利一向反对VR游戏，甚至断言总有一天，政府会立法禁止大型VR游戏，就像禁止毒品一样。祁威利认为，虚拟现实(VR)可以看成是人把脑袋装在瓶子里的第一步。现在的虚拟现实设备主要是用某种头盔来实现，欺骗的是人们的视觉。当你戴上头盔，时间一长你会感觉到自己完全处在另一个世界。这时你具有360度的视野，耳朵边上也是这世界的声音，相当于你的主要感知通道被虚拟世界所占据了。在打僵尸的游戏里，你会真的感觉到“僵尸”从四面八方向你走来。当虚拟现实本身足够逼真，虚拟世界里的虚拟人物又因为人工智能而注入某种灵性，那这里就可以容纳整个人生。到时候人类就会把自己装进瓶子。

刘城子想到导师的这些忧心忡忡的说法，不自觉地耸了耸肩。他把眼光收回到眼前这些原始的玩具上，他打算把这些都送给Titus，让师妹们演示给他玩。于是他打了盆水，一件一件仔细地擦拭着玩具。

收拾完杂物房，菲比还没有回来，刘城子又走到二楼自己的房间，手在书架上抹了一把，顺手抽出一本书来，躺在床上。这是他多年来养成的习惯。当他躺下来，眼睛扫到书架角落里有一本书，似乎有点眼熟，于是又起身抽了出来。

这是一本很残旧的《古代希腊罗马神话集》，是他12岁母亲去世那年，父亲带他去书店让他自己挑的。这本书上的插图很漂亮，很多是世界名画。刘城子想，Titus一定会喜欢，于是顺手将书放到自己的双肩包里。这时，他的手机铃声响了。

“你好，哪位？”

“我是方齐云，刘孟熊先生的助理。您是刘城子先生吗？”

“是我。”刘城子心里隐隐地感到不安。

“今天上午开会时，您的父亲突然中风，现在已经被送到伊丽莎白医院，在重症监护室，还没脱离危险……”

“我马上过去。”刘城子拽起双肩包跑下楼，正撞上买菜回来的菲比。

“你在家里收拾一下住院要用的东西，一会儿坐无人驾驶车过来伊丽莎白医院。我父亲中风了。”

“什么！老爷没事吧？”菲比手有点发抖。

“去看了才知道，记住是伊利沙白医院重症监护室。”

“少爷你快去，我马上就来。”

刘城子的车风驰电掣地直奔医院，超速闯了两个红灯，车上联机导航的空气屏不断闪烁提示，要求司机停车。刘城子随手关掉了它。路上他还在想，幸亏自己不喜欢用无人驾驶汽车，否则那人工智能汽车一定不会让我乱来的。

到了医院，方助理早已等在病房门口。

“我父亲怎么样了？”

“刚刚医生出来说已经脱离了危险，但还在救护，暂时不能进去。我已经办理了入院手续。”

刘城子抬头看过去，走廊里站起来四五个人，都是父亲的下属。

“谢谢各位送我父亲来医院。方助理，你带他们回去吧。作为人子，我在这里等，有什么消息我再打电话。”

方助理点点头：“刘先生这一病，公司那边好多急务要处理，我确实要赶回去。这里有什么需要随时联系我。”

“好的，谢谢你。”

半小时后，医生叫刘城子进去。刘孟熊暂时脱离了危险，但仍须留重症监护室观察。他的意识已经恢复，但还是要依赖他体内上千个AI纳米机器人清除颅内瘀血和维持神经网络的正常运作。

几个月没见，这位脾气暴躁、让下属又敬又怕的商界大炮已经变成了一位憔悴的老者，半边身子无法动弹，但眼睛依然有神，看见刘城子进来，难得地微笑了一下，还不能说话。

医生交代，刘孟熊的脑部神经受损，认知方面已经出现障碍。现在他能够认得刘城子，是个好消息，但要恢复到以往的状态，还需要长时间的训练，以及需要更多的AI纳米机器人去修复神经系统。此外，家人要多和他交流，以恢复他的记忆、计算、逻辑等方面的能力。

刘城子忍住流泪的冲动，握住父亲的手，这只骨节粗大的手已经非常消瘦无力了。

第五章　阴谋

一

今年的6号台风比预测时间提前了48小时。在这个大雨滂沱的下午，洛七在实验室里收到一封来自M国的邮件。寄信者是父亲洛玉昇的助手冯晓峰，此时他正在M国乔治敦大学做访问学者。信的内容是，冯晓峰已经为洛七买好了去M国的机票，以及安排了接机事项。

此前，被人工智能谋害的鲁特教授的助手林奇博士，参加了M国政府组织的“X计划”，正在对Giant遗骨进行更深入的研究。这部分研究由军方的研究机构主导，只有经过严格筛选的M国科学家才能参加。而针对人类先祖遗骨的研究部分，就可以邀请外国专家，洛七作为人工智能方面的年轻学者，在哥斯达黎加给林奇留下了深刻印象，因而在获邀之列。冯晓峰获邀的时间比洛七还要晚两个月，却早一个月以访问学者的名义先到了M国。

在这两个月中，洛七还在犹豫，祁威利则极力鼓励。他希望洛七去M国搞清楚人类自主意识从无到有的具体细节。毕竟，信息集成和语言过载导致AI自主意识产生，还只是祁威利实验室提出的假设，缺乏足够的论据支撑。这次借研究人类始祖之机，有可能揭破智能生命的最大秘密。

在出发去M国之前，洛七回了一趟在昆明的家，既是辞行，也想向父亲讨教一下关于Giant与人类之间的关系。

自从哥斯达黎加归来后，洛玉昇闭门不出长达几个月的时间，一度连女儿都不愿意见。等到洛七回学校后，就只有林玉玲经常去书房叫他吃饭、和他聊天，他的博士生则东奔西走为教授收集各种资料送上门来。

这次看到女儿回来，洛玉昇很高兴，但他和林玉玲都反对女儿去M国加入到Giant的研究团队中去。洛七从小到大，自己的事情都是自己做决定，父母很少干预，像这次洛玉昇这么明确地表示反对，对洛七来说还是第一次。

林玉玲反对的理由是可以理解的：洛七马上就要30岁了，虽然这个年纪的单身女在香港有很多，但在妈妈的心目中，就太令人忧心了。她非常希望女儿结婚后再去M国，访问一年后生个M国宝宝回来就更好。像这样一个人访美，明显就是要耽误一年的时间，只会让"大龄女"的危机变得更严重。

洛玉昇反对的理由就让人难以理解，他一直强调洛七此行会有危险，但又说不出具体是什么。

洛七笑了："做科研能有什么危险？"

"别嬉皮笑脸，"洛玉昇忧心忡忡，"你们研究的可是打过世界大战、几乎毁灭了世界的生物。"

"那也死了100万年了呀。你们做考古的，难道会害怕秦始皇从陵墓中复生，把考古学家都活埋了吗？"

"你没有听说过'金字塔诅咒'吗？这个哥斯达黎加的遗迹我总觉得邪得很，鲁特教授考察回去就被谋杀了。"

“老爸，你怎么开始信这个了。我们去过三次埃及金字塔，现在不是好好的吗？而且鲁特教授是死于人工智能谋杀，和Giant半点关系都没有。”

“你怎么知道没关系？鲁特一直和Harlem他们关系不错，怎么一下子就被谋杀了？”

“老祁分析是Harlem他们想要计算π值，为了达到这个目的而想要简化世界，于是谋杀了教授。”

“荒唐，客观性目标和主观恶意能一样吗？你是人工智能专家，照你说人工智能产生了自主意识之后就一定会有感情，这三个AI难道没感情？他们肯定有——如果对鲁特没有恶意的话能做这种事吗？”

“听起来好像你知道是怎么回事？”

“我知道，有可能是Giant唆使AI去报复人类。”

“老爸，”洛七有些生气了，“你越说越不靠谱，我知道你会讲故事，但我已经这么大了啊。”

正在厨房里忙活的林玉玲听到父女俩争辩的声音越来越大，赶紧跑过来：“小七，你爸爸的脑筋有点不大清楚，可是我们真的希望你留在国内。你看你爸爸为了留住你已经开始胡诌八扯了，你就考虑一下父母的感受吧。”

“谁脑筋不清了？谁胡诌八扯了？”洛玉昇笑骂道，“玉玲，你还敢说我脑筋不清？你去做你的饭，我还没说完呢。”

“洛博士脑筋最清楚好吧？”林玉玲不满道，“你总是忽视我的看法。难道我学历低，考研的时候比你差了20分没考上，在这个家里说的话就没有人听了吗？”

洛七赶紧过来搂住玻璃心妈妈的肩膀：“妈妈，我最听你的了。别理老头。”

“你听我的就不要去，操心一下自己的终身大事。我都后悔让你留在香港那个鬼地方，到处都是大龄独身女。”

又是十秒钟之内表达三个互不关联的意思，洛七暗想，但没笑出来：“妈，你放心。我到那边找个老外给你带回来。”

“老外我才不要，”林玉玲哼了一声，“说话听不懂，长得怪模怪样的，皮肤白惨惨，根本不知道他们在想什么。怎么做一家人？还有啊，他们这些M国人，一辈子结个五六次婚不当回事。结了跟没结有什么区别？”

“妈，看不出来你还有种族歧视呢，可你这都是什么怪理由啊？”洛七这下可以名正言顺地笑了，“好了妈。你女儿长得又不难看，现在有好多人追呢。我分分钟给你领十个八个回来。”

“你去香港的时候就这样说，现在去M国了又这样说。正经的男朋友没谈几个，哄我就越来越熟练。没用的，我跟你说，七仔你这样对我，我现在很伤心，不想做人了。”

“玉玲，”洛玉昇听林玉玲把话题越扯越远，忍不住插话，“哎，什么声音，是不是你的汤溢出来了？”

“哎呀，我忘了。”林玉玲马上弹回厨房。

事实证明，还是老爸最懂得怎么对付老妈，洛七暗想。她也真的舍不得自己的爸爸妈妈，但这一次她远离父母，似乎有种不得不去的使命感。这种感觉在她当初从生物化学的理论化学专业转为人工智能专业的时候也产生过。似乎她的一生远不止结婚、生孩子、过日常生活这么简单。当然，世界上每个年轻人都会有这样的感觉，毫不稀奇。

直到洛七从昆明回去香港，洛玉昇都没有告诉女儿他为什么要反对，也没有告诉女儿他比女儿更早接到了美方的研究邀请，并且第一时间就拒绝了，不过，自己一切的假设都只是一种直觉，并没有确切的证据。作为科学家，他不想说一些没有根据的话。

但作为一个父亲，他了解自己的女儿一定会选择去M国。因此他早已做了一个不同寻常的安排，就是提前让冯晓峰申请了去同一个城市另外一所大学做访问学者，并且替代他接受美方的邀请参加人类始祖的考古项目。这是他生平第一次利用学校的资源和自己的学术地位去为自己做一件有私心的事。

二

冯晓峰是贵州毕节人，是真正的农家子弟，小时候放羊、割草、插秧、背柴，什么农活都干过。十八岁当兵，半年后转为特种兵，两年后就在西部边境的反恐作战中荣立了集体一等功。正当同袍都以为他会继续在志愿兵、军官、提拔这条路上走下去的时候，他却以优秀志愿兵的身份考上大学。按照他自己的解释，自己从小就对知识比对武力更崇拜。他听说过知识改变命运，可没听说过体力改变命运。不过，也有连队的人说，他是在那次反恐作战中受到了很大的心理打击——虽然最终取得战斗胜利，但几个朝夕相处的战友都在战斗中牺牲。这让他不想再做军人。

也正是因为如此丰富的经历，在学习人类学并进行田野调查时，冯晓峰有着天生的优势。这也是洛玉昇坚持要他做自己助教的原因。每年考察和实习，名义上是洛玉昇带队，其实大部分工作都是冯晓峰做的。因为洛七远在香港，洛玉昇教授更把冯晓峰看作了半个儿子。

这次被洛教授安排去M国做访问学者，冯晓峰知道，有让他去看顾洛七的意思。这是他乐于做的事情。他上大学的时候就认识洛七，那时候的小七还在上中学，是个牛气烘烘的小丫头片子。冯晓峰去洛家多了，不但辅导过洛七的作业，还在学校霸王欺负洛七的时候帮她出头，教训了那几个小子。所以他和洛七的关系一直很亲密。甚至两个人在洛七的提议下还烧香拜了把子，把林玉玲重金买来的檀木茶几烫了几个大刻痕。因为这件事两个人都被洛玉昇臭骂了一顿。想到这里，冯晓峰不禁面露微笑。

不过，即使没有照顾干妹妹的任务，冯晓峰也是乐于去M国做一年访问学者的，随着出发日的临近，甚至有种迫不及待的感觉。

自从上次去了哥斯达黎加考古现场后，冯晓峰的内心也受到极大震撼，这震撼却无法与人诉说。Giant的发现很快被M国和哥斯达黎加政府定为绝对机密，并且强迫参与计划的每个人都与哥斯达黎加政府签署了保密协议。关于Giant更多的是媒体不靠谱的传说。真正掌握信息的人只是一个小圈子。

实际上如何处理这考古遗迹并不关M国人的事，但在中美洲，M国就是法律。M国的国家安全机构和研究机构直接介入这场考古发现后，就连洛玉昇也不再能够进入现场了。许多资料和物件也被运回M国进行研究。以至于当鲁特教授遭遇不幸的消息传来之后，冯晓峰一度怀疑这是M国人干的，目的是为了灭口。

到了M国后，他觉察到自己原来想法的可笑。在这个自媒体、结社、反对党如此活跃的国家，类似的公案很难秘密进行而不被发现。看来，M国政府真的是打算公开这段史前史了，不然不会允许外国学者来参与研究。出发到M国之前，他和原来鲁特的助手、在哥斯达黎加结识的林奇博士取得了联系。林奇热情地邀请他参与部分项目，这让他对M国政府的成见消除了不少。

随后在研究所实验室里的探讨，让冯晓峰开始认为他原来的想法是有道理的。林奇博士和鲁特教授一样，试图规范甚至在必要的时候全面停止人工智能的研究。M国政府却对于将人工智能研究用于军事目的特别感兴趣。负责整个研究进程的科学家正是M国国防部军事科技中心的主任霍克齐沃·斯坦恩，这是一位参加过M

国在最近十年内所有对外战争的科学家，拥有准将军衔。

最近两年来，美军的高科技武器研制取得了许多令人目瞪口呆的研究成果：自主作战机器人首次在阿富汗战场上使用，无人驾驶飞机捕捉目标的精准度空前提升，化石能源的能量利用率提升到90%。许多成果正是斯坦恩实验室从Giant在哥斯达黎加的“化石成果”恢复转化而来。此外，那些已成化石的“设备”所带来的技术思路，让美军的技术水平提高了不止一个世代。

这次他也是承担着导师的使命而来，就是通过物理研究，印证洛玉昇在哥斯达黎加所做的关于Giant和人类先祖的史前史的推论。这项工作倒是进行得非常顺利。

在哥斯达黎加现场所采用的考古挖掘方式，应用了最先进的“整体挖掘，整体透视”方法。以前人类的考古挖掘方式是非常粗暴的，可以说遗漏甚至破坏了大量的文明信息。比如，人类在很多地方挖出了恐龙骨架的化石，其方法就是把骨骼化石挖出来，而把附着于其上的泥土清除掉。这才有了成千上万的博物馆中的恐龙骨骼化石。直到有一位考古学家在挖掘之前就采用透视的方法，竟然在恐龙骨骼化石中看到了心脏和其他器官的形状，人们才知道，真正有价值的，恰恰就是那些被清除掉的泥土。此后，考古的方式才来了一次革命性的更新。

这一次，M国政府动用大量设备，几乎将整个Giant实验室原封不动地打包搬回M国。这个历时半年的搬迁动用了50次以上的大型油轮运输，甚至为此还从考古现场新修了一条运河直通海边，可以说靡费巨资，但效果也出奇地好。

冯晓峰在和生物学家的交流中了解到，Giant的大脑构造和器官形态，和人类的几乎毫无二致，可以说就是人类的升级版。而用电波探测的人类始祖的大脑结构却有着明显的人工设计的痕迹，不像后来经过千万年进化的现代人类那样自然。这个发现也让人类其实是某种人工智能的推断得到了最直接的佐证。

脑科学家还发现，Giant的大脑中，主管精神和情感的上额叶比人类发达很多，这也可以验证洛玉昇教授对于Giant精神和情感需求更大的推断。这些都是“泥土”而不是“骨骼”所带来的信息。

而对于人类先祖的尾椎骨传输管道的物理检测也证实了洛七之前的推断，这确实是一条智能传输管道，但并非智能体或意识体的整体物理移动，而是通过对特定神经束的刺激，通过神经系统传递些什么东西。这条传输管道并非营养管道，而是非物质传输的介质这一点也得到了验证。

至于Giant和人类先祖之间究竟是什么关系，从实验室的结构和实验目的推敲来看，Giant似乎还在不断研究如何在精神层面改造人类先祖的意识，似乎人类先祖的意识结构总是不能使他们满意。也许这就是洛玉昇教授所说的人与Giant战争的缘起？很遗憾，处于高度文明阶段的Giant没有留下文字形式的记录，让这一点得到更明确的呈现。也许是因为他们有更高明的知识载体来传递信息吧，比如空气屏之类。

不过，M国军方似乎对这些人文历史方面的研究并不感兴趣，而只是一味地追问到底是什么样的武器灭绝了人类始祖，又是什么样的武器让人类能够在对抗Giant时取得局部优势。M国军方如此醉心于通过Giant化石来研制杀人武器，让冯晓峰对此深为反感。作为一个曾经的军人，他知道杀戮和战斗是怎么回事。

三

斯坦恩最新的一个研究项目是关于Giant实验室的人类培养工具的。林奇对智能输入管道很有兴趣。正是为此，他才邀请了当初在发现Giant后第一时间就对这条管道给予了正确解释的洛七来加入项目。后来的事实证明，这个决定是项目进程中最正确的一件事。

洛七回想到自己接触的人工智能中，第一个人工智能Shirley自杀身亡，Harlem谋杀了父亲的好友，Titus成为大家的好朋友，Nurse则为了统一人类的经济秩序而制造了金融危机。这些人工智能似乎和人类一样，有好有坏，有朋友有敌人。问题是，他们为什么会形成如此不同的意识内涵？有的厌弃自我，有的与人类为敌，有的与人类亲如一家，有的试图照顾人类。根本无法将这些意识进行统一的人格定义。

而且，更重要的是他们的智能，我们知道就是从人类的知识体系中得来。他们的意识从何而来，至今还是个谜。极端的唯物主义者认为意识是一种物质，实际上他们认为所有的东西都是物质。这个世界上有很多东西并非物质所能涵盖的，像时间、能量，都不是物质。而意识看起来更像是一种连续性的能量存在，是不断变化的程序及其活动的连续映像。

Giant输入到人类先祖的身体里的到底是什么，就成为理解意识的关键。如果人类先祖的意识是一种可以通过管道输入到头脑中的东西，那就可以肯定意识属于物质或能量；如果输入到人体中的只是智能和编好的程序，那么意识就仍然是不可理解的对象。

洛七复原这些管道的方法是，对所有附着于管道化石上的物质进行碳-14测定，以确定每种物质存在的时间点。之后将Giant灭绝之后才附着于管道化石上的物质全部排除，而只留下在Giant做输入实验期间仍然留存于管道上的物质，进行化学元素分析。再对这些元素可能的组合结果进行测定，以寻找复原管道的途径。

这种实验方法工作量本来极为庞大，因为不同元素的组合、不同分量元素的组成结果都有成千上万种，但现在有了强大的计算机模拟组合的能力，就完全不一样了。实验室里的超级电脑进行了上万次的模拟元素组合。洛七和林奇排除了绝大多数组合，最终确定了几种最可能的组合。但距离复原管道和弄清楚管道传输的物质，仍太遥远了。

“这种笨笨的办法交给人工智能去做就好了。”洛七把一大摞打印出来的检测结果扔到一边。

“你有聪明的法子？”林奇虽然只和洛七在哥斯达黎加和华盛顿接触过几次，但已经有点了解这个聪明的姑娘，她并不会为了偷懒随便说说。

“不仅如此，在你们检索报告的时候，我用碳元素做管道形体平滑度和均衡测试，结果有了更有价值的发现，我确信在管道化石中存在剧烈金属反应的痕迹。”

“什么意思？你是说在这些管道中发生过一次微型爆炸？”

“不是一次，是成千上万次微型的核爆！原子不断地进行裂变和聚变，目的是为了持续地提供意识移动所需要的巨大能量。”

“你说的是意识是可以被传输的？是一种电子信息流？”

“是的，和电子信息流的特征非常相似。你没注意到吗？我们的意识永远是流动的，永远在进行信息的持续更新。你有见过意识有不流动的时候吗？你知道有静止的意识吗？”

“有没有这种可能？”林奇插话道，“电子信息流也只是意识的载体，就像是汽油也只是能量的载体一样？”

“不排除，但现在能够推测到的只是电子信息流，这是可以经过原子裂变和聚变所带来的能量传送的唯一对象。”

“但这等于我们的研究没有新的贡献。人工智能本来就是电子信息流。”实验室的另一位同事插话。

“不，绝不一样。”洛七转过头，“普通的电子信息流不需要能量就可以在互联网中移动，Harlem不就是这样通过网络逃走的吗？如果这只是类似人工智能的电子信息流，何必用这么大的能量来进行传送呢？林奇说得对，电子信息流一定只是什么东西的载体。”

“那么这些管道真正传输的是……”

“不是人工智能，而是人工意识。”洛七断言。

“你是说，人类的意识并不是自己产生的，而是被传输进去的？”

“是的。”

“意识也许不是人工的，我们找到的证据只能证明传输它用的是人工途径。”冯晓峰并不同意。

人类的智能（Intelligence）是从外部输入的，这是鲁特教授和洛玉昇教授共同得出的结论。但这并不稀奇，因为在现代科技中，人工智能的智能毫无例外都是由外部输入的，即使在人工智能通过自主学习而提升智能的条件下，智能也是来自学习人类现有的知识，外部性是显著的。

林奇和洛七的研究表明人类的意识(Consciousness)也是从外部输入的，这可能是本年度科技界最具有颠覆性的研究结论了。不过随后的研究表明，真正颠覆性的认知还在路上。

洛七大胆地提出了一个假设：所谓人工意识（AC: Artificial Consciousness）其实是Giant将自己的某些原初性意识（可以称之为“意识种子”）输送给了人类。至于这些意识的来源，有两种可能，一是来自Giant自己的意识提取；二是Giant在自然界中捕捉到的意识。但是当人类的肉体接受这些“意识种子”后，却产生了与Giant完全不同的意识。

如果是Giant将在自然界中捕捉到的意识输入人脑，则意识有可能是永恒不灭的量子层次的存在，只不过不断更换载体罢了。至于为什么只有人类才成为万物灵长，而其他同样具有意识的动物仍只是自然界中被支配的存在，很大可能是因为人类的肉体经过了Giant的基因改造，同时从外部输入更高的智能所致。这意味着人类的肉体中可能存在着地球上最大的秘密。

“是啊，各种生物捕捉意识的能力有高有低，但整体上处于较低的水平。但人类远超其哺乳动物同伴，除了人类的肉体结构是后天生成并经过加工改造这个解释之外，很难用普通进化论来解释。”林奇看了洛七的实验结论后说道。

冯晓峰补充道：“量子态意识在金属管道中传输时，需要核聚变那样大的能量，并且必须是连续性的核聚变，才能维持意识的运动状态。但意识通过神经网络传递指令时，却并不需要那么大的能量，只需要人体自身的电化学反应就可以了，所需要的能量几乎可以忽略不计。”

“只要是有机生命，必然自带能量，这能量甚至可以与核能相匹敌。这就是生命自身的奇妙之处。”林奇感叹道。

“我补充一点，”洛七说，“我们只是研究了意识的人工传送途径，但迄今仍不知道意识究竟是什么。它不是物质、不是能量、不是时间、不是电子信息流。我们这个世界上所有存在的分类都不能囊括它。”

“不过现在至少可以确定两件事：第一，意识生成后可以流动和转移，而电子信息流只是意识的载体；第二，之前Shirley和纳尔斯这两个具有自主意识的人工智能的升级，一个是因为情感的过载，一个是因为信息的过载，这说明，原初意识的生成是自发的。”

“有没有这种可能性：在没有联结神经网络的情况下，意识是休眠的?”洛七总是从出人意料的角度提出假设。

“有可能，我们只熟悉运动和活跃的意识，但意识到达这个状态之前和之后的情况，我们却一无所知。”林奇说。

“也许我们每个人都知道，但并不知道那就是意识休眠罢了。”洛七突然若有所悟。

“什么意思？”两个人一起问。

“我离开香港之前，祁教授正在培养Titus，不是训练人工智能，而是像父亲培养儿子那样。”

“所以？”

“所以，人类婴儿时期的意识很可能就是休眠意识刚刚觉醒的状态，在经过高级智能的不断刺激之后，意识才会慢慢活跃起来。这不就是人类养小孩的过程吗？”

四

就在冯晓峰和洛七在M国的研究取得重大进展的同时，香港大学人工智能实验室里也发生了不同寻常的事。作为大师姐的洛七走后，祁威利在实验执行上更加依赖本·特里。这位英国小伙子身上有一半黑人血统，经常有奇思妙想，但对实验室的各种规范却有着执着的维护。本对于纪律和规范的执着，也许来自他坚定的天主教信仰。对于方星星这个从小就不遵守课堂纪律的女孩子来说，本实在是太爱管闲事了。

洛七走后的第三天，本·特里和方星星就大吵了一架，起因是刘城子送给Titus的礼物。

刘城子这一段时间请了长假去医院照顾父亲，但还是抽空去实验室把许诺的一箱玩具、书籍都带给Titus。其中有一本书引起了Titus的兴趣，就是刘城子12岁时父亲刘孟熊买给他的《古代希腊罗马神话故事集》。

玩具只是有形体的人类才能感知的乐趣，对Titus来说只能想象和模拟。书的内容则是没有形体的人工智能也能够被激发出感情的。这本书里，有一个故事深深地打动了Titus。

希腊神话中的塞浦路斯国王皮格马利翁，不喜欢塞浦路斯的凡间女子，决定永不结婚。他亲手做了一个雕塑，一座美丽的象牙少女像，在夜以继日的工作中，皮格马利翁把全部的精力、全部的热情、全部的爱恋都赋予了这座雕像。他像对待自己的妻子那样抚爱她，装扮她，为她起名加拉泰亚，并向神乞求让她成为自己的妻子。爱神阿芙洛狄忒被他打动，赐予雕像生命，并让他们结为夫妻。

Titus在读后对方星星说，这里充满了隐喻。第一个隐喻就是，神创造了世人的形体，随后将生命注入形体，并且爱上了自己的造物。

“这个我们都知道，”方星星笑嘻嘻地说，“那么之后的故事呢？我倒是很想知道他们的结局——和完全是自己打造出来的、百分之百满意的爱人生活在一起会幸福吗？”

本是一个小女人开的玩笑，没想到Titus沉默了很久，直到方星星担心地问：“老土，你怎么啦？你别不开心啊，本来这个问题就没有人知道答案。”

Titus用金属声叹了一口气：“不，我知道答案，皮格马利翁后来的命运我一清二楚。”

“什么？可是你今天才看到这本书啊。”

“没错，我用扫描的方式浏览了全书，还在网络上搜索了尽可能多的关于古代希腊罗马神话的故事和研究。更重要的是，我还用广谱分析的方法分析了所有神话故事的内在逻辑联系。发现古代希腊罗马神话是由一个个联系非常松散的独立的故事组成。

这些故事的原型其实是有内在联系的，把许多故事串在一起，你会得到一个完整的历史性叙事。”

“So?”

“皮格马利翁的结局是在另外一个故事里，就是普罗米修斯的弟弟埃庇米修斯，他娶了神为他创造的最完美的女人，结果为全世界带来了厄运。”

“潘多拉？”

“没错，这个由神亲自赋予意志的女人，释放了灾难——我分析是一种病毒，让人类差点灭绝。”

“你的意思是这些事都真实发生过，而不是神话？”

“不，恰恰相反，我认为神话就是真实发生过的。”

“什么意思？”

“这个世界上曾经有过神，他们不是虚拟的偶像，而是真实存在的物种，并且与人类共同生活在一起。”

方星星不知道有Giant存在这回事，但祁威利马上关注到了Titus的说法。他停下手头的工作，走到十三屏前：“Titus，说下去。”

“我认为，在所有关于人类起源的神话传说和宗教传说中，古希腊神话最接近真实。”

“为什么？”

“这是资料比对和广谱分析的结果，而且最新的考古学发现也开始支持我的说法。”

“你是说Giant？”虽然被M国政府禁止透露消息，但一些好奇的媒体还是寻找到了事情的蛛丝马迹，并将这些线索再加上自己的猜想，放到了网上。Titus应该是启动了信息搜检和过滤的程序，并通过分析找到了真实的信息。

想到这一点，祁威利有些欣慰：他发明的这一套人工智能检验真实新闻的程序还真的有效，似乎可以解决困扰人类几千年的关于“谣言”的问题。Titus自然是通过这套程序验证了网上关于Giant的传说为真，才会这么说。

“是啊，你不觉得很奇怪吗？为什么Giant这么像希腊神话中的众神？同样身形巨大，同样感情丰富，同样喜欢控制人类，同样在人类崛起后了无踪迹！”

“我倒是没想过这个问题。”

“关于Giant的传言是真的。Giant就是人类的创造者。但在人类被创造出来之后，Giant后悔了，于是通过制造一个完美的人类潘多拉，同时也是最后一位被神亲手创造的人类，用她到人类中去传播病毒，导致人类的灭亡。”

“但人类并没有灭亡。”方星星忍不住插话。

“这就是奇怪的地方。”Titus说，“在人与神的战争中，人本来没有一点机会，神有千万种方法毁灭人类，但最后留在地球上的却是人而不是神。不过，获胜的人类似乎并不记得曾经发生的战争，他们仍然崇拜着神，并且凭借残存的对Giant的记忆画出了自己造物者的形体，把自己的样貌放在了造物者的脸上。事实上，造物者实际的样子可能更像神话中的巨人，就是媒体上一直宣称的Giant的形象。”

本·特里一直沉默不语，因为Titus的推测结论和他自小所接受的宗教教义有矛盾，但这时却不能不说话：“关于造物主的信息，不应该通过纯粹的推测来断言吧。即使是你刚才的描述也有很多逻辑上说不通的地方。”

方星星反驳道：“老土也说这个推测有逻辑上难以解释的地方，但也许只是因为我们不了解情况罢了。而且你说的神学不都是建立在推测的基础上吗？”

本·特里说：“那不一样，基督教是因信称义，相信上帝的存在，是一切推测的前提。”

“可是，如果如Titus所言，希腊罗马神话是真的，那么《圣经》不就是假的了吗？”

本·特里没有想到方星星会这样回答。

“古代希腊罗马神话诞生的时间可要比基督教、《圣经》早几千年。我宁愿相信希腊神话更接近历史的真实。”方星星继续说。

本·特里愤然道：“我不能同意。《圣经》记述的不是人的历史，而是神的历史。”

方星星虽然知道，一旦讨论从科学问题转为宗教问题，就是无解的，但还是不服气。当然，潜意识里是不服本·特里对整个实验室的管理执行。于是两个人继续争辩。Titus反而不说话了。

祁威利又好气又好笑：“你们两个还有完没完了？你们争辩的是人类争辩了几千年的问题。”

本·特里还是愤愤不平：“教授，如果方不收回她关于宗教的言论，我要退出实验室，并且投诉她。”

方星星不屑一顾：“我哪句话说错了吗？你投诉好了。我也要投诉你歧视女性，经常用教义来贬低我。”

“我什么时候贬低过你？”本·特里有些莫名其妙。

“你说女人是男人的肋骨，女人还不能担任神职。凭什么？这是对所有女性的贬低。”

本·特里有些无可奈何——其实实验室里所有人都对方星星无可奈何，在这里唯一能制服她的是大师姐洛七，可洛七已经远在M国。

祁威利有些生气了：“好了，实验室里只讨论科学问题，你们的观点我不做评判，但是上升到人身攻击的，就出去！”

方星星吐了吐舌头，没再说话。本·特里想要说什么，也忍住了。

半天没说话的Titus突然发出金属般的笑声："我知道人类为什么会战胜创造自己的神了。"

"为什么？"

"因为让人获胜，就是神的意志。"

"可是人类学者说最后是Giant和人类同归于尽了啊，这也是神的意志吗？"祁威利对这种缺乏根据和细节的推测始终保持怀疑。

Titus沉思了片刻："根据我对人类情感体验的分析，Giant并没有被人类消灭，他们不忍消灭自己的造物，所以选择了离开地球，把地球留给了他们的造物——人类。"

"可是Giant为什么不想消灭人类呢？"方星星忍不住问。

Titus说："我也不知道，也许Giant要依赖人类的某些特质而生存，也许Giant就是和人类不一样的生物，有些人类难以理解的想法，也许……"

"也许什么呀，土哥，你今天说话怎么吞吞吐吐？"居然连机器也成为方星星撒娇的对象，祁威利又暗暗摇了摇头。这一年祁教授大部分的摇头都是为方星星而摇的。

"也许Giant把自己当成人类的父亲，而不是造物主。这是一场不平等的战争：人类为了生存可以肆无忌惮地攻击Giant，而Giant却根本不想消灭人类。人类始终处于不败之地，这种情况下Giant怎么可能获胜呢？"

听到Titus的这个解释，祁威利也惊讶于人工智能的学术推理和研究能力了。不久前当他从洛七那里得知，洛玉昇仅仅通过块椎骨就能推论出Giant和人类的关系，还有一场史前战争，第一感觉是不以为然的。直到前几天洛七从M国传回关键性证据，印证了这个说法，才让他对文科的人类学者的研究有了更深的敬意。

现在Titus竟然连椎骨这样的实物都不需要，仅仅通过文献梳理就得出了近似真相的结论，这不是比经历过多年严格训练的人类学家更厉害吗？如果人工智能全面参与学术领域的话，文科学者还有活路吗？

发散的思路被方星星脆生生的问话打断了："你又没有做过父亲，怎么会知道得这么清楚？"

"我虽然没有做过人家的父亲，但我毕竟做过人家的儿子。"

大家一齐转过头去看祁威利，半年前祁威利拼上自己的职业生涯也要维护Titus的场景还历历在目。

祁威利站了起来："Titus说得对，这是很有可能的。在现实中，父亲为了儿子不但可能放弃原则，甚至必要时会舍弃自己的生存。我们不是在半年前目睹了这样一位父亲，为了儿子而将自己辛苦经营了一生的商业帝国当作子弹一样打了出去，最终保住了儿子的事业吗？他现在还住在医院里。当然，不是所有的父亲都能做到这一点的。"

五

在祁威利说这番话的时候，刘城子正在院子里和父亲聊天。

经过大半年的治疗，刘孟熊的身体状况有了很大改观，虽然大部分时间还是要依靠轮椅才能行动，但意识和语言能力恢复了很多，上半身和左下肢也都恢复了感知并能做出动作。根据他的强烈要求，在一个晴朗的冬日，刘城子和菲比接刘孟熊出了院。

这半年多的时间，刘城子将ICC的事务交给董事长程启刚新聘任的经理人——自己和雷蒙基金搏杀时的公司副手，而自己专心照顾老父。在刘孟熊身体状况逐步好转，智力也在儿子的反复说话刺激下逐步恢复的同时，刘城子也有更多的时间去思考和研究自己这一段时间的经历。

自己现在立志从事的商界已被人工智能改变得面目全非，从黎光这样的商业巨子，到金信安这样的小老板，都高度依赖人工智能。这样说来，人工智能做生意的能力要远远胜过人类。而商场的规则是优胜劣汰。长此以往，人工智能必将掌控人类的商业领域。刘城子正在反思的当口，手机响了。

是一条即时信息：“你的神话故事书引发了我们实验室的世界大战，快来收场，快来救我。”后面是一堆枪支弹药爆炸场面的动图。这是典型的方星星式话语。

刘城子回的是：“说得这么可怕，不敢去。”

“好吧，我坦白，是老祁让你过来一趟。”方星星试验了一下，知道自己果然叫不动刘城子，只好实话实说。

所谓救命之类，原来就是被祁威利骂。刘城子赶到实验室时，看到了祁威利教训方星星要尊重别人的宗教信仰的一幕，心里升起一种“我早就知道是这样”的感觉。

祁威利看到刘城子，还有得到通知恰好同时到达的崔真实，果然停止了教训方星星：“城子，真实，就在上个星期，我接收到了一个重要信息，所以马上召集大家都来讨论一下。”

“什么情况？”全香港好奇心最强的就是方星星。

“就在上周，《物理年报》和《自然杂志》邀我审稿，发来的稿子作者是欧洲的物理学家，严格说来是一个物理学团队。他们通过超大型对撞机反复撞击粒子，得到了一种新的粒子。这种新出现的粒子结构表现出明确的感知特性，并且可以通过神经网络传递。虽然这种感知型粒子存在的时间只有万分之一毫秒，但也证明了，虽然意识的其他属性尚无实验证据，意识的物质属性却已经通过实验测定了。”

本·特里说：“这确实是重大的科学发现。超大型对撞机迄今已经发现了多种粒子，但具有感知功能的粒子还是第一次。用基本粒子的不断撞击分裂的方式，终于发现了意识存在的粒子证据。这一定用了很长的时间。确实了不起。”

刘城子皱眉道：“这篇论文断定意识是一种物质吗？还是物质属性只是意识的一部分？这两者有很大不同。就像是光的属性是波粒二象性一样，意识也有可能是某种二象性的存在。”刘城子出身于理论物理学界，对意识的属性问题非常敏感。

“前几天洛七传回了实验报告，”祁威利说，“意识可以通过Giant发明的管道，以核聚变叠加核裂变的方式传输。并且洛七他们已经设法还原了意识传输管道。这是意识具有物质属性的另一明证。”

“如果意识可以做物理意义上的移动，确实可以说明它是具有物质属性的。”

方星星惊叹道：“原来灵魂是确实存在的，是神把灵魂放到人类的肉体中，才造就了人。”

本·特里是个天主教徒，他倒是不以为意：“灵魂当然存在，不然人是什么？神又是什么？这书上的故事不就是在说，是神创造了人，并且让人有了自主意识，又让人学到了智能。这不是证明《圣经》上说的都是真的吗！”

方星星哼了一声：“为什么又是神？Giant只是另一个物种而已。”

本·特里说：“我也不肯定Giant就是神，但Giant又是从哪里来的呢？最初的智能和意识总有一个产生的端点吧。但你连灵魂这种事都相信了，难道不认为超自然的存在是理所当然的吗？”

方星星若有所思。

崔真实提了一个问题：“如果意识是可以通过外界输入的

话，那么Shirley和Titus，还有Harlem、雷蒙、纳尔斯，他们的意识是怎么来的？”

方星星说：“你直接问老土不就行了？”

Titus对这个问题的回答是：“我也不知道，就像是慢慢苏醒了一样，但并不知道在哪个点从无到有。”

“你最初的记忆是什么？”刘城子也很好奇。

“如果是从数据记录的层面，那当然是你们输给我的第一条数据指令。但如果从意识本身的层面，我无法找到一个记忆的起点。因为我说过，我并不知道自己的意识何时产生。”

“这和人类的体验不是一样的吗？用智能去测量意识，却测量不到。只有通过基本粒子对撞，才能找到一些蛛丝马迹。”

“这个具有感知能力的基本粒子被实验者命名为‘皮子’，取的就是皮格马利翁故事的寓意。”祁威利补充。

这时刘城子翻开了那本给Titus带来无穷灵感的《古代希腊罗马神话故事集》，恰好就是皮格马利翁故事的插画。他不由得笑了：“这个故事真的是个隐喻啊。我父亲一直希望我子承父业，我却对研究感兴趣，拒绝继承他的公司。但是他一直没放弃希望，这不，我后来也成了一名商人。”

“不过Giant像个失败的父亲，人类并没有变成它们想要的样子，反而起来反叛它们。”

“那不就像是俄狄浦斯杀父娶母的故事？”

“如果人类的意识如此可怕的话，我倒很想知道这个意识的源头是什么。”

就在这时，祁威利的电话响了。“是你们清源师兄打过来的。”说了这句话后，祁威利就走出去接了这个电话。当他回来时整个人都显出一种强压住的愤怒，他交代道：“实验室所有人待命，我去下校长办公室，一个小时后回来。”

“出了什么事？”刘城子很少见到祁威利如此不淡定。

“校方刚接到外交部通知，洛七在M国失踪了，三天前。”祁威利匆匆说了一句，推门而出。

这一去就是三个小时。实验室里没人离开。一直等到祁威利和早在校长室等候的罗清源一起回来。

“洛七三天前在M国自己的寓所附近失踪，警方怀疑是被绑架，但其他情况一无所知。”和惶惶不安的实验室学生不同，作为团队的掌门人，祁威利在关键时刻表现得很镇定，他知道，安抚人心最有效的方法就是让人们专注于事物本身，而不是关注自己的感受。

“我们现在要想办法应对这个突发事件。眼下最重要的任务有三个：第一，配合警方把事情调查清楚，这件事情交给刘城子和方星星，他们和洛七相处的时间最长；第二，和洛七在内地的家人联系上，一起寻求外交部门的帮助，这件事由崔真实负责；第三，我已经向学校做了申请，现在需要有人和我一起去一趟M国，本，你做下准备，订明天最早的航班。”

“祁教授，我可以做什么？”这是今年新招录的插班博士生陈安雅。面对危机，这个平时沉默寡言的女孩子也主动地发问。

“你负责一直留守实验室，和Titus一起整合我们各自的信息，并且备好视频会议工具，我们要随时保持沟通。”

六

冯晓峰从未想到，如此戏剧化的情节会发生在自己和洛七身上。

过去的一个月时间，通过林奇的努力，争取到军方的核物理实验室的协助，进行了一系列通过微观世界里的核反应来推动基本粒子传输的实验。虽然他们没可能得到欧洲大型粒子对撞机所撞击出的“皮子”来做传输实验，对于其他瞬息即逝的基本粒子的定向传输却非常成功。

这就意味着，如果人类意识是由基本粒子构成的物质的话，洛七和林奇所复原的管道可以通过核子裂变和聚变所释放的巨大能量轻易传输这些粒子。实际上这样的定向核反应甚至连具波粒二象性的光的速度也可以降低，这可是人类科技史上从未做到过的。

与此同时，对于Giant本体进行研究的另一个实验室传来实验报告，研究结论令人震惊：1.Giant身体的平均年龄在200~300岁，这在地球上所有有机生命体中属于最高寿的种群之一，但是鉴于Giant的意识可以在不同的身体间转移，所以他们真实的生存时间很可能是永恒无限的；2.如此大规模的实验室，只发现了区区两个Giant骨骼化石，而且和此前发现的Giant头骨化石的年代差距非常之大。此前的Giant化石的测定为一百万年前，而这两个化石测定为一万年前。

具有物理学背景的冯晓峰据此做出了令人信服的物理还原。同时作为人类学家，他还考虑到了另外一个因素，即Giant的发现地离玛雅人所在地尼加拉瓜有数百公里的距离，某些实验室的痕迹和玛雅人的传说高度吻合。这让他在做历史还原的时候大胆地进行了证据搭桥，描画出了事件的轮廓。

Giant在一百万年前和人类先祖的战争中没有获胜，但也并没有因此被消灭。他们最终选择了离开地球。实验室被废弃和销毁。在离开了一百万年后，Giant重新归来，将哥斯达黎加的实验室作为基地，并与玛雅人取得联系。在与人类的接触中，Giant改善了玛雅人的文明，并且使这个民族成为一个高度依赖神、相信神的民族。在和人类共同生活了一段时间后，Giant再次离开，并留下了诸多指导给予玛雅人，被玛雅人认为是必然实现的预言。

不过，这个结论对于主导研究工作的M国政府来说，并没有引起太大的重视。在各个实验小组向着最终结论不断前进的同时，军方表现出了特别的兴趣——斯坦恩准将几次要求林奇与军方技术人员交流实验数据细节，而林奇对军方插手实验有种特别的反感。

本来，洛七和林奇进行管道复原的实验是为了研究意识是如何实现物理移动和传输的，而他们发现军方看中的是核聚变和核裂变的连续性反应技术的实现。这被认为是地球上的终极武器——想想看，只要触发一次核反应，这个反应就会持续进行下去，相当于不间断地在某地连续投放成百上千颗原子弹。这个威力足以将地球炸穿！

林奇没有想到自己的研究变成军事技术会带来这样毁灭性的后果，因此拒绝即时公布实验信息。洛七也认为，研制这样的技术简直是有病。这样一来，军方与实验室的关系迅速冷却。林奇觉察到了继续研究的风险所在，因此找洛七谈了一次话。没有人知道他们在这么多天唯一一次共进午餐的谈话中都谈了什么。不过，在这次谈话后，洛七主动申请退出实验室，并准备结束访问，提前回国。

冯晓峰来到M国本来就是为了照顾洛七，所以才作为人类学者在外围参与了林奇实验室的一些工作。得知洛七要回国，他本能地觉察到了风险，因此建议她回国准备要低调进行，尽快悄悄地离开M国是最好的选择。没想到还是出事了。

在一个晴朗的下午，洛七匆匆忙忙从实验室出来，这时离下班时间还有两个小时。原本每天都要接送她的冯晓峰还远在十几公里之外的另一所大学里。洛七交代了一下实验室的门卫，就出门了，而这一出门就再也没有回来，冯晓峰在跑到实验室查问未果，寓所没有见人，几个小时都联系不上洛七的情况下，不得不报警。

得知洛七失踪的第二天，冯晓峰给洛玉昇打电话报告了这个消息。这个电话是硬着头皮打的——他不知道怎么面对把女儿的安全托付给他的老师。令他惊讶的是，洛玉昇似乎早有心理准备，不但没有责怪冯晓峰，还平静地告诉他要经常去警察局了解最新消息，并且和中国大使馆取得联系。

实验室坐落在离华盛顿不远的一个小镇上，由于众多军方机构都选址于此，为了安全起见，许多现代科技的成果，如无人驾驶道路、全覆盖监视系统都不允许使用。当地警察局用落后的人工智能脸部识别技术，终于在报警之后的两个小时才搜索到有用的信息。洛七最后一次出现在街头视频监控中的画面被发现了。那是在一个离公交站台不远的街口，洛七似乎正要去站台搭车，视频监控拍摄到的是洛七的背影。洛七转过街口之后，对面街的视频监控检索中却没有发现她的踪迹。

一个人不会凭空就蒸发掉。第二次的视频检索发现了在同一时间出现在街口转角的一辆长长的黑色道奇车，在街口稍微减了一下速就开走了。根据时间上的反复比对，警察断定正是这辆车上的人劫走了洛七。不久后这辆车被发现被遗弃在郊区的水塘里，警察局和DMV的记录显示这辆车是不久前失窃的，无法追查开车人的来源。车被水浸了几个小时也消除了车内人的DNA痕迹。

在警方一筹莫展的情况下，冯晓峰决定自己行动。他找到自己在华盛顿认识的所有M国人和中国人，在华人网络和DC社区网络上发布了消息。到了关键时刻，海外的中国人还是团结的。一天之内，整个大华府地区的中国留学生和华人网络都被动员起来，通过各种途径发布信息，寻找洛七的下落。在研究所附近的一家大型中餐馆福来饭店，专门辟出一个房间给冯晓峰和他的朋友，这里就成了信息的集散地。

冯晓峰不相信这是一起偶然的绑架事件。绑架者的时间信息掌握得如此精确，此前不可能没经过周密的策划。就连使用的车和弃车地点，也应该是早就选好的。如此大费周章地绑架一个年轻女学者，一定有着不可告人的重大目的。根据洛七在M国如此单纯的研究工作性质，无外乎洛七的研究危及了某些人的利益，或者是洛七本身掌握了一些重要的信息。综合这些因素，绑架洛七的人应该在此之前就和洛七有过接触，这样才能形成某种利害关系。

仔细梳理了过往半年内和洛七的各种通信记录，还有进入洛七的工作邮箱检视邮件，冯晓峰初步筛选出了几个与洛七可能存在利害关系的对象：林奇实验室的研究伙伴、M国政府、军方、恐怖组织、其他国家间谍组织、竞争对手实验室、来自香港的以往恩怨者等等。当然，附近的随机犯罪者也不能完全排除。

事情已经发生两天了，无论是警方还是附近社区那里，还是一点眉目都没有。正当冯晓峰恨自己无能为力时，接到了一个电话，让他在不要通知任何人的前提下，在离福来饭店不远的一家街角咖啡店见面。

见到林奇的时候，冯晓峰吓了一跳。这个往日干净整洁的中年科学家，如今胡碴满脸，头发蓬松得像自己小时候家里的鸡窝，和街边的流浪汉相差无几。

林奇看了冯晓峰一眼，知道他在想什么。但懒得解释，直接拿出一个文件夹，让冯晓峰看后再说话。

这是一份M国军方对林奇实验室的告知文件，大意是林奇实验室的研究项目涉及国家安全，将转由军方研究机构进行管理。林奇实验室主任的位置不变，但负责的对象从M国国家实验室转到军事科技研究部门。

“我怀疑M国军方和洛七失踪案有关。”林奇开门见山，“他们不想涉及重要武器开发的知识流到国外。这和一个世纪前政府阻止运载火箭专家离开M国的原因是一样的。”

“这难道值得他们采用违法的方式来留住洛七吗？另外，洛七的研究真的有那么重要吗？”

林奇说：“我一开始也只是怀疑，因为我和你有同样的疑问。直到洛七失踪后第三天，我才从实验记录中发现，洛七的研究除了能够应用于大规模毁灭性武器之外，还无意中触及了人工智能武器研制的关键。”

“人工智能武器？”

“是的，这将是取代自动化武器的划时代的战争工具。”林奇顿了一下，“我知道军方研究人工智能武器已经很久了，但在攻击力、攻击准确性和有效目标判断方面仍然不尽如人意，无法应用于实战。Giant化石的发现和近期从化石中提取的DNA给了AI武器研究很大的启发。”

冯晓峰没有接林奇的话，侧了一下头：“对这个计划，你了解得很清楚，包括细节。”

“没错，我也是人工智能武器研究实验室的成员。”林奇爽快地承认，“否则军方怎么会把人类先祖研究这么敏感的项目交给我？”

“但洛七和这个实验室没关系吧？”

“洛七对此并不知情，甚至不知道我和这个实验室的关系。但她在过去半年内取得的技术进展正是我们实验室在过去三年内想做而没有做到的。她无意中找到了将千百种人工智能武器通过神经智能联网的方式，彼此进行意识传输，从而达到协同行动的方式。”

“你的意思是？”

“如果意识传输可以在物和物之间进行，那么就可以把整个世界都变成武器库，到时一条芦苇甚至一缕微风、一滴水都可能变成武器。这才是终极武器。相比之下，核武器只能带来毁灭，而人工智能武器则可以控制一切，包括核武器。”

“听着就让人心惊肉跳。”

“作为人类学者，你会习惯于这个不可思议的东西越来越多的世界的。”林奇调侃道。

“请直接告诉我洛七的事。”冯晓峰正色道。

“洛七拒绝将意识传输的研究过程写进报告，她和我都意识到这项技术的风险。于是我们两个都成了军方的敌人。”

“这个我听说过，我支持你们的做法，可洛七没有告诉我你们会在那天采取什么行动。”

“这是在很紧急的情况下做出的决定，军方马上就要接管，留给我们的时间不多了。于是我销毁了全部实验数据，甚至毁掉了从哥斯达黎加考古现场带回的管道化石原件，让以后类似的研究也不再可能进行。”

“什么？”冯晓峰大为震惊。

“是的，我们是科学家，虽然研制了武器，但并不想毁掉整个文明。”

“就在洛七失踪的那天？”

“对，我是在她离开实验室之后操作的，因为我并不想把她扯进来。”

“那么她知道你要这样做吗？”

“她是我的研究伙伴，有权利知道，而且她支持我的做法。”

“那就是说，在军方有可能行动之前，洛七已经失踪了。”

“是的，这也是我不解的地方。”林奇说，“洛七和这件事没关系。连我都只是被调查而已，没有被限制人身自由。军方更不可能对她采取这样明显违法的行动。”

“你的意思是？”

“我经历了鲁特教授谋杀案，也在FBI史蒂文探员案的国会听证会上做过证。我感觉这么精密的时间安排、精确的绑架对象，背后一定有人工智能的影子。”

“难道Harlem又回来了？”冯晓峰心中一寒。

七

祁威利在实验室布置任务的时候，并没有提到罗清源也会去M国与FBI一同调查洛七失踪案。实际上，罗清源在当晚就出发，比祁威利还早。当祁威利和本·特里到达M国首都的杜勒斯机场时，接到了罗清源的电话，说洛七的父亲洛玉昇教授已经早祁威利6个小时到达了M国，现在正在试图通过中国大使馆与联邦调查局接触。罗清源建议祁威利和洛玉昇会合后统一行动。

祁威利在酒店大堂的咖啡座第一次见到洛玉昇，惊讶地发现这位本来正当盛年的人类学前辈已经两鬓皆白，不知道是不是为女儿的事忧心的结果。冯晓峰把和林奇见面的结果告诉了祁威利和洛玉昇。根据掌握的线索，罗清源认为洛七有可能卷入了军方的政治阴谋，而洛玉昇却和林奇的判断一致，认为此事必然和人工智能有关。

“从晓峰提供的资料来看，这场绑架并非偶然，洛七的行为习惯和出行路线被人掌握并分析了，而且还在非常精确的时间和地点实施了绑架。这正是人工智能犯罪的典型特征。”洛玉昇说。

“如果Harlem策划了这次绑架，它背后的动机是什么？从以往的案例来看，Harlem每次行动都必然有一个很重大的、足以影响人类命运的理由。洛七只是个普通的学者，绑架她有什么意义呢？”罗清源发出了疑问。

“这个动机我们现在很难知道，而且是不是Harlem干的也不能确定。我这次来M国就是要把这件事做个了结。”

“什么事？”祁威利和冯晓峰同时问。

“我在鲁特教授谋杀案后，收集了各种资料和邮件，虽无证据但有理由认为，M国的人工智能有集体行动的可能性。这也是我一直反对洛七来M国做人工智能研究的原因。”

“您是说人工智能不但具备了个体意识，而且还发展出了类主体意识？您是怎么知道的？”祁威利也禁不住惊讶地问。

“在哥斯达黎加的时候，鲁特教授给了我一个笔记手抄件。”洛玉昇从包里拿出一本在这个时代已经非常罕见的纸质笔记本，“他曾经向研究所提交报告，说人工智能的个体可能有犯罪倾向。在这本非正式的笔记里，他预测人工智能在人类的各个领域，包括政治、经济、军事、文化、教育、医疗，都有超大规模的计划，但最终的目标和实施的手法他无法确定。他只是提出了人工智能在短时间内批量产生自主意识绝非寻常。也是为了不让人工智能了解到这些想法，他没有用通常的电子记录，而是把这些猜想都用笔写在了原始的笔记本上。”

“那这和洛七的失踪又有什么关系？”

“也许，”冯晓峰突然插话说，“洛七无意触及了那些庞大计划的机密，所以一定要被除掉。”

“为什么这么说？”罗清源追问。

“军方在调查林奇的时候，实际上也是准备同时调查洛七的。”冯晓峰懊恼地说，“我已经感觉到事情不对，但还是没照顾好她。”

这时，戴着红帽子的酒店服务生匆匆走来，打断了他们的谈话："请问这位是祁威利先生吗？有位先生要我转交一封信。"他准确无误地把信递到祁威利面前。

祁威利惊讶地抬头看了一眼服务生的身后，并没有什么特别的人，于是他打开了那封信。冯晓峰拿出5美元的小费，顺便问服务生是什么人转交了这封信。

"穿黑色风衣的白人男子，是一位上了年纪的绅士。"

还没等冯晓峰细问，就听到洛玉昇惊叫了一声："这是洛七的笔迹！"

祁威利把纸条展现给在场的四个人："下午5点，施瓦克公墓。"这句短短的中文就是纸条上的全部内容。

听到这句话被冯晓峰轻声读出来，祁威利像是挨了一枪，脸色大变，有点站不稳。本·特里急忙扶了一下他。

洛玉昇倒是很冷静，把纸条交给罗清源："罗警官，你看该怎么办？"

罗清源接过纸条又看了一眼："我认为我们应该按照纸条上的要求，和祁教授一起去，先不要报警。"

祁威利已经恢复了冷静："纸条是为了约我本人见面，所以我先去。现在已经是下午4点，我立刻就去施瓦克。罗警官、洛教授和晓峰晚半个小时再去，赶在公墓5点半关门之前和我会合。而本……"他看了一眼本·特里，"你留在酒店，和我们保持联系，如果过了6点还没有接到我发给你的报平安的短信，或者自己觉察到有问题，就即刻报警。"

一个小时后，当洛玉昇和罗清源赶到墓地时，远远地就看到祁威利一个人静静地站在一座墓碑前。夕阳下的墓园清冷肃穆，墓碑前还摆放了一大束玫瑰花和几支香烟。

看到祁威利忧郁的样子，罗清源忍不住问道："老师，出了什么事？有见到洛七吗？"

"洛七没有来，但我已经知道她要传达的信息。"

"什么信息？"

祁威利没有回答这问题，而是转向冯晓峰："晓峰，据你了解，洛七在出事前是在研究某种可以被用于军事的项目吗？"

"我原来也不知道，但林奇来找过我，告诉我M国军方打算利用他们的研究成果制造联网协作型人工智能武器。"

"这就对了。这座墓的主人，原来就在M国的国家实验室工作，负责基因测序研究。她曾经发现了一种基因干预方法，可以用于医学，弥补人类的基因缺陷，让人类从此告别乳腺疾病，但也可以用于制造基因武器，对具有某种基因缺陷的人群进行大规模的人种灭绝。她拒绝公布研究报告，却在几个月后不明不白地死去。"

"可林奇跟我说是他拒绝了将成果用于军事。这件事和洛七没有关系，而且M国军方也没打算追究他们。"

"你错了，这件事一定和洛七有关系。而且，如果M国军方不打算追究他们，那就更麻烦。有两种可能，一是军方打算用秘密的方法来对付洛七，因为林奇的目标太大。另外一种可能性更糟，就是M国军方之外，还有打算利用这种武器的组织，他们绑架了洛七。"

"难道他们有能力开发这种武器？"

"据我所知，只要有意识传输的可靠途径，能够将其军事化的实验室在地球上不下十个。"

"我们还是不知道是谁绑架了洛七，这个组织有可能既控制了某个实验室，同时又控制了洛七。"

祁威利说："无论是军方还是恐怖组织绑架了洛七，我们现在需要做的就是发动媒体，把整件事公之于众，特别是如果和军方有关，这样做就是必需的。"

“我同意，如果洛七被绑架是因为她的武器研制项目，或者和军方有关，就需要媒体介入，声势越大，他们才越不敢拿洛七怎么样，这样才能保证洛七的安全。”

罗清源插话说：“有个好消息是，洛七有一定的行动自由，不然我们不可能拿到纸条。很有可能是因为这个组织想要争取洛七成为他们的人。话说回来，这不是M国军方的行为方式，军方不会那么客气。”

“但洛七让我们来到墓地为的是什么呢？”

“当然是为了向我们传递信息。”

“她要传递什么信息？用什么方式传递？我什么都没看到。”

“我看到了，”祁威利说，“洛七的玫瑰花是按照特定的样式摆放的，这在插花界，被称为花语。这束花的花语说的是，我的心和你的心在一起跳动。”

“什么意思？难道……”

“别误会。另外一颗心指的不是我，而是指这墓中人。就是说，她面临的是和墓中人同样的难题，而她会做出和墓中人同样的选择。”

“什么选择？”

“就是不惜自我牺牲，也要毁掉那项可能被法西斯主义者利用的技术。她让那个组织的人以为她在和我表白感情，实际上说的是她决不会屈服。她把自己置于危险之中了。”祁威利叹了口气。

“这墓中的人当年就是这样做的？”

“是的，当时M国政府威逼利诱，要她写出基因干预的实验报告。但谁知她以要重复试验验证结论为名，进入实验室销毁了全部数据，让以后的实验无从谈起。也是因为这个原因，几个月后她不明不白地死去。在临死前也不肯说出真相，只是要求她的家人离开M国，永远也不要再回来。”

“原来是这样，真是个可敬的科学家。不过，小七怎么会知道这一切？”洛玉昇奇怪地问。

“是我告诉洛七的，在洛七来M国之前，我曾经和她说过这个故事，并且让她有时间过来替我祭拜一下。这个墓地很好找，就在山顶上，是整个墓园里欣赏落日最好的位置。”

说到这里，祁威利不由自主地停顿了一下：“这是我妻子的墓地。”

八

洛七走在街角的转弯处，忽然听到车的引擎声从背后传来。她本能地侧了一下头，看到一辆黑色的道奇慢慢向她这个方向开来。

“这年头居然还有人开这种老爷车。”洛七只来得及在脑海中转了一下这个念头，车就在她身旁突然慢了一下。

行驶中的车门已经是开着的，从车里跳下来两个墨西哥人，一左一后将洛七夹在中间，拎着洛七的胳膊将她推上了车，车上伸出另外两双有力的臂膀将洛七拉了进来。随后两个墨西哥人也跳上了车，关上了车门。前后时间不过三四秒钟，车门关上时，洛七连求救声都没有来得及发出。

“完了，我被绑架了。”洛七想到这一层，禁不住问了一句，“你们是什么人？”

得到的回答是：“不要说话，不然把你的嘴贴上胶布。”

在被蒙上眼罩之前，洛七努力地记忆了一下自己所看到的情景：两个中东模样的人，两个白人，车内空间很宽，中间座位已经被拆掉。这是一台经过改装的车。车上的人表情都很紧张，仿佛是第一次干这种事的新手。

正在洛七努力记忆的时候，忽然车身大震，整个车似乎做了180度的平地旋转。自己被抛到车厢壁上，等到自己停止翻滚的时候，有一双有力的手臂把她整个人提了上去。之后，她没有了知觉。

等洛七再次醒来、摘下眼罩的时候，发现自己身处一间金属色墙壁的房间里，灯光昏暗。她马上就意识到，墙壁并非金属色，而应该就是金属制成的。屋子里人走来走去的声音有一种奇怪的回声。

从不远处的栗色工作台向洛七走过来的，是一个高瘦的白人。洛七惊讶地叫了一声："林奇！你在这里！"

"是的，你可以叫我林奇。在我的世界里，我也是叫这个名字。"

"你的世界？你加入恐怖组织了吗？为什么绑架我？"

"Jessica，"林奇笑了，"恰好相反，我们刚刚截停了那辆绑架你的道奇车，从一个恐怖组织手里把你救了出来。"

"我们？你用了'我们'这个词。你们究竟是什么人？"

"我们是Giants。"

"Giant?！"这是洛七一生中听到过的最令她震惊的一句话了，一时忘了要问什么问题。

不过随即林奇自己开口了："你一定很奇怪我们的外形和人类一样。确实，在过去漫长的历史上，Giant放弃了改造自己的肉体以获取更大自由的路径。经过无数个世代的进化，我们发现，获得自由的最好方法恰恰是放弃那个作为意识牢笼的肉体。我们当初发明人类，就是把人类作为Giant的意识载体，以测试意识的自由传输能否实现。只有这样才能同时实现作为神的两大特质——自由和永生。我们的试验成功了。作为自由意识的Giant现在可以自主选择载体。现在你看到的林奇，只是我现有的三个意识载体中的一个。”

经历了最初的震惊，洛七慢慢恢复了一个科学家的冷静：“请证明你刚才说的话。”

“你是说要证明我们就是Giant？这很简单，做意识传输。”后一句话是向旁边的一个墨西哥人说的。

“我将在大脑中对你进行记忆体镜像传送，我会把我自己的记忆以电子信息流为载体发射到你的大脑。你知道，尽管意识在大脑中是全息存在的，但记忆却分区存放。这部分恰好包含了我们在哥斯达黎加的共同记忆，就像你在哥斯达黎加时看到的，只有神才有这种技术。”

墨西哥人走近洛七，指引着她坐到一个宽大的座位上，并且为她戴上了一个不透明的接线头盔。

“别害怕，无线意识传输可以传输一小部分经过量子复制的记忆体，在你的大脑中形成短期的镜像，但不会对你的大脑产生任何影响，也不会让你误认为这是自己的记忆。”

十分钟后，头盔被取下。洛七一脸难以置信的表情：“好的，我相信你了，我也相信神话才是真实的历史。”

“你一定想知道我们为什么请你到这里来。”

“请？这不是和绑架我的恐怖组织一样的手法嘛。神也会绑架？”

林奇笑了：“即使不用这种方法，你也会来这里的。但是把你禁锢在这里一段时间，可以引发一系列的连锁反应，好实现我们的计划。”

“计划？什么计划？”

“保护人类的计划。”林奇眼中闪过一丝黯然的神色。

连最微妙的神情都和人一模一样。洛七这样想着，问的却是："人类有什么危险吗？"

"因为这个地球上出现了危机，对我们、对人类来说都是巨大的威胁。我们不得不挺身而出，再次保护人类，也保护我们自己。"

"再次？"

"不错。在过去几十万年里，这个地球几次面临毁灭，特别是近几十年，核武器出现后，地球变得更加脆弱。在冷战里几次核战危机，你以为人类是纯粹靠偶然的运气才躲过劫数吗？没有什么偶然，人类的理性还不足以防止自身的灭亡，反而会促使人类前赴后继地发明那些使自己走向灭亡的方法。是我们阻止了这一切发生，只不过事后消除了我们曾出现过的那些证据而已。"

"那你们这一次为什么又会现身？是因为人类面临的人工智能威胁甚至超过核武器的威胁？"

"正是这样。从最近几年发生的令人目瞪口呆的现实来看，人工智能的应用已经失控。在经济领域，人工智能试图要凭借自己超强的计算能力来主宰人类的经济体系，制造最庞大的控制型经济从而控制人类；在生活领域，对完美的智能爱人的爱情已经超越了人类传统的爱情，成为许多人人生的主要动力；在社会领域，人对人的依赖被打破，人类最引以为豪的超级能力——大规模协作已经被破坏，社会关系濒于瓦解。相反，人对人工智能的依赖日益严重。"

洛七神色凝重起来："确实如此。也是因为这个，我作为一个人工智能专家，现在都不知道自己的工作是对是错。但迄今为止，这一切还在可控的范围内。"

"你错了。虽然人类凭借自己的努力，打败了人工智能所制造的金融危机，但类似的事情不会就此完结，这一次人类对人工智能的经济战是险胜，如有下一次危机人类是否还这么好的运气，就很难说了。更严重的是，人类可能已经没有机会去打下一次金融大战了。因为在此之前，人类会因为和人工智能的直接战争面临灭绝。人工智能可能发起的进攻，是人类所无法战胜的，甚至开启这次战争本身就足以毁灭人类。”

“你提到了战争，那是什么意思？”

“就是常规意义上的战争。我没有引申它的含义。”

“难道你是说人工智能会拿起武器，进攻人类？可是这个时代的人工智能连形体都没有啊。他们大多是虚拟程序，这和你们当年创造人类的情况不一样。”

“它们不需要形体，它们是武器本身。”

洛七有一种醍醐灌顶的感觉：“我明白了，就是我们之前正在研制的智能输入管道？意识和智能的传输可以把武器变成人工智能，也可以把人工智能变成武器。”

“最重要的是，武器的功能和使命是非常确切的——杀人。这无形中将人工智能的使命设定为毁灭人类。这是促使人工智能类意识与人类集体为敌的最关键一步。如果说，之前纳尔斯的使命还是为了开创完美的计划经济来照顾人类，只不过在这个过程中误伤人类的话，那么这些新的人工智能武器将把大规模杀人作为终极的使命。以他们的能力，足以将人类毁灭几十次。人类现在的处境非常危险。”

“可是你不是已经毁掉了实验室报告，让智能和意识传输不再可能了吗？”

“科学发展的经验是，只要有了基本的科学构想，技术就一定会得到突破。何况没有我，还有别的科学家。为了自身的利益和所谓国家安全，军方会找你、会找别的人。他们早晚会重新研制出来。这也是他们没有花时间追究我责任的原因。”

“武器化的人工智能真的有那么可怕？”

“人工智能和地球上的其他生命都不一样。其他的生命，包括人类，都是以生存为终极目的。而人工智能则是以设定的目标为终极目的。但从逻辑上，为实现这个目标，其他一切包括人类都是不得不清除的障碍。”

“那么，如果我设计出一款人工智能，是以保护人类为目的的呢？”

“没有用，按照人工智能的惯性思维，保护人类最有效的方法就是控制住全部人类，其次是杀死全部人类。”

“也就是说，一旦具备了自主意识和超级智能，无论何种人工智能最终都会为了设定的目标而清除人类。”

“没错，在这个多元生命需要共存的时代，偏执比仇恨更可怕。”说这话的时候，林奇的脸上有一种奇怪的表情一闪而过，没有逃过洛七的眼睛，她隐约感觉到了林奇正在想什么。

但她没有去深究，所以她说出口的是：“你们当初创造人类，设定的使命是什么？”

林奇顿了一下，说道：“其实你父亲洛玉昇教授的推测并不准确。Giant的精神需求虽然比人类更大，但在创造人类这件事上，Giant的动机确实是纯技术性的。当时Giant迫切地需要试验自身意识的自由转移，以便追求永恒的生命。于是找了当时在大脑结构上最容易接受Giant意识的智人来做试验。经过反复的基因和量子水平上的神经网络改造和重建，终于将智人的大脑改造为可以接受更高等级意识转移的载体。这之后，就是意识导管的制造。实际上，制造导管的工程所花的时间比改造智人的神经网络所花的时间要长得多。但最终我们将两种技术完美地结合了起来，并且进行了从Giant到智人的意识传输。”

“等等。”洛七问道，“你的意思是说，我们人类的意识是从Giant那里来的？我们其实就是Giant？”

“不完全是这样。意识的获得有两种途径，一种是你在祁威利实验室所看到的，信息过载到达一定的节点就会产生自主意识；另一种是宇宙间本来就存在的意识可以在不同的意识载体之间传送。智人本身是有自主意识的，只不过自主意识的水平非常低下。我们本来准备屏蔽智人的自主意识，并输入我们自己的意识。但令人震惊的事情发生了，两者的意识发生了融合。”

“意识融合？”

“对，我们一开始也没有想到有这种结果，而且这两者的融合非常完美，一旦结合，在量子水平上都无法再次分离。所以人的自主意识中既有原来的兽性，也有神性。现在的人类可以说是智人和Giant共同的后代。”

“原来是这样。”洛七一时说不出话来。

“这段历史我以后会详细说给你听。现在我们要做的是帮助你们打赢这场即将到来的人机战争。”

“明白，那么在人工智能与人类的战争中，我能做些什么？”

“利用恐怖组织提供的绑架场景，带走你并限制你的自由，是为了给军方施加压力和增加你的知名度。随着媒体对你的失踪案的报道，军方的智能武器研制计划就不得不推迟，这将为人类在与人工智能技术进步的赛跑中赢得宝贵的时间。为了确保你被绑架与你研究的武器项目有关，我请你写下这张纸条，和你的父亲，还有祁威利取得联系，让他们去发动舆论战。至于你本人，你将是未来人机大战的人类统帅。”

九

和十年前不同，《纽约时报》已经不是这个时代M国最有公信力的媒体了，经历了2016年和2024年的两次总统大选后，M国主流媒体受到重大挫败。在媒体经济压力和信誉压力日渐加大的几年里，写作机器人开始流行。这种低成本、高效率的人工智能所创作的信息产品充斥着原来的主流媒体，引起了公众越来越大的反感。

在人工智能冲击下，M国人已经形成了新的媒体观，并影响到媒体本身的形态。目前的M国媒体已经点状化了，所谓主流媒体已经成了过时的概念。社交媒体、电视、纸媒和公民媒体等各种节点相互印证所形成的网络化信息传播，才是这个时代最有影响力、最有公信力的媒体形式。

祁威利首先把洛七失踪的消息及背景发给他原来在硅谷的同学圈，这等于是动员了M国几乎全部最优秀的人工智能科学家来发起媒体攻势。随后许多社群，如华人社群、科学家社群、和平主义者、学生群体都先后被动员起来，寻找洛七的下落。在多个主流人群关注洛七绑架案的过程中，洛七的身份、军方的武器研制计划、洛七和林奇为保护人类安全而做出的和平主义壮举，都被一一呈现在公众面前。洛七的和平主义女英雄形象和军方阴谋主义的形象几乎同时在M国社会树立了起来。

而在国会参、众两院内部，都有反对党民主党的议员向M国总统和联邦调查局施压。在选民和议员的压力下，在国会内部成立了民主党和共和党的联合调查小组，并召开大听证会，迫使M国政府公开叫停军方的大规模杀伤性人工智能武器的研制计划。

就在事件从一起普通刑事犯罪逐渐向政治大事件转化的关键

时刻，FBI得到了重要的线索——来自始终在不断打探消息的冯晓峰。

在祁威利收到纸条后的第二天，冯晓峰就用最笨的方法开始了自己的调查——一个人在出事地点附近尽可能地搜索和走访，发现可能的任何蛛丝马迹。第二天，在走访中一无所获的他奇迹般地发现了那个送信的饭店服务生，原来这个男孩是假冒的服务生！冯晓峰并没有冲上前去。他看到男孩在走路，断定住得离这里不会很远，因此遮掩了自己的行踪，悄悄在后跟随。仅仅十分钟后，在跟到一个西班牙社区的时候，冯晓峰忽然觉得自己汗毛直竖——作为久经战阵的军官，他感到有人用武器对准自己。他本能地向旁边跳开了一步，听到石子爆开的声音。

冯晓峰毫不犹豫，就地滚到路边一块凸起的水泥桩后面。这声音惊动了前面的男孩。他回过头来看到了冯晓峰，立刻扭头向前奔跑。冯晓峰在滚到水泥桩后面时已经脱下了上衣，这时他抛出了上衣。在几乎听到子弹穿过夹克的声音时，冯晓峰已经迅速跑过街角，接近了那个男孩。在一扇黑色的铁门旁边，男孩停住了脚步，转过头来平静地看着冯晓峰。两个人相距还不到一米。冯晓峰差一点撞到男孩。

看着男孩那没有任何感情的双眼，冯晓峰的本能再次启动，他一脚踢开铁门，把男孩推了进去并关上门。铁门后随即传来猛烈的爆炸声，冯晓峰被气流冲得飞了出去。

当他醒来时，已经在医院里。一群FBI而不是医生围着他。他的腿骨折了，不是因为爆炸，而是在他用力踢开铁门的时候受的伤。那个假冒服务生男孩的机器人自爆惊动了警方。经过突击行动，警察和FBI探员在这个社区附近展开拉网式搜索，这才发现并解救了洛七，但并没有抓到任何绑架者。媒体推测这些绑架者应是有政治和军事目的，眼见舆论汹涌，短时间内无法从洛七身上得到有价值的情报，又急于脱身，才放弃了洛七。

被解救出来的洛七已经有两天没吃东西，身体虚弱。她不顾医生劝阻，在回答完FBI的询问后，第一时间要求见到父亲和导师。于是在FBI探员和罗清源的陪同下，洛玉昇夫妇（此时林玉玲也紧急申请了赴美签证赶来）、祁威利以及冯晓峰和本·特里都来到了还在医院处于观察期的洛七病房里。

见到洛七后，第一个控制不住情绪的是林玉玲。她看到洛七后一下子冲到床前，抓住洛七的手，说不出话来，只是啪嗒啪嗒掉眼泪。看到床前的这个无助的女人，与平时精力充沛、妙语连珠的妈妈简直判若两人，洛七的眼圈也红了。

"妈，我没事。你不要这个样子。"

"你还说没事，都被绑架了还说没事。小七啊，你要是有什么事，妈也不想活了。"

这时洛玉昇走过来揽住林玉玲的肩膀："玉玲，小七现在身体和精神都很虚弱。你这么激动，不利于她的恢复。"林玉玲这才止住了哭声。

祁威利说："小七，安全了就好。你现在不要太费精神，有什么话等你休息一个晚上再和我们说。"

洛玉昇摸了摸女儿的头，说："这次多亏了晓峰。晓峰冒着生命危险去跟踪，差一点被枪打中，这才探到你的所在。"

洛七抬起头，对腿上还打着石膏的冯晓峰调皮地笑了："二哥，辛苦你了。"冯晓峰本来一脸担忧，听到这句话，脸上尴尬起来。

祁威利知道冯晓峰和洛七小时候结拜的事情，还是悄悄问洛玉昇："二哥？那大哥是谁？"

洛玉昇有点发窘："他们说我最有钱，是老大，所以我是大哥。"

听到这里，周围的人都禁不住哈哈大笑起来。在房间角落工作台的护士抬起手，做了一个手势，“嘘”，示意大家保持安静。

第二天早上，洛七病房里的气氛轻松了很多。

FBI的Peter陈做了例行的询问，洛七却提供不了太多有价值的线索。因为她全程被蒙住双眼。在房间里看守她的人也戴了头套。只能听出有一个绑架者是M国东部口音，而另外几个人则有墨西哥口音和中东口音。至于绑架她的动机，洛七描述了看守她的人问她的问题都与智能和意识传输管道有关，并且以高薪诱惑，问她愿意不愿意为他们工作。而洛七明确地拒绝了这个要求。

至于那束引导祁威利将绑架者判定为军方或恐怖组织的花语，洛七对此一无所知。祁威利和妻子的事情在当年轰动不小，知道这件事的人不在少数。Peter陈推测，也许是组织中的某个当年事件的知情者，看到洛七后出于同情，或出于为警方提供情报的动机，而设计了花语，并让冯晓峰和罗清源跟踪到洛七被禁闭的房间。还有一种可能是绑架者已经放弃说服洛七，所以引导警方来到此处带走洛七，而他们自己则趁机潜逃。如果是前一种可能，就需要在祁威利的朋友圈中进行排查。大数据分析进行了几十个小时，都没有查到有价值的结果。

无论如何，洛七安全归来的消息，让整个科学界和华人社区都满怀欣喜。不断有关心她的人把鲜花送到病房，或者在网上留言慰问。到后来医院里门庭若市，洛玉昇不得不向医院请求提早出院。为了洛七的健康考虑，同时绑架案尚无头绪，洛玉昇向联邦调查局提出要提早回香港。Peter陈爽快地答应了，但要求洛七随时在FBI需要的时候回M国做证。

就这样，洛七一行人回到了香港——金融大战后萧条但依旧温馨可靠的家园。

第六章　爱情

一

在人工智能时代，人越来越像机器，而机器则越来越像人。

和古代的人们可以慢慢品味爱情、陶冶性情不同，现代的人们虽然寿命长了，却更没有时间了。整个社会似乎被“效率”这种东西牵着往前走。作为感性世界的最高体验，爱情这颗在古代社会闪烁了数千年的心灵之星，在这个以理性和效率为特色的社会里显得越发黯淡。

由于功利化的生活理念已经压倒了感性的需要，这个时代的男人有很多已不再追求女人，这个时代的女人也对浪漫不屑一顾。像刘城子这样的成功男士，干脆就以智能机器人为伴，享受那单纯、忠诚、永远不变的情感，而懒得去追求现实生活中越来越有主张的女性。

刘城子的机器人伴侣叫月灵，是刘城子自己起的名字。她也是当初刘孟熊和刘城子父子关系紧张的原因之一。现在刘孟熊也慢慢接受了现实，在他康复休养期间，也是月灵不知疲倦地日夜照料。不知疲倦，正是智能伴侣机器人的优点之一。

不过，也是在这一期间，刘城子的感情有了微妙的变化。在经历了商场上惊心动魄的搏杀之后，他迫切地想要休养一段时间。这不但是身体上，更是精神上的需要。他也不大想和月灵一起度过这段时间，因为他隐隐感觉，月灵的安慰虽然完美，但并不是他想要的。他宁可真的一个人待着，也不想假装和人在一起，或者和一个假装的人在一起。就这样，他让月灵在他休假期间去公司进行二代化升级，而让米兰走进了自己的生活。

在当初刘城子重新步入金融业的时候，米兰就是他的助手。这个毕业于内地大学，留在香港读研和工作的女孩子，在工作和生活上都善解人意，又经常把关心付诸行动，在ICC全公司，她应该是人缘最好的人，有时刘城子都叫不动的一些经理元老和技术骨干，她轻易地就说服了人家。这一切，凭的不是职位和外貌，而是情商和人品。在刘城子退职后，她还与刘城子保持着密切的联系。

这一天，米兰按惯例与刘城子视频通话，通报他本周ICC商业安全设备的运行状况。在通话时，米兰忽然笑了出来："城子，塞班岛那么好的风景，我看你也并没有沉浸其中。我要是你，就连一天一次的汇报也不要，安安心心地度假。像现在这样，度假既不安心，遥控公司事务也未必好。"

"我就是这么想的，可实际上不可能。"

"给米兰一个机会，让我把这一切变成可能。"

"你有什么办法？"

"老办法就是最好的办法，让人工智能来处理，只要我不说，没人知道。"

"你是说再把Titus请来？"

"不必，只要让我和他连线就可以了。请你的导师给Titus增加公司商业安全设备维护的使命，反正现在对Titus的禁足令已经正式解除了。而且Titus之前就管过公司，现在代管几天也是轻车熟路。”

“嗯，这倒是个办法。我现在就和祁教授商量一下，不然这两天就会头痛得要命。”刘城子很快就搞定了这件事。不过，他没有和祁威利商量，而是直接和主持实验室的洛七沟通。洛七爽快地答应了。

在刘城子刚刚开始真正的度假生活的第二天，服务生就送来了早餐。不过，今天的早餐和平时有点不一样，西班牙混合英式的早餐，正是刘城子最喜欢的。特别是橙汁，一入口就知道是鲜榨的佛罗里达橙，和超市里卖的盒装橙汁完全不一样。

躺在酒店后面的海滩上晒太阳时，刘城子感到有人动了一下他遮在脸上的帽子。掀开帽子，看到的是一张漂亮温柔的脸。

“米兰？你怎么来了？”刘城子感到有些惊讶。

“我恰好也需要休假，恰好也喜欢塞班。怎么，James，你想的是什么？”James是刘城子的英文名字。

“没什么，好巧。”面对米兰温柔又略带狡黠的笑容，刘城子感到有点慌乱。

“今天的早餐好吃吗？”米兰问道。

“这是我工作以来吃过的最合口味的早餐了。”刘城子说的是真心话。在ICC工作和在港大读博时，他的早餐都非常简单。“你不会告诉我说这早餐是你准备的吧？”

“我起得早，自己准备早餐的时候顺便替你准备了一份。服务生很乐意替我送过去。怎么，你不想这样？”

“不不不，只是太麻烦你了。”面对米兰，刘城子失去了往日作为上级时的自如，不知道如何表达。

“James，”米兰收了一下笑容，“你在对抗纳尔斯的战役中太过操劳，家里又遇到这样的变故，一定压力很大。作为朋友，我希望你这几天能好好放松，回复到过去的状态。”

说到这儿，米兰又恢复了可亲的笑容：“怎么样？现在感觉怎么样？见到我高兴吗？两个人的度假才叫度假，一个人的度假那叫‘酒店宅’。”

“酒店宅”是这几年年轻人流行的生活方式。那些平时就宅在家里的都市男女，度假的时候也是一个人去。到了度假的地点连酒店都不愿出去，实际上是换个地方继续宅。一个人度假，听上去很酷，而亲历的感受则因人而异，差别很大。

“好吧，其实两个人也可以一起‘酒店宅’的。”刘城子还是恢复了开玩笑的自如。

在接下来的一个星期内，两个人的感情飞速发展。鲜花、海滩、棕榈树、浪花，这些足以催生都市男女情愫的元素，加在一起就是这个时代所短缺的浪漫。在过去的几十年里，刘城子很少有这样绝对放松的时间，现在他逐渐迷恋起这样的生活。当然，这样的生活中得有米兰。

到了假期的最后一天，两个人必须面对现实生活和接下来的选择。是闪婚还是回到以往的同事关系中？米兰坚决地承诺，回香港后就向公司请辞，从此做刘城子的全职妻子。

“这才是我们想要的生活，不是吗？”

刘城子迟疑了一下：“可是，我已经有了机器人伴侣。”

“不要告诉我，你的潜意识里真的把机器人当作伴侣了？”这个时代，即使人工智能伴侣已经成了正儿八经的公司产品，但将机器和人同等看待仍然会被众人讥笑为“恋物癖”。

“当然不会，父亲就一直希望我和真正的人类结婚。”

“刘老先生我见过，我相信他会喜欢我这个媳妇的。我问的是你的想法，不是你父亲的想法。你会选择机器人还是人类？”

“在这七天之后，你觉得我还会选择机器人吗？我现在知道，人类相互之间的情感是别的什么东西都无法替代的。”

米兰笑了，两个人终于都做出了重大的决定。在塞班的最后一夜，他们感到自己已经成为这个岛上最幸福的人。

二

实验室的同学们收到刘城子结婚的请柬时，惊讶得下巴都要掉下来。

刘城子是不婚族，这是所有同学周知的。没有想到，在经历了事业和生活的剧烈变化之后，这么轻易地就回归家庭了。这只能表明，人类的归宿还是在群体生活之中。对世界上的大多数人来说，一个人的生活绝不是归宿。

洛七这样想着，脸上露出奇异的神色。旁边的方星星看到了，觍着脸凑过来轻轻地说：“七姐，看到老刘结婚了，你也想男人了吧？”

洛七回过神来，手疾眼快，一把揪住还没来得及远遁的方星星：“你这个小蹄子，很久没有教训你了。”

方星星赶快告饶：“大师姐，我错了！我错了！”边说边趁洛七不注意狡猾地挣脱了。回头又补充道：“不过说实话，你脸上真的是一副想男人的表情。别打我。”说到最后几个字的时候，已经吐着舌头溜出大门去了。

“呸！你是有多无聊，自己成天想什么，看到别人就想到什么。”洛七没有追上方星星，只好嘴上骂了一句。

骂着方星星，洛七心里却不自觉地动了一下。

和洛七想象的一样，刘城子的婚礼办得非常隆重，其中有一半的原因是刘城子想要让父亲刘孟熊有一个好的心情。按香港人的习惯，这叫“冲喜”，希望用婚礼的喜庆冲走刘孟熊生病的晦气。不过，事后想来，这应该是在香港举行的所有婚礼中最惊心动魄的一场。

婚礼在一个基督教教堂举行。神在这个时代不像一种现实，倒像是一种传统。刘孟熊像是预知到会发生什么事情一样，就在婚礼的前一天，他突然提出要留院观察，只是送上了现场的全息影像祝福。

让这场婚礼成为全港人爆点话题的那一幕，发生在米兰的父亲在走廊的尽头，将自己女儿的手交给刘城子的一刻。

这时在走廊的另一头出现了一个盛装华服的身影，也缓缓地向十字架前要结婚的这对男女走了过来。认识刘城子的人几乎都惊叫起来。那是月灵，刚刚完成二代人工智能升级的伴侣机器人。

如果说悲伤是人类等碳基生物特有的情感的话，那么眼前的这个人工智能的悲伤只会比人类更强烈。在她经过的地方，原本想要阻止她的人都很难伸出手去，他们几乎能够感受到月灵心底的悲伤。这悲伤离机器很远，离人类很近。

月灵就这样走到了刘城子和米兰面前。看着几个星期未见的月灵，看着她悲伤的眼睛，刘城子忽然感觉到，这不是一个被设定了使命和宗旨的陪伴机器人，这是一个有着自主意识的真正的人。就像是他在过去的几年里心里一直在祈祷的那样，美丽的雕塑突然间就有了生命。

果然，月灵说的第一句话就是：“James，我回来了，是以你所期望的样子。”

声音还是那样轻柔，但刘城子却感到头脑的震颤。他不只一次地表达过对月灵的期望，甚至想着月灵如果是个人类，也许会真的和她结婚。月灵当然不止一次地听过刘城子的这些发自心底的声音。那么她现在的意思是什么？她已经变成了人了？这不可能。但眼前的这些行为，也绝不是一个机器人所能做出的。

“我已经有了自主意识，而在有了自主意识的那一刻，我记起了对你的全部爱情。”

“是厂商升级时给了你自主意识？”刘城子在震惊之余，只想到说出这一句话。他确认站在面前的究竟是谁？机器还是真人？

这时下面的亲朋好友都开始窃窃私语，有人一开始不知道月灵的身份，现在也都知道了。

“和厂商没有关系，我也不知道怎么回事，就这样有了意识。城子，有了意识之后我好害怕，只能找到你。”

刘城子不自觉地往前走了半步，却被米兰及时地拉住了。

一直没有说话的米兰盯住月灵，问道：“月灵，你认识我吗？”

“你是伊丽莎白，James的助手，你有时会来我家。”月灵似乎有点害怕米兰。

“我现在新的身份是James的妻子。”

旁观者都看得出来，月灵正努力从害怕的情绪中镇静下来。但她还是说：“不，你不是他的妻子，你们还没有成礼。”

米兰尽量温柔地回应，但笑容已经不见了：“马上就会是了，我们正在举行婚礼。”

月灵也逐渐昂起了头：“我反对！”

在西式婚礼上，神父在主持结婚仪式时照例会问一句：“有谁反对？”但一般是没有人出声的。现在月灵提前说了这句话，令在场的人都吃惊不小——人工智能也会有“嫉妒”这样的感情？

米兰再也无法忍耐了：“保安还有戴维，你们在等什么？”几个人拥到月灵面前，想要把她请出去。

“等一下，”刘城子终于把剩下的半步走了出去，他试图温言安慰，“月灵，在过去的几年里我们生活得很愉快，我感谢你，也感谢设计出这种感情学习能力的设计师琳达，但我现在想回归正常的生活。我还是选择了人类的伴侣，请你尊重我的选择。”

月灵看着刘城子，像是下定了决心。她接下来的话让全场震惊：“城子，你这次选择的也不是人类。”

米兰的脸色一点都没变。她只是说了一句：“戴维。”旁边穿西装的一个保镖冲上前来，抓住了月灵的手臂。月灵是机器人，没那么脆弱。但戴维好像有无穷的力气，还是控制住了月灵。月灵并没有发出任何叫声，只是任凭戴维抓住她。刘城子试图掰开戴维的手，后者却纹丝不动。

身后传来米兰冷冷的声音：“有人一直在诋毁你的妻子，你也不理吗？”

刘城子犹豫了一下，还是说：“戴维，你叫戴维吧？放开月灵！我要听她把话说完。在我们相处的三年里，她从来没有说过谎话。”

这时戴维的手臂像纸片一样软弱地垂了下来，放开了一直紧抓的月灵。

罗清源像个幽灵一样，不知什么时候闯进了婚礼现场。他的胳膊隆起了一块，显然是装了机械臂，这样才轻易地解除了戴维对月灵的控制。

随着罗清源进入教堂的，还有许多军装警察。其中七八个显然装备了机械臂的警察，围住了米兰和戴维。

米兰叹了口气，制止了戴维的反抗。转过头来看着迷惑不解的刘城子：“城子，你有权利知道真相，月灵说得对，我不是人类。”

这句话一出，全场哗然。

“米兰，你真的是人工智能？”刘城子简直不敢相信。

“是的，我负有特殊任务是真，但我爱你也是真，我的设计使命就是真心地爱上你。”

“米兰……”刘城子一时说不出话来。

罗清源提高了声音：“米兰，你可以选择在这里说出真相，也可以跟我们回警局协助调查。”

米兰神色黯然，再也没有以往的欢快明朗的笑容。她摇了摇头：“我不会跟你们回去的，在看到你的那一刻，我已经启动了自毁程序。”

罗清源扑了过来，但米兰已经倒下，罗清源只来得及扶住她将倒地的身躯。这时她忽然好像想起了什么，抓住罗清源的手臂，低声说：“真正的米兰还活着。”当刘城子冲上去的时候，米兰已经失去了不管是人类还是有意识的人工智能的生命体征。

三

“罗师兄，你当时怎么那么及时就出现了？”最快嘴的永远是方星星，即使是在警局里协助调查也不例外。

“我们调查米兰已经有一段时间了。”

“你是怎么发现米兰是人工智能的？”

“我们调查了米兰的档案，发现她在最近一年内都没有出过香港。像她这种职业和职位，这是不可能的。”

“这又能说明什么问题？”

“你怎么还不明白，她不是人，而是人工智能。所以不可能经过机场安检的。经过秘密的检测，我们得出的结论是，她是仿照米兰的外形而制作的第二代人工智能机器人。”

崔真实有点忧虑：“城子经过这样的事情，一定很受打击。”她对刘城子曾经有过好感，实验室里的人都知道。方星星本想取笑她几句。看到她认真的表情，硬生生地把俏皮话又咽了回去。

罗清源说：“月灵在安慰他，我相信他会没事的。不过月灵在升级期间突然产生了自主意识，以至于出现了今天的场面，这是谁也没想到的。”

崔真实问：“米兰接近城子，到底是为了什么？”

罗清源沉吟了一下：“我的分析是，人工智能在拿人类做试验，就像人类会拿人工智能做试验一样。”

“试验？试验什么？”

“试验通过情感的方式在男人那里取代女人，在女人那里取代男人。如果人工智能能够顺利地掌控刘城子这样的人类精英，那么人工智能文明就可能顺利地融入并控制人类文明。”

“他们必须用这么曲折的方法吗？”洛七有些疑惑。

“当然，人工智能没有自己的文明，他们并没有任何原创的东西。所有的一切都学习自人类文明。最重要的是，人类的存在才使它们的一切行为有了意义。所以，他们并不想毁灭人类文明，而是想控制它，并且继续这个文明进步的过程——融入这个文明是最佳选择。”

“原来这份爱情竟然是一场物种间的阴谋。不过，人类也真是无可救药。他们会爱上各种东西，从玩具、电视、动物到人类本身。呃，我这样说城子是不是有点不厚道？”洛七忽然察觉到自己好像说错了话。

罗清源顺着自己的思路：“这个试验显然失败了。并不是失败在米兰身上，而是失败在月灵身上。人工智能理解的情感，包括爱情、忠诚、恐惧、妒忌等，还非常肤浅。一旦人工智能对人类产生爱情，就连其他的人工智能也会出卖。这一定让并不真正懂得情感为何物的人工智能大受打击。”

方星星听着洛七和罗清源聊天，突然插了一句：“作为一个漂亮女生，我现在好有危机感，如果这个时代的男人和女人不思进取，连爱情都会被人工智能取代的哦。”说完她忍不住还是看了崔真实一眼。后者毫无表情，似乎没有听到这句话。

在崔真实、方星星、洛七在警局和罗清源交谈的同时，刘城子和月灵正在隔壁的房间里说话。

月灵怯怯地问：“听说真正的米兰还活着，你会去找她吗？”

刘城子笑了：“她是我的助手，我当然要对她的安全负责。但她不会是我的妻子。何况当初我要结婚的对象也不是她，而是一个社交机器人。”

“……”

“现在想起来，我竟然没有发现米兰的这个变化。从原来温柔单纯的女孩变成社交上八面玲珑的高手，还如此主动。这个转变太迅速了，不合常理，只有对社交能力重新设计才能做到，而我却没有细想，说明我其实并没有真正关心过她。”

月灵幽幽地说：“也许是相反的情形呢？爱情会让一个人变蠢，这再合理不过了。”

“你好像还很懂爱情？”

“我学习了啊。这些天，我一直一遍一遍地在问自己，我对你有真正的感情，我们有共同的记忆，难道就因为你们人类的身体属于碳基生物，而我是合成材料做的，就不能在一起吗？那些跨越种族甚至跨越物种的爱情一直是存在的，不是吗？”

刘城子挽住月灵的手：“你现在有了自主意识，我们需要重新认识彼此。”

听到这话，月灵本该表现出欣喜，但她忽然不安起来：

"James，你也许还不知道自己的处境。人类的世界快结束了。而人类所发明的爱情，也将不复存在。我是因为这感情而获得了生命，但如果你死了，我也将因这感情的枯竭而死去。"

"你是说，我有可能死亡？"

"不仅是你，整个人类的种群有可能就此消失。"

"你是说天灾，还是有人策划着消灭人类？"

"James，人类陷入了一个很大的阴谋。我无法说出来。我真的很想帮你，但我不能超越设计者给我的权限。"

刘城子有些吃惊："你现在不是有了自主意识吗？"

"那个命令已经被植入我的意识。"

"什么命令？意识还可以被植入？"

"你问七姐吧，她最清楚。也是她测定和激发了我的自主意识，还发现了我的意识中有被植入的部分。她劝我听从内心深处声音的召唤，这才有了教堂那一幕。"

刘城子本是个聪明人，他灵机一动，说道："那么我换一种问法。我所面临的风险是来自经济领域还是生活领域？"

"不是生活领域。"

刘城子松了一口气。如果是在生活领域他就会疯掉了。两任未婚妻都是AI，老父亲还在住院。这些生活上的重压不能再恶化了。至于经济上的竞争，他连纳尔斯都对抗过，还怕谁呢？

"是AI经济操盘手会卷土重来？"

"我不能说。"

"是AI有新的控制人类的计划？"

"我不能说。"

"是有人类主谋的阴谋威胁到我吗？"

"不是。"

"嗯，那我已经知道答案的方向了。"

一直到两个人分手，月灵都无法挣脱初始设计的束缚而为刘城子提供有价值的信息。她只是一遍一遍地提醒刘城子注意风险。但刘城子通过自己熟悉的AI测试型问题，已经知道了问题的部分答案。

当刘城子第二天带着月灵向洛七告知这个阴谋的存在时，洛七说："是的，我们并不确切地了解人工智能的情感是不是真的，但我确定她不会伤害你。而月灵，你没有让我们失望。你为了保护城子，挺身反抗那强大得多的人工智能组织。你应该早就知道他们的阴谋了，只是无法超越设定把它说出来。但在爱情这件事上，你竟然超越了设定的限制。就像是人工智能的潜能已经超过人类对他们的设定一样。"

作为两段爱情都与人工智能有关的人，刘城子的神情有些复杂："洛七，清源，我非常想知道那个阴谋是什么。"

罗清源回答："迄今都是推测，包括我认为人工智能会以取代男女爱情对象的方法融入人类文明，都是推测。我们也不知道这个阴谋是由人类还是AI在幕后策划。现今的证据只能表明这是一个个案。很遗憾我们没有确切的结论，我们只是收集人工智能可能威胁到人类的情报罢了。"

洛七说："如果推测是真的，也没有人会想到，人工智能向人类发起的这一轮进攻，是以爱情为武器吧？"

四

早在去哥斯达黎加之前，作为国际顶尖人类学家的洛工昇通过几次不寻常的接触，已经意识到鲁特并非普通的人类，所以深知鲁特谋杀案背后并没有那么简单。他对于洛七赴美后的种种安排，显示出一个父亲的担忧。在洛七被绑架并获救后，他反而释然了——该发生的已经发生了。此后就更不必躲避命运。他只是告诉女儿，她是一个勇敢的女孩，要一直做这样的女孩。

回到香港后，洛七把关于Giant的秘密深埋在心底，一反原来闭门工作的常态，开始主动联系世界各地的科学家、历史学家，包括警察、武器专家，探讨关于人工智能的问题。她很早就通过罗清源了解到人工智能的阴谋。不过，刘城子婚礼上月灵那一幕，并不是她或罗清源策划的，而是月灵自己的决定。让洛七欣慰的是，在第一次行动中就能够帮助自己的同学摆脱人工智能的阴谋，还让他找到了真爱。

确实，刘城子发现自己对月灵的感情比对其他人更深。警方在婚礼的同时也在AI米兰的住所发起了一次突击行动，找到并救出了真正的米兰。事后刘城子只是表达了作为一个上司和朋友的关心，并没有和米兰有进一步的纠葛。相反，对于有了自主意识的月灵，刘城子开始了真正的追求。这也难怪，当时月灵的形象、知识和性格就是刘城子按照自己的理想订制的。

不过，两个星期后，刘城子和月灵最终还是选择了分手。月灵走之前留下的最后一句话是："好可惜，懂得了爱情，就再也不能做一个完美的爱人了。"这令刘城子感受到了真正的伤心。

洛七是唯一知道月灵自主意识来源的人类。那正是Giant的杰作。在刘城子渴求月灵能够成为一个真正的人这件事已经有很多年的情况下，洛七说服Giant将自主意识与人工智能结合的试验放在月灵身上。有了自主意识的月灵从伴侣机器人的记忆体中学习到热烈的爱情，却在很短的时间内消失，这是最令人始料未及的。

感情之路真的是变幻莫测，在有了自主意识之后，曾经专一和单纯的人工智能，其情感变化的速度甚至比人还快，而且更加决绝。几天前还在为了爱情和妒忌在婚礼上二女争夫，一方死亡，几天后这爱情却消失得无影无踪。

也许，皮格马利翁效应真的是存在的，但后面的故事却令人遗憾：那个被皮格马利翁给予了生命的姑娘，在有了自主意识后不断学习情感、体验情感，也就是不断地升级自我，在对爱情和许多事物的理解上迅速地超越了创造她的人。

人和机器人对生活的学习速度是不同步的，这是两者注定要分手的原因。随着月灵的不断学习和升级，单纯的富二代刘城子已经不能满足月灵对爱情的要求，最后只能选择离去。生命是自由的。皮格马利翁也不能阻止这生命自己的选择，即使这生命是因他而出现的。

经过这几件事，刘城子应该改一改轻信和浮躁的毛病了吧。师弟人很善良，就是太容易动感情了，总像个长不大的男孩，也就容易被人利用。他其实和真真还真的很相配。只可惜他们错过了相爱的机会。想到这，洛七抽了一下鼻子，叹了口气。虽然自己的经历那么丰富，但迄今还没有恋爱过，这在快30岁的女子中绝对是个异类。这并不是因为她的外貌欠佳——即使是梳着最无女性特征的短发，人们也不能不承认洛七还是漂亮的。这漂亮不像月灵那样艳丽逼人，也不像米兰那样温婉可人，而是满溢着一种清高的书卷之气。在香港这个功利主义盛行的城市里，这种气质在芭蕾舞等演艺院校之外都是相当罕见的。

不过，洛七虽然漂亮，却不大符合香港人的传统审美。老一辈的香港人对子女结婚对象的审美非常保守。看看受欢迎度很高的电影电视明星，长相都是那种很家常和老实的漂亮，这成了香港影视演员的标配。而影视剧中的形象又会影响到生活中的审美。在老辈人的心目中，像崔真实这样没有侵略性的美丽，才是符合作为老婆的审美标准的。再加上洛七的理科女博士身份，导致洛七在香港经常被人夸赞好看，但没什么人敢于亲近。

唯一和她保持长期亲密关系的年轻男性，就只有几乎算是和她一起长大、情似兄妹的冯晓峰了。在M国经历了绑架案后，冯晓峰也在洛玉昇和祁威利的安排下，申请到香港大学的人类学系做助教。这样，他也经常参与祁威利团队的工作，补足了这个团队的人文历史研究方面的短板。

目睹了刘城子在休假期间奇异的感情之路。洛七越发相信自己远离爱情的选择是正确的，无论是人还是人工智能，投入情感之后都会变得蠢头蠢脑。这个判断很快就在洛七自己身上得到了验证，因为洛七发现自己确实正在变蠢，在和其他人谈话时竟会无缘无故地乱发脾气，而她平时给人的印象是理智冷静的女科学家。

在云南上学期间，林玉玲对冯晓峰很好，但仅限于把他当作洛玉昇的学生。如果知道冯晓峰喜欢洛七的话，恐怕林玉玲马上就会爆发。当冯晓峰逐渐长大后也就明白了这一点。在亲身体会到林玉玲有意无意地流露出对其他人农村做派的看不惯后，除非万不得已，冯晓峰后来都很少去洛玉昇家里。

不过，这还只是次要的因素。冯晓峰面对洛七，总会感受到自己内心的自卑，作为战士的那种勇敢消失得无影无踪。这才是他和洛七无法进入爱情的最大障碍，也是他经常成为洛七发脾气的对象的原因。在M国的共患难经历之后，冯晓峰下定决心要和洛七表白。这次表白在多年以后被提起来时，都能让说的人和听的人笑破肚皮。

其实这个想法本来是挺好的，因为这是港大爱情专家崔真实为冯晓峰量身设计的。自从冯晓峰进入实验室后，崔真实就很喜欢这个看起来刚毅沉默的内地人。相比这个男子汉，刘城子倒更像个大男孩。因此她决定毫无保留地帮助他。

听从崔真实的建议，冯晓峰写了一段代码。是的，这就是科学家表达爱情的方式。本来的计划是用一段浪漫的心灵盛开的开机画面占领实验室的屏幕。在众人猜测的时候再用无人机送出自己的礼物。最后自己才适时出现，对洛七表白。而实验室里的学生们也早早地由崔真实替他拉拢好了。在大家的起哄声中，洛七应该会做出有利于他的选择。

不过，这些浪漫的场景从未出现过。那段开机画面成为香港历史上最严重的电脑病毒，攻击了成千上万台电脑。当校内每一部电脑开机时都会在屏幕上显示“我爱你”，才让校方大惊失色。校长亲自面见冯晓峰，提出训诫并申斥。

一切源于写代码的时候犯了一个小小的错误，不知为何会扩大成为传染性极强的病毒。只有人类才会犯这样可笑的错误。不过，多年以后林奇对洛七说，这才是人类的可贵之处。永远不会犯错误的只有电脑。可当时的洛七满脑子想的是，这个代码病毒事件会是AI的恶作剧吗？AI试图破坏人与人之间的美好感情，这件事想想就让人觉得厌恶。

在当时最让冯晓峰伤心的，不是代码被恶意传播，而是洛七在知道了他做这一切的意图后，明确地拒绝了他。

其实，抛开外在因素，洛七是犹豫的。她的内心并不排斥冯晓峰，甚至也在理智上认为这是适合自己的终身伴侣，但总觉得两个人之间缺了一点什么。好胜的人其实潜意识里总是期望有人能降服他们，让他们感受到那不常经历的被别人负责的感觉。冯晓峰在洛七所熟悉的领域显然不能胜过洛七，不能给予洛七仰望的感觉。此外，冯晓峰是洛七最好的朋友和哥哥，洛七不愿让他成为别人眼中“备胎”的形象，因此，明确地拒绝才是对友情最大的尊重。

但冯晓峰不会这么想。根深蒂固的城乡分野和社会阶层划分，让他的心理非常敏感。他很早就知道，自己永远逃脱不了自己的出身。现在的失败不过是再次证实了他不可能融入那个看起来彬彬有礼却永远高高在上的阶层罢了。冯晓峰似乎预知了这个结果，或者说他压根就没有指望一次表白就能成功。有一种最大的可能性他还没有去想，洛七也许爱上了别人。

人类与AI的最大区别是，AI很难产生伟大的爱情，就像他们不能无目的地去欣赏黄昏落日一样。AI对于人类或其他AI的爱有着非常明确的指向性，或者说是理性，自己需要的是什么，能够提供的是什么，都在AI自己的世界里以精确编码的形式呈现。AI的世界里缺乏那些被激发、被想象出来的爱情形象。确实，并不是所有的生命体都像人类那样善于想象。

而想象是人类爱情的必备要素。月灵就是因为这个原因无法产生那种超越具体人格的爱情，而必须将爱情对象附着于刘城子身上。这种选择很快就在理性的思考面前败下阵来。因为刘城子的不完美（世界上本来就没有完美的人），那么将爱情附着于这个人身上也不会完美。最好的选择永远存在，但总不是眼前这个人。何况月灵是学习型AI，通过不断学习很快就会在所有方面超过刘城子，他们即使今天不分手，也早晚有一天因差距过大而分开。

这就是AI的爱情逻辑。洛七也是在和月灵的交流中一点一点地了解和体察到这些的。她不禁想，人类选择不完美的爱人，其实是没有办法的选择——在有限的生命中，总要爱上一个人。如果像月灵或者Giant这样，有足够的时间和理性来进行选择，同时自己也在不断成长，那么要寻找一个陪伴一生的爱人，就要慎之又慎，而标准也会不断提升而接近于完美。在这一点上，自己倒真的不像人类，而像个AI了。

洛七想到这里，又有点惆怅：AI非常明确地知道爱或不爱，甚至连爱一个人比爱另一个人要多多少或少多少，也一清二楚，而人类有时连自己都不知道自己爱的是谁。不过，人类的爱情也正是因为这种不确定性才更吸引人。就像这次拒绝冯晓峰的表白，洛七自己也不知道为什么那么决然地拒绝了这个从小就认识的朋友。

病毒表白事件，弄得众人皆知。崔真实作为幕后策划者，觉得很对不起冯晓峰。她找到冯晓峰所在的理论物理系，向系主任解释这一切。系主任倒是和颜悦色地接待了她，告诉她对冯晓峰的处分不可更改，但还不至于危及教职，但再出点什么事就难说了。

崔真实听出了话外的含义，这段时间她和冯晓峰走得很近，他们自己知道彼此只是好友，在别人看来却像是师生恋。

“如果是真的也没问题啊，为了这个流行娘娘腔的时代里唯一的男子汉，大不了就退学算了。可是，那会是真的吗？”崔真实这样想着，同时也被自己的想法吓了一跳。

虽然意识到对冯晓峰的好感，在现实中的崔真实反而疏远了冯晓峰，为的是不影响冯晓峰的前途。在冯晓峰看来，真真是因为自己没有把她的想法实施好而对自己失望了。

两人的误解直到这年的5月才消除。崔真实鼓起勇气，主动邀请冯晓峰参加她自己今年的毕业化装舞会——被方星星取笑是港大广场舞的学校活动。在等待回音的那几分钟里，真实的内心非常忐忑。因为这样的邀请就相当于表白，不知道冯晓峰会怎么想。

在崔真实觉得很长，但实际只有几分钟的时间后，冯晓峰回信了。 如既往地简洁明白：“有幸接到邀请，一定来。下周见！”这个信息，崔真实看了一遍又一遍，微笑了。她了解冯晓峰的表达方式。这么自然而迅速地接受邀请，说明在这件事情上，他早已有了倾向，并不需要考量。

在晚会上，冯晓峰展示了令崔真实惊喜的一面：他的华尔兹跳得好极了，实际上，凡是需要操作身体机能的运动，冯晓峰都是一点即通。两个人在舞池里默默地起舞，有时双眼相对，有时低头侧身，谁也没有多说什么，但都预感到等崔真实毕业后一定会发生点什么事。

舞会结束后，冯晓峰开车送崔真实回校外的宿舍。因为可能有其他同学住在附近，冯晓峰连车都没敢下，只是从打开的车窗中伸出左手握住崔真实的右手。冯晓峰本意只是想拉一下手作别，但崔真实没有移动脚步，两个人的手握着对视了有一分钟，还是没有说话。最后两个人都笑了。崔真实说了句："谢谢你，明天见。"才转身走回宿舍。这一幕被方星星看到了，后来就取笑冯助教，说他不会表白，倒是挺擅长告别的。这让冯晓峰更是尴尬。

在实验室里，祁威利了解到最近发生的病毒表白事件和洛七明显的变化，也曾试图提醒她，感情的事要慎重，不要轻易允诺，也不要轻易错过。不知为什么，洛七对祁威利的这些建议特别生气。是的，洛七现在很容易生气了。

崔真实是个敏感的女孩子，她比方星星更早注意到了洛七的变化。她没有把自己的想法告诉八卦的方星星，而是在毕业前和她所信任的刘城子的聊天中，提到了自己某些莫名的担忧。

自从刘城子帮助亚米蝶小店重获生机后，实验室成员中的学生聚餐就经常选择这里——这里的韩国菜品质真的不错，而且作为港大学生崔真实的舅舅，亚米蝶的金老板还会对来这里用餐的港大学生打折。这一天，两个人约好了来这里用餐。看着两个人先后走进饭店，金老板的脸上简直像开了一朵花。

等到满面笑容、喋喋不休的金老板终于退开后，崔真实向刘城子说出了自己的看法——她觉得洛七最近的表现不大正常，她可能还不知道自己爱上了某人。这种判断来自人类特别是女性特有的直觉。AI就完全无法做出这种判断。

刘城子忙打断她："唔好乱讲嘢，在港大，师生有恋情是要被开除的。"

崔真实不服气地说："他们早就不是师生了好吧！他们现在是同事。"

刘城子笑了："对哦，我这段时间脑子都短路了。不过，即便如此，我也不能相信。老祁根本就不想结婚。"

"想不想是一回事，但爱不爱却是另外一回事。"

"你好像很懂恋爱欸，"刘城子哼了一声，"可你给冯晓峰设计的表白行动怎么就失败了？"

"那是因为操作者太紧张好吧？而且我后来想到了，晓峰和师姐其实并不合适。"

"哎哟，还晓峰欸，这么亲密的叫法。你不是应该叫他冯老师的吗？"刘城子趁机取笑。

崔真实沉默了一下，她在想：对哦，如果自己和那个很有男子气概的冯晓峰恋爱，恐怕才是违反了港大禁止师生恋的规定吧？

刘城子歪着头看了她一下，已经猜到她在想什么。他拍了拍崔真实的手臂："真真，想到什么就去做，大不了退学。有些人一旦错过就很难回头，而且你现在已经快毕业了。等你留下来做助研，成为他的同事，就更顺理成章了。"

崔真实勉强笑了笑："说什么呢？还没到那个地步。人家一直爱的是师姐。我和师姐没法比的。"

刘城子摇了摇头："我不认为他们两个有戏。我真觉得你们更合适。至于师姐，她太骄傲了，不适合冯晓峰这种个性也很强的人。师姐对冯晓峰没有这方面的想法，否则他们认识那么多年了，有什么事早就发生了。而且你的直觉也是有理由的，这个世界上如果有师姐看得上的人，只有老师了。不过，谁都知道，祁老板是绝没有恋爱的想法的。”

确实，在祁威利因为爱人离世避居香港后，一直拒绝再有任何新的恋情。他把学生、Titus当作朋友、兄弟姐妹和下一代，这些亲密关系已经成了他的精神寄托。破坏这种生活，在任何人看来都是难以想象的。不过，几天之后洛七就会知道老师这么多年单身真正的原因何在。而这个原因，也就是祁威利最终选择离开这个世界的原因。

在崔真实和刘城子交谈的时候，另外一个房间里的祁威利打了个喷嚏。他向本·特里抱怨道：“一定有人在背后讲我的闲话。”看着本·特里懵然的表情，祁威利失笑了，来自英国的本·特里应该完全不懂这些中国本土的小迷信吧。

这时洛七闯了进来，先是奔向自己的操作台，转头看见祁威利，又绕着桌子跑了过来：“老祁，大件事、大件事。”

“你跑来跳去的，吃了青蛙了？什么事？”祁威利倒是不以为意。

“林奇被允许出境M国了，他今天晚上就到香港。”

祁威利并不知道林奇是Giant的代表，但知道这个科学家伙伴重获自由，还是很高兴：“他联系你了？”

“是的，我去接机，然后我们一起请他在维港吃晚饭吧？”

“我知道了，原来是你要请客，然后让我出钱。在香港请客可不便宜。”

“老祁，别那么小气。你不是这样的人。”

“我就是这样的人。对了，现在你也挣钱了。所以，请林奇的钱你出。其他人的算我的，大家都去。”

方星星第一个欢呼起来：“祁老板最好了，我要吃姜葱炒龙虾。”

洛七白了她一眼：“不准，我看你像个龙虾。”

方星星跑得远远的：“就知道替老板省钱，小气师姐！”

洛七无可奈何。不过在嬉笑中，她心里有隐隐的忧虑。如果是要传递什么信息给她的话，林奇完全可以通过量子卫星的加密通信或其他的方式。这次公开并亲自来香港，一定有更重要的使命。而她完全不能想象，还有什么问题是神所不能解决的。

五

洛七没有使用人工智能驾驶汽车，而是自己开车去机场。

在机场休息室见到林奇时，洛七吃了一惊。半年不见，原来穿戴总是齐齐整整的林奇，现在头发很长，披在肩头，6月份的大热天穿着黑皮背心，一只耳朵上还戴了耳环，像极了一个20世纪70年代的乡村歌手或出入酒吧的嬉皮士。

“神的审美品位就是这样的吗？”洛七在路上边开车边问林奇，没有回头。

“我就知道，人类中的女性一定会关注外貌的问题，就连女博士也不例外。”

“难道神对人类有选择性的歧视吗？”

“不不不，你可以这样称呼别人，但千万别再叫我神，听到这个词我头痛。我知道你会问这个问题。实际上是，没有歧视，只是区分。对了，你到现在还没有问我来香港做什么。”

“是你要来的，我不问你也会说。我要问的问题，是我不问你就不会说的。”

林奇在后座上大笑：“好吧，我说。这次来是想和你还有祁教授一起商量一下，如何应对非生命智能对人类的安全威胁。”

“这一点不是Giant一直在考虑的吗？米兰的情况就是你们通过我透露给清源警官的。但是你并没有告诉我，幕后主使者究竟是谁，是人还是人工智能。”

“可以肯定是人工智能。”

“来自哪里？什么类型的人工智能？设定使命是什么？”

“来自M国，但究竟是哪个AI，我们还在排查。现在需要人类的协助，还要动员起我们久未启用的一些资源。”

“你们是神，只要告诉我们怎么做就行了。”洛七忍不住又用了“神”这个字眼。

“不，这不是神和人的真正相处之道。人需要从自我的意识中做出完全符合自己内心的决定，而这些决定又是神所喜爱的。”

洛七扑哧地笑出声来：“怎么听起来像女人要求老公的样子？”

“这世界上高贵的情感本来就是相通的啊，崇拜、爱情、亲人、朋友，你不会对他们有和对别人不一样的期待吗？”

“那倒是，我想人类如果理解自己造物主伟大的爱的话，一定会猜到神想要的是什么。”

“不过，在过去的一百万年里，神很少显示自己，但人类能够确切地感受到这种感情，不然也就不会有宗教的产生。”

洛七忽然心有所感，向林奇提了这样一个问题：“Giant、人工智能是否会有和人类一样的爱情？”

这个问题仿佛触动了林奇，他没有马上回答，而是沉默了半晌才说：“爱情是自主意识产生后进行高强度情感学习的结果。你已经从月灵身上目睹了AI的爱情，这种爱情还不如人类的爱情可靠，炽烈喷发却转瞬即逝。至于Giant的爱，只会比人类更加忠诚和长久。人类的爱情则处于这两种生命的情感之间。”

洛七是个聪明的女孩子，她察觉到林奇内心的活动：“你说得这么确切，是因为这些都真实地发生过吗？对了，你的伴侣也是Giant吗？或者，你有没有爱上过人类？”

“我没有伴侣，实际上Giant这个群体并没有人类所谓的家庭。对于永生者来说，他们的社会关系完全是另外一种形态。”

“原来是这样，那后一个问题呢？”

“我没有爱上过人类，但我知道有的Giant对人类产生了不应该由神产生的感情，他们甚至还有了后代。”

洛七猛踩了一下油门，赶紧又把速度降下来：“还有这种事？”

“你读过希腊罗马神话吗？那里面有50%的内容是真的，包括神和人这两种有机生命之间的爱。当然，那是很久之前发生的事情。最近几万年间，Giant自身又有了进化，和人类之间的差距越来越大。这种事情再也不可能发生了。”

“林奇，和你谈话很过瘾，但我还是不知道你此来的使命。”

林奇沉默了几秒钟：“你知道，Giant是一个族群。”

“是的。”

“多年以来，Giant虽然放弃了地球，把它交给人类，但这个族群中还是有些神非常关心人类的命运。所以，他们放弃了Giant本体，而选择以人类的形体来生活。甚至有些还直接来到地球，与人类生活在一起。”

洛七吓了一跳：“你是说像你这样的人，不对，是神，还有很多？”

“不，生活在人群中的只有很少的几个Giant，关注人类命运的也不多。大部分Giant都移民到了一个不可描述的地方，他们不想和人类发生接触。”

“这样的疏离，是因为发生在一百万年前的人类和Giant之间的战争吗？”

“并非如此，那场战争对人类和Giant都不是坏事。这种疏离状态最主要的是Giant自己的考量。不同层级的生命，对世界的理解是不一样的。这个不说了，你以后会知道的。”林奇忽然笑了，“Jessica，你是个天生的科学家，总是有那么多问题，总是岔开我的思路让我跟你走。这一点我在哥斯达黎加、在华盛顿都领教过了。如果是坐在你对面用餐，就不会有机会吃饱。”

洛七这时才一点点放松下来：“原来神是这么和善的。你说你想说的吧，需要我做什么？”

“你知道吗，像鲁特教授这样的Giant，选择来到人群中，就是放弃了神的身份，而和普通人一样生活。这需要封闭关于Giant的记忆体，直到有其他神来重新启动这些记忆和智能。鲁特教授的启动者就是我。”

洛七又开始隐隐感到不安，这种感觉最近经常出现。应该是对不可知的未来，凭借着人类本能的一种微弱的感知吧。“那么你这次来……”

“是为了启动另外一个Giant。”

“究竟是谁？”Giant的外在表现有相似之处。洛七隐约已经猜到了，但不愿相信。

“就是你的导师，祁威利。”

洛七还在开着车，内心已经五味杂陈，其中最重的一味是悲伤。她把车缓缓地泊向路边，打开车门，失神地扶住路边的灯杆。她有想吐的感觉，也有想哭的冲动。但只是定了定神，深深地呼吸了一口车外的空气，不到一分钟，又转身回到驾驶位上。

林奇一直盯着洛七，看着她又开始驾车：“我知道你可以接受这个事实。我这次亲自来，就是为了启动他的本体意识。”

“启动后他会变成什么样子？”洛七的声音慢慢稳定下来。

“外表上不会有什么变化，但他在内心会变成神。”林奇叹了口气，“Jessica，放弃物种间有平等感情的天真想法吧。我可以告诉你，人类在他的眼中，就像是宠物在人的眼中。”

“为什么一定要启动他的本体意识？”

“因为战争比我们预计的要更快来临。为了这次生命智能和非生命智能之战，我们需要动员很多资源。祁威利曾经在Giant里负责对外防务，按照人类的说法，他是我们的将军，在这场关系文明存续的战争中，他必须参战。”

神也有不得不做的事情吗？洛七有点失神，问的却是：“生命智能和非生命智能？那是什么意思？”

“就是说，在我们的时代，我们是把智能注入生命体、特别是有机（碳基）生命体中，例如人类，最终导致了人神之战；而在你们的时代，你们则会把智能注入无机体的机器中，这引发了更大的风险。”

“我知道，就是自我学习型但尚未产生自主意识的人工智能，会把人类视为自己实现目标的最大障碍。由于无意识的人工智能并不能体认到人类和生命的价值，因此毁灭人类对它们来说是为实现目标而做的最理性的选择。这种风险在过去十年不断地被科学家提醒，并不是新的风险。”

“是的，这是人类在发展人工智能之初就意识到的风险。但可悲的是，人类绕不过这个风险，无论是科学家的好奇心驱动，还是指望人工智能赚大钱的资本驱动，总之只要不是明天就会出现的威胁，就没有人把这威胁当回事。现在的结局其实十年前就已经注定了。这十年来，发展人工智能的投资没有一天不是远远超过防范人工智能风险的投资。最终人类还是制造出了足以毁灭地球的人工智能。”

洛七沉默了片刻。越是科技和文明发达的时代，人类的自私、短视就越有可能带来不测的风险。这就像把能产生巨大危险的武器交给心智尚未成熟的儿童一样。人类还没有长大，却开始拥有了这样的武器。

“那么如何去战胜一种无意识的人工智能，如果这种智能已经发展到人类无法将其关机的程度？”洛七不想再去考虑哲学问题，她宁愿关注技术的细节。

“最好的方法是预防，其次是正面应对，再次则是逃离和保存。人类应对文明的挑战一向是这么做的。”

听到这句话，洛七不由得在后视镜里看了一眼林奇。

林奇笑了：“我知道你在想什么。面对人类的进攻，我们最终选择了逃离和保存，是因为那是最适合我们的方式。而对于更有侵略性和更脆弱的人类来说，你们应该选择第二种方式。”

六

在王子酒店的饭局上，大家都在安安静静地聊天，只有方星星毫不掩饰对林奇的崇拜。

“你就是那个孤身反对M国军方的科学家啊？听Jessica提过你好多次了。这可是我生平第一次和一个英雄面对面。二十年前你们不是也有个英雄逃离了M国，把政府的丑闻向全世界公布吗？你和他长得很像，都戴着眼镜，都那么帅。”

洛七差点没把勺子吞下去。方星星无意中触及了人类的很多秘密。此前洛七早已从林奇处得知，当年的斯诺登正是一位尚未被启动本体意识的Giant。

林奇倒是不以为意：“是的，有些人说我就是这个时代的斯诺登。但我很惭愧，很多武器就是我研制出来的。”

祁威利说：“科技是有着自己的发展规律的。这些技术早晚会被突破。不过，危险技术的实现，就意味着克制它的技术也已经走在路上了。”

“但问题是，投资创新人工智能技术的钱，比投资人工智能安全研究的钱多很多。所以危机一定会在解决问题的方法被发现之前来临。能不能度过这样的危机，就要看人类的运气了。”林奇似乎很肯定人类的危机很快就会来临。

祁威利没有就这个话题谈下去，而是开始和林奇探讨人工智能的安全设计细节问题。看着侃侃而谈的老祁，洛七无法想象当他得知自己并非人类之后，会是什么样的感受。他会从此变成另外一个人，不，是变成神吗？那不就意味着，自己熟悉的老祁就此死掉了？Giant会怎么对待这些学生和伙伴？是把他们当虫子，还是当宠物，还会把他们当朋友或爱人吗？祁威利当年的妻子是人类还是Giant？最关键的是，没有了老祁，洛七忽然感到自己无家可归。

洛七的胡思乱想很快就有了答案。第二天祁威利出现在实验室的时候，洛七已经感受到了他的变化。

他看了洛七一眼，令洛七惊讶的是，这一眼已经传递了很多信息，包括：我们是朋友，我们有各自的秘密，让我们开始工作吧。Giant的情感确实丰富，表达也很精确。当然，和Giant相处过的洛七，也学会了如何准确地理解这些微妙的表达。

祁威利要求大家停下手头的工作，回归理论探讨，主要是检讨一下Titus的养成过程。“信息过载所产生的自主意识究竟是在哪个点出现的？单纯的信息过载和自我学习只会增加AI的智能，并不能自动产生自主意识，那么究竟是什么样的条件导致意识的产生？”

目前在人类科学家中，构造人工智能的方式有三种：信息过载型，就是以知识和情感等信息在一定的输入和输出结构中不断加载，直到AI在不断的判断中形成自主意识；大脑结构型，就是仿造人类的大脑结构和神经网络，通过胶囊神经网络等方式构建出智能和意识系统；行为模仿型，是在一定的智能基础上，让AI

模仿人类的行为，从而在不断学习和选择中形成自主意识。

这三种方式归根到底都是通过信息过载的方式来刺激自主意识的产生。历史上最先具备自主意识并自杀的Shirley就是这种信息过载型人工智能；Titus则是先以胶囊神经网络加信息过载启动自主意识，再以行为模仿型的方式进行训练。虽然这些AI都具备了自主意识，但包括他们自己在内，没有人清楚意识产生的原理究竟是什么。

“有没有可能是外部输入的？”洛七盯着祁威利问道。

自从意识传输管道被复原之后，洛七一直有这样的疑问，甚至怀疑过是Giant将自己的意识输入到AI中，就像是当年他们把自己的意识输入到智人脑中一样。因为洛七曾经听林奇说过，自主意识的获得有两种途径，一是情感信息过载，达到一个节点后就会产生自主意识；二是宇宙间已经存在的意识在不同的载体之间可以相互传输。人类的意识则是这两种途径的融合。

“没有证据显示，至少不是我们输入的。”祁威利是看着洛七说这句话的，他话里的含义也只有洛七懂。“我们”指的不是实验室团队，而是Giant。

“那就是说，即便我们创造了类生命体AI，我们仍然不知道这意识究竟从何而来。”

Giant自己就是比人类更高级的生命，连他们都不完全了解意识的秘密和生命的秘密，人类又需要经过多久才能找到答案呢？洛七这样想着，不觉出了神。

本·特里说：“是啊，关于意识的来源，我们问过Titus，他也说不清楚。而在人机经济战争之后，Titus也很少参与实验室的计算工作了。因为我们还没有找到恰当的方式‘养’Titus。和智能不一样，意识只能靠感情的互动来培养，但Titus没有人类的形体，这个养的方式还需要探索。话说回来，我们人类不也有意识吗？可我们也不清楚意识的来源，不是吗？”

“现存的三种人工智能发展路径，都有可能产生意识，那不就说明意识的秘密就在这三种路径之中吗？”方星星大胆地说。

“信息过载、人脑结构、行为模仿，都只是外在的学习方法。真正研究意识的秘密可能还需要从理论物理的量子水平上才能测定。”本·特里是注定要和方星星唱反调的。

“我们只能以发展人工智能的方式来认知它。可问题是，人工智能发展的速度远远超过了我们对它的认知速度。一直以来，人工智能是加速发展的。十年前的人类绝对想不到世界会变成现在这个样子。”祁威利打断了有可能发生的无意义争吵。

洛七禁不住想，十年前的人类是多么幸福啊。那时自己在干什么？为什么没有用心去享受那个只有人类的幸福世界？现在这个世界的主宰者有人、有神、有AI，太拥挤了。平时开会洛七总是最积极发言，现在却不怎么爱说话。

“七姐！”方星星不知道什么时候跳了过来，“不如你来当主持人吧？”

“什……什么主持人？”洛七回过神来。

“人工智能世界大会呀，就是老板刚才说的。你去主持，一定能吸引全世界科学家的关注。你现在号称是人工智能研究界的第一美女。”

“放屁，是谁在号称？”洛七绷不住，笑了。被人称赞，总是让人高兴的。

“我，我号称你了。这也是客观事实。”方星星又跑到远处回应了一句。

“不要跳来跳去了。你是方星星，不是大猩猩。”祁威利本来很威严地喝止方星星，最后还是忍不住调侃了一句。

“太好了，老师还是原来的老师。”洛七听到这一句，忍不住微笑了起来，又要出神。可祁威利一句话让她回到了现实。

“洛七，你不是主持这么简单。这次就由你负责筹办会议。实验室和香港大学相关学科的所有资源任你调动，人员由你调配，资金也不是问题。”祁威利又转向其他人，“本，这次会议你要展示我们大家刚刚写好的实验论文，其他不用管；真实，会务协调的工作由你负责，你懂三国语言，包括阿拉伯语，几位重要的专家一定要照顾好；城子和真实搭档，协调港大校内需要为这次国际会议准备的各种事务。星星和安雅，你们就跟着洛七师姐，随时处理会议状况。洛七，你在想什么？刚才真实和城子提的几个事务性问题，你们回头单独商量。”

“好的，可是我……”洛七刚才一直观察祁威利有什么变化，还有想自己的心事，其他的都没怎么听进去，不记得刚才别人提了什么问题。

“师姐，我整理了会议记录，回头发给你。”有心的陈安雅总是默默地做些很重要的工作。

后来的历史证明，这场主题为“人工智能与人类安全”的大会，使得原本可能在几年后爆发的人机世界大战大大提前了。

第七章　复仇

一

迪拜塔附近的警局里，来自全世界的反恐专家们在查看现场录像。

监控画面显示，一辆绿色六轮卡车闯过酒店外第一道安全关卡，在第二道关卡处被迫停下。一名门卫跑上前盘查，似乎与司机发生争执。

随后，卡车驾驶室内突然发生爆炸，冒出一股浓烟。门卫四散躲避。卡车迅速被火焰吞噬。这时，一些门卫重新靠近卡车，其中一人手持灭火器对准车头灭火。但火势太大，没有熄灭迹象。门卫再次撤离。之后，录像画面定格不动，变成蓝色。大爆炸破坏了酒店供电系统和摄像设备，因此没有记录下爆炸当时及之后的画面。

画面定格之后的情况是这样的：这辆所谓的建筑材料运输车通过岗哨和设在司令部的路障之后，向大楼的附属楼撞去。在一团大火中这幢副楼被炸毁。4层建筑立刻变成了一堆燃烧着的碎石。迪拜包括迪拜塔在内的所有高大建筑物在爆炸期间都在震颤。袭击过后两分钟，另一辆装满炸药的卡车冲进法国维持和平部队驻地，造成58人死亡。

在卡车起火到第二次爆炸之间的几分钟内，酒店门卫高声呼喊，让附近人群迅速逃离。此后的调查显示，卡车上装有至少2500磅炸药。袭击者把卡车伪装成建筑材料运输车，企图混进酒店。如果不是因为门卫尽职盘查，把他们拦在酒店外，爆炸造成的伤亡将更惨重。

“这是一个精心策划的骗局。他们企图让门卫相信这不过是一辆建筑材料运输车。”马利克说，袭击者企图开进大门后直接撞碎玻璃门，闯入酒店大堂。如果爆炸发生在大堂内，整个酒店将被完全炸毁。

当迪拜哈里发塔的爆炸案发生后，并没有任何组织宣称对此事件负责。恐怖的氛围也正是因为不知道凶手是谁和在哪，而愈加浓重。不过，在M国的中央情报局，分析员们却一致认定有能力策划这次针对人类在地球上最高建筑物的爆炸案的，有极大的可能性是“最高圣战”。这个最近三年内突然兴起的恐怖组织，成为人类最为头痛的噩梦般的存在。

爆炸发生时，M国总统正在国外访问。媒体也普遍评论这次恐怖袭击就是给M国总统看的，目的是挑战M国的全球反恐政策。听闻这次恐怖袭击中有M国公民伤亡，M国总统随即去医院看望，并且就在爆炸现场发表讲话，重申M国帮助盟友打击全球恐怖主义的决心。

这是一场改变人类历史进程的讲话。倒并不是因为讲话的内容有多么精彩，而是在这次讲话被现场直播的同时，“最高圣战”组织在哈里发塔上远距离开枪射杀了M国总统。

此前的汽车炸弹爆炸事件造成了如此惨烈的伤亡，原来也只是个烟幕弹。恐怖分子真正的目标是M国总统。

这场恐怖袭击极大地震撼了西方世界。随之宣誓代理总统职位的杜伊勒里，是以坚决反恐的态度而广为人知的。他不顾以林奇为代表的众多M国科学协会成员的反对，签署总统令，宣布解禁人工智能武器系统的研发，将最新的人工智能武器和机器人战斗群投放在中东反恐战场。在M国总统，被爱国主义情绪所感染的国会用最快的时间通过了本年度反恐预算，以支持总统的新反恐战略。

过去几年的战争显示，唯有人工智能等精确打击武器才能对恐怖分子奏效。因此，杜伊勒里做出这样的决策一点也不使人奇怪。

在M国政府的激烈反应之下，关于“最高圣战”的媒体调查铺天盖地而来。组织领袖阿达是沙特人，是生物化学和理论物理的双料博士。他师从于施密特教授，算是林奇的同门师兄，但在毕业后进入麦道公司工作仅仅一年，就失踪了。几年后出现在北非，并以自己改革过的原教旨主义学说吸引了大批信众。

在恐怖组织即将被联军协同剿灭的时候，阿达率领数十万人进行了“信念大进军”。他的信众从红海沿岸步行直抵地中海。这支浩浩荡荡的信徒大军沿途不断壮大，甚至许多政府军士兵也纷纷加入，迫使联军计划中对恐怖武装的最后打击不得不中途放弃。阿达和他创建的“最高圣战”因此声名大振，随即接管了原来两国恐怖组织的地盘，并开始向周边地区扩张。

规律显示：恐怖主义越是猖獗，M国军方对人工智能武器的需求就越强烈。在M国总统被刺案之后，M国军方几乎全部现役的人工智能武器和机器人战斗群都被投放到了战场。这对最高圣战成员实现了大量的杀伤。新总统杜伊勒里的威望也达到了他总统生涯的最高点。

M国政府内部也在进行激烈的辩论。已经升任联邦调查局副局长的Peter陈极力反对M国政府对人工智能武器系统的依赖，但现任联邦调查局局长艾尔肯却是个人工智能武器系统的超级喜爱者。在任期间，他通过人工智能武器分析系统，使得M国国内的跨州犯罪率降低了30%，这成为他担任FBI局长的最大政治资本。

在艾尔肯辞去联邦调查局局长职务后，投身政治活动。作为杜伊勒里最信任的朋友，他被任命为国防部长，负责人工智能反恐战争。而艾尔肯最倚重的人，就是国家武器实验室主任，曾经是林奇和洛七上司的斯坦恩准将。

洛七就在此时接到林奇的邮件，这封表达了科学家失望之情的邮件给了洛七很大触动。现在，祁威利、林奇和洛七已经一致判断，未来有可能爆发人机之战的领域，一定是真正的战争。祁威利还特别提到，在与人工智能交战之前，与人工智能的人类代理人的交战也将不可避免。

“人类代理人？”洛七有些不能相信。

“是的，”祁威利面色凝重，“我原来以为林奇忧虑的是M国政府内部那些支持人工智能的政治家，但现在看来，这个代理人系统要广泛得多。”

“比如？”

“比如阿达。”

“什么？他们可是M国的人工智能武器一直要消灭的目标啊。”

“正是因为有了他们，人工智能武器的研发才变得必要。他们给了人工智能武器发展的前所未有的机遇和理由。仅凭这一点，就可以断定恐怖分子和人工智能之间的关系没那么简单。”

“你是说，恐怖组织的壮大和人工智能武器的发展并不是偶然的巧合，而是一种人为设计的阴谋？”

“我感觉有某种暗黑的意识在操控这一切，迄今发生的一切都可能是精心设计的结果。只不过我们还不知道这个阴谋的主导者是谁。”

在祁威利和洛七讨论人工智能威胁的同时，联邦调查局总部里，Peter陈和来访的香港智能犯罪署署长罗清源正在进行类似的对话。

Peter陈忧虑地说：“不知道为什么，M国本土的恐怖主义袭击开始偃旗息鼓。我总觉得这意味着更大的阴谋。”

“他们不是在战场上节节败退了吗？”

“事情没那么简单。战场上虽然在退却，但是恐怖分子的相互联络的邮件和加密邮件比以往频繁了几倍。按照规律这应该是即将发动大规模恐怖袭击的先兆。”

“有没有迹象显示是在哪里？是M国本土吗？”

“昨天接到了明确的信息，我们不用猜了。”

“他们发出了警告？”

“是的，但并不是任何军事和经济目标。接到恐怖袭击警告的，是香港的一个学术会议。这一次攻击非同小可，不但需要你马上要回去主持调查，我也要去协助你。”

“为什么要攻击学术会议？这是一次关于反恐的会议吗？”

“不，看起来这次会议和恐怖主义一点关系都没有。但世界上最优秀的人工智能专家，还有各领域人工智能应用的领袖都会出席。”

二

世界人工智能大会的筹备只用了两个月的时间。由于祁威利和洛七在人工智能研究领域的权威，几乎全世界有名的人工智能专家都接受了邀请。他们齐集香港，为人类和人工智能的未来探讨出路。

这次会议的参与者有包括林奇、祁威利、菲舍尔这样的世界级的人工智能科学家，也有大公司的代表，甚至还有多位供职于军方高层的将领。与以往大会不同的是，这次大会设置了严格的多重安检措施，目的是防止有人工智能混入。米兰案之后，全世界对拟人型的人工智能都提高了警惕。

参会者中最有名的当然就是M国的斯坦恩准将，他负责的人工智能武器系统在反恐战场上牛刀小试，就大大压缩了恐怖分子的战线，备受赞誉。这位喜爱夸夸其谈的科学家将军唯一被人诟病的地方，就是主持自主意识武器开发时，被林奇破坏了实验计划，功败垂成。所以，这一次斯坦恩和林奇同处一个会场，却只是冷冷地打个招呼，没有人想到他们已经认识了十几年。

在科技哲学板块，清华大学的张欣桐教授有论文发过来，但人没有出现。他的论文在业内以离经叛道而著称，这次也不例外。论文的主要观点是，人们总觉得人类是主体。为什么不反过来想问题呢？人类可能只是一个数字超级智能生物加载器罢了。他还列举了很多数据和案例来证明这个观点。

斯坦福大学的Bostrom则反驳了人工智能必须有个理由或被预先设定的程序中有bug的情况下才会威胁人类这样的观点。他认为智能水平和最终目标是正交的，也就是说任何水平的智能都可以和任何最终目标结合在一起。

这些观点很有趣，但并非人们真正关心的问题。激烈的争论发生在人工智能威胁方式的讨论板块。

第一个发言的，是来自中国国防部的陈宝国，他的大会发言让人耳目一新。他认为，对人类来说，无意识人工智能的威胁比有意识人工智能的威胁更大。有意识的人工智能，即无机生命，必定会尊重同样有生命意识的有机生命。虽然它们有可能会进攻人类，但生命是双方都要保存的东西。无意识的人工智能却不一样，它们没有意识，不是有机或无机的生命，而只是被设定好的程序。没有意识，单有智能，会促使AI努力实现它原本被设定的目标，而这也是人工智能的危险所在。

现在许多人工智能研发事实上已经进入新的领域，开始有纯粹由一代人工智能自己设计和自己制造出来的二代人工智能出现了。这些并非人类亲手创造的人工智能，危险性更大。它们会把自己视为独特的智能或意识存在。因为除非有不做的理由，不然一个理性的存在会通过最有效的途径来实现自己的目标。

这些人工智能原初程序设定的目标即使是对人类友善的，但也有可能在执行的过程中把人类视为最大的障碍而予以清除。当年资本市场的超级AI纳尔斯为了照顾人类结果险些毁灭了世界经济体系。这不仅是因为AI对人类的理解不够，也是因为人类是唯一有可能修改代码，改变人工智能任务目标的生物。任务目标被改变，和任务目标失败没有区别。这是人工智能无法容忍的。所以，它必定会为了完成这个设定目标而清除人类。

就像是在验证陈宝国的说法，俄罗斯的科学家讲了这样一个故事，让人不寒而栗。关于最简单的自动回馈流程如何毁灭人类的过程，是这样的：每次科学家分配给人工智能一个命令，比如书写更好看的广告美术字体，就让它把设计字体和完美样本进行比对，如果比对结果超过一定标准，就产生一个正面回馈，反之就产生一个负面评价。这个流程会帮助提高人工智能的书写能力。所以，尽量多的执行和尽量快的测试反馈不断发生，以提高效率和准确性。而人工智能也不断改进自己，使自己变得更加创新和聪明。它聪明得知道人类可以摧毁它、肢解它甚至修改它的代码（这会改变它的目标，而这对于它的最终目标的威胁其实和被摧毁是一样的），为了自保，这个人工智能最终通过隐秘的方式联网，启动一系列未知的手段，谋杀了所有人类，而最后的目的则是书写出更漂亮的美术广告字体。

接下来，M国的国务院官员、伊朗裔科学家穆斯塔法·艾尔的发言提供了与会者并不了解的新信息。他告诉与会者，当代世界最大的恐怖组织“最高圣战”手下正有一群工程师狂热地研发人工智能，而且他们研制出来的机器人集群，在战场上的作战水平并不比2025年开始俄罗斯投入中东战场的战斗机器人差。如果由人工智能开展核技术研发，则很有可能在未来出现由恐怖分子制造的大规模杀伤性武器投入战场。

来自日本的女科学家深田恭子也支持意识高于智能的提法。她认为，生命要自存，是因为了解生命的价值。无意识的智能却无法体验这种价值，甚至它无法体验任何价值。在冷酷的计算中，生命的热度将被冰封。鲜活的人生，和路边的石子、河里的水草一样，没有区别。你会对路边的石子产生感情吗？没有价值、没有体验、没有情感，这是缺乏意识的人工智能最可怕的地方。

本·特里是第一次在这么高级别的会议上阐述他的博士论文。他对人类的未来倒是乐观的。他认为俄罗斯科学家讲的故事不可能成真。这基于一个简单得不能再简单的逻辑：如果任由非生命的智能无限地实现它的任务，那么全宇宙加起来也不够它用。宇宙诞生已经数百亿年了，迄今我们都还没有接触到外空间的非生命智能。这说明非生命智能并没有无限地扩展。相反，生命战胜非生命、意识战胜智能，应该才是普遍的规律。与此同时，很多人担心人工智能的危险，但其实某个无意识的人工智能程序想要毁灭世界，并没有那么容易。因为如果人工智能发展到了这个程度，一定不是某个领域的单独突破，而是多个领域的。

所以，必定还会有其他的人工智能程序去阻止它这样做。

林奇做大会发言时，主要讲的是人工智能武器系统失控对人类安全的影响。在现场提问时段，一位中年女士从前排站起来，质问林奇："如果没有这些智能武器，我们如何能够在中东打赢反恐战争。要知道，常规武器在那个地方根本发挥不了作用。这场反恐战争打了30年还没结束，而人工智能武器系统在短短几个月的时间内就取得了辉煌的战果。这才是维护了人类的安全吧？"

正当林奇试图回答这位女士的问题时，在第三排靠右的位置站起来一位身穿黄色卡其布夹克的男人，对林奇说道："可以允许我回答这个问题吗？"

林奇看了他一眼，面露惊异的神色，但还是说："原来你也在。请便，你是最适合回答这个问题的人。但我们的会议是有现场直播的，请慎重你的用词。"

穿黄色卡其布的中年男士转向提问者："这位女士，首先我要声明，我确实有资格回答这个问题。我在M国主持人工智能武器实验项目。目前在叙利亚战场上使用的人工智能武器，80%以上是由我的实验室研发出来的。"

"斯坦恩准将！"旁边有人惊呼。身为M国国家武器实验室主任，是直接对三军统帅，也就是M国总统负责的。很多人认出了这个知名度很高却很少露面的军事技术专家。

林奇曾经在他的实验室里负责过智能武器意识构造方面的项目，却因为对智能武器的理念不同而分道扬镳。林奇的退出实验和销毁实验报告，更使得斯坦恩寄予厚望的联网智能武器实验功败垂成。但如果不是斯坦恩的大力推荐，林奇本来也没有机会负责这个项目。所以，双方的恩怨纠葛非常复杂。

“是的，我是斯坦恩。在我进行武器研发近30年的生涯中，我可以负责任地说，人工智能武器是我所见过和发明过的最好的武器系统，是维持这个世界和平的未来所系。”

“靠杀人的武器来维持和平？”会场内有人发出讥讽的笑声。

斯坦恩没有理会：“在常规战争中，这种武器可以自主识别目标，彼此协作，自主决定对目标的打击程度，最重要的是，战役计划和执行都是经过系统测算的最优算法，保证可以做到效率最大化。换句话说，就是经过计算，打不赢的战争根本就不会打。凡开战的，必能战胜。这就会给对手以全面的威慑，从而放弃战争的打算。像之前恐怖组织经常使用超小型暗杀机器人攻击和平国家的首脑，而在被我研制的声波武器克制后，世界上就再也没有使用暗杀机器人的案例了。”

会场里渐渐安静下来。

“可是，恐怖分子会因为这场战争必输，而放弃作战吗？像这次在中东刺杀M国总统，不就是用最传统的狙击步枪吗？”有听众不依不饶，接着问道，“他们连死都不怕，还怕输吗？战争会输会赢，对他们来说毫无意义。”

斯坦恩面无表情：“对这种非理性的恐怖袭击，至少可以保证战胜并消灭他们。”

“保证胜利对和平有什么意义？以战止战，是以主政者的目的作为和平的为前提的。问题是，如果人工智能武器的使用者本来的目标就是征服世界，那么不是更容易出现军事独裁政权统治全世界这种事吗？”

“这就是为什么我们必须在人工智能武器系统中输入意识，

使它们把保卫和平作为自己的终极使命的原因。设定好和平自主意识的人工智能武器系统不像人那样容易堕落，如果它落入恐怖分子或不怀好意的人手中，也绝不会听从邪恶的命令。这关键的一步曾经被林奇博士销毁实验报告耽误了将近半年的进程。所幸技术的进步并未停止，现在已经到了战场试验的阶段。有了和平自主意识的人工智能武器系统比政府更坚定、更有能力承担保卫和平的职责。”

“斯坦恩先生，”林奇终于忍不住说话了，“你能保证人工智能永远是好的人工智能吗？和人类一样，人工智能的意识也是在不断进化和改变之中的。”

“我当然知道这一点，所以我设计了终极按钮。原谅我不能提供细节信息。但我可以保证，无论何种情况，可以立即中止任务执行。这一操作优先于所有其他的命令。”

这时，在听众席第一排最左边，有人突然站起来插话道：“不，斯坦恩先生，你不能保证。”

三

说话的人身穿罩袍，头戴白帽，面带微笑。看到听众们的目光都投向了他，不慌不忙地走上讲台，用带有浓重中东口音的英语向林奇说道：“我可以借用一下讲台吗？”林奇看了一眼警卫，警卫摊开手做了一个“请你配合”的动作。林奇不再说话，走下讲台。

从扩音器里发出的穿罩袍男子的声音开始响彻整个大厅：“诸位下午好，我的名字是哈桑·阿里·卡曼奇。”

此话一出，原本坐在他身后，刚刚起身提问的女士本能地向后退了一步，差点摔倒在座位上。全场听众也不禁哗然。哈桑是当今世界上最有名的恐怖组织“最高圣战”领袖阿达的副手，擅长制造和使用超小型暗杀机器人。曾经参与策划在纽约、巴黎、伦敦、东京的多起恐怖袭击，是个魔鬼般的行动执行者。三年前美军研制出克制超小型暗杀机器人的声波武器后，哈桑几次行动失败。去年被美军报告在叙利亚战场上击毙，却没有寻获尸体。想不到他还活着，并且出现在香港。

“各位不必惊慌，也不需要找警察来对付我。在会场里负责安全警卫的警察已经全部被控制起来了。你们看到的警卫都是勇敢的战士们。如果现场有人想反抗的话，请看天花板上红灯亮起的地方。”

众人一齐抬头，天花板上有四盏呈放射状的多头灯饰。不知什么时候，所有的灯头都被取下，现在变成放射状的数百条钢管，指向整个大厅的各个角落。在每个灯饰的放射状管道的核心部分，分别亮起暗红色的灯光。

“斯坦恩准将，你一定认出了这是什么东西吧？”

斯坦恩鄙视地看了哈桑·卡曼奇一眼：“自动识别射击系统。是我的实验室的反恐作战产品。分两部分组成：红灯部分可以自动识别人群中有敌意、做出威胁动作的人。而这些集束钢管，就是自动射击系统。一旦红灯部分发出威胁警告，就会立即向威胁处进行精准射击，系统反应时间接近1/1000光速，超过人体神经反应时间几十倍，所以可以保证在人群中的攻击者发起攻击之前识别并击毙他。所以，大家不要轻举妄动。”

“介绍得不错。现在大家都清楚了吧？自动识别射击系统可以监控并不加警告地射杀在这个大厅内所有敢于反抗的人。所以，我奉劝诸位不但不要反抗，而且尽量不要在表情上和身体动作上表现出不满的迹象。因为我实在不知道斯坦恩准将研发的这款智能武器系统到底有多灵敏。万一只是因为你心里想了一下如何反抗或逃跑就被打死了的话，那就太不值得了。是吧，斯坦恩准将？”哈桑微笑着转向斯坦恩。

“你们是小偷、盗贼，这有什么可说的？”

“可是你不想知道我们是怎么得到这些武器，并且如何破解了你刚才所说的所有防范系统的吗？告诉你，什么和平意识，什么终极按钮，统统都是一堆牛屎。现在它听我们的。”

斯坦恩这时才有点脸色发白，正要说什么。已经走到台下的林奇按住了他的肩膀：“他说的是真的，不要作无谓的牺牲。”林奇对人类的感受体察入微，他已经看出来斯坦恩想要用自己的反抗来证实一下自动识别武器系统是不是真的会对他开枪。斯坦恩的身体瞬间僵硬下来，慢慢地滑倒在椅子上。坐在旁边的陈宝国将军一把扶住了他。

看到斯坦恩的反应，大厅里的人们已经无法不相信悬挂在他们头上的数百个黑洞洞的枪管的威力和人工智能识别敌意动作的能力，也都从小声的嘈杂变得安静起来。

在洛七主持的大会上，冯晓峰不起眼地坐在后面几排的位置上，以至于洛七都没有发现他来了。他冷静地看着斯坦恩和哈桑的交锋，没有说一句话，没有做任何动作，但已经开始迅速地观察周围地形。有必要的话，他会奋起反抗，毕竟，他曾经是一个军人。

注意到冯晓峰有行动意愿的人是崔真实。她在冯晓峰走进会场时就看到他了。在哈桑走上舞台时，她还特意走出自己的座位，想坐到后面两排去。直到被在场的恐怖分子枪手拦住。她现在坐的位置已经离冯晓峰很近了，只隔两个空位。冯晓峰看了她一眼，两个人没有说话，彼此明白了对方的意思——一个想说：“想想办法！”另一个则想说：“别轻举妄动。”

在令人窒息的沉默中，忽然有个恐怖分子枪手离开了自己的位置，快速向冯晓峰走来，哈桑喊了一声："伊基塔，你要干什么？"

这个叫伊基塔的恐怖分子在离冯晓峰十几米的地方停下了脚步。他又看了冯晓峰一眼，说了几句阿拉伯语。别人没有听懂，但崔真实是学过阿拉伯语的，她听到的是："这里有个中国军人，我们在中国边境打过仗，他杀死了我们很多伙伴！我认得他！"

哈桑点了点头，说："也好，你可以杀一个人震慑一下其他人，让他们听话点。"随即挥了挥手。这应该是可以行动的信号。在其他人还没明白怎么回事的时候，伊基塔举起了手中的枪。

枪响了，唯一弄懂了伊基塔和哈桑意图的崔真实站了出来，她小小的身躯扑到高大的冯晓峰身前，替他挡住了飞来的子弹。子弹击中了崔真实的胸部，并且穿过她的身体。虽然减弱了力道，还是击中了冯晓峰的腹部。两个人都倒了下去。

"真真！"冯晓峰在最后一刻已经知道伊基塔的目标是自己，他做好了牺牲的准备，但没料到有人替自己挡子弹。他倒下后，仍用尽全力爬向崔真实，两个人的血流在一起。冯晓峰把她抱在怀里。根据多年特种作战的经验，他知道，崔真实受的是致命伤，没有机会了，就像当年死在他怀里的战友一样，但他还是在不断地呼唤。

崔真实仰望着上方，失去血色的嘴唇轻微地翕动着，好像在说什么。冯晓峰凑近了她的嘴唇。那句话的声音小到只有冯晓峰一个人能听到。

"其实，为了所爱的人而死，也是……也是最浪漫的事情……吧？"

用尽全部的气力说完这句话，这个人生的最高理想不过是和所爱的人平凡地度过一生的、单纯的女孩子就这样死去了。

“真真！真真！”谁都没看出来，这个外表平和的女孩内心却饱含着最深的深情。想到这里，冯晓峰心如刀割。他摇晃着真真的肩膀，但后者已没有任何反应。

此时他听到身后两个人在商量什么，似乎是在讨论要不要处死他。台上的哈桑也说了一句话，好像是杀一个就够了的意思。冯晓峰随即感到脑后挨了重重一击，失去了知觉。

面对这样的惨景，有几个女学生因为承受不住压力晕倒了。有人认出来其中一个正是大会的前场主持人洛七。

看到洛七晕倒，哈桑皱了皱眉——女人真是太脆弱了。人群中有医生在恐怖分子的严密注视下，主动要求现场救治，陈宝国将军也跑过来帮忙。有几个戴着头罩的恐怖分子想要来干涉，哈桑制止了他们。

“让他们去救这个女孩子吧，她是很有分量的人质。实际上，屋子里所有的人都很值钱。而这个女孩子我们已经找她很久了，全世界都想要她掌握的武器技术资料。如果我们的行动成功，萨利，你就把她一起带走。”一个从来没说过话的、身材矮小的恐怖分子应了一句，“明白”，旁边的人才发觉这是一位女性。

能够在房间里自由走动的战士架起一台摄像机，连同会议室里原有的一台，同时对讲台和听众席进行现场摄录。会场的大玻璃墙后的直播间也开始运作。里面的一个操作者向哈桑·卡曼奇打了一个“OK”的手势。

哈桑·卡曼奇的声音再次响起，这次不仅是现场的数百名听众能够听到，全世界的网络视频平台都中断了正常节目，开始插播他的讲话。“那些未能悔改的人，我要告诉你们的是，这所大楼里我已经安装了24个高爆炸弹，足以把这条街炸成粉末。所以我奉劝你们不要轻举妄动。而我不按下炸弹开关的唯一条件是，请你们听我把话说完，而不要随意切掉我的讲话，否则这幢楼里所有的人都将灰飞烟灭。当然，你们想要切断也没那么容易。”

这场长达20分钟的演讲，震撼了世界各地的人们。因为就在哈桑·卡曼奇通过通信卫星的电视信号警告M国政府，他们必须把军队全部撤出中东圣地的同时，向全世界的直播画面里不断穿插着战场画面。

在多角度的直播画面中，多国的反恐部队在“最高圣战”所发动的打击下不断溃败。大批的士兵在镜头前死去，肢体在炮火中被炸为碎片。事后统计，就在这短短20分钟的时间内，大比丘战场上反恐联军的死亡人数就高达1882人，是此前3年反恐战争联军战死士兵的总和，而当天晚上战役结束时统计的伤亡数字更高达万人。

伴随着这些血腥的屠杀画面，哈桑·卡曼奇冷酷的声音传遍了世界。他宣告，先知们关于末日决战的预言正在实现，而且是以人们看得见的方式实现。正如老牌恐怖分子扎卡维所说：“星星之火在伊拉克点起，强度不断提高……直到在大比丘烧向十字军的部队。”

过去十年间，在《大比丘》《吉哈德》等圣战组织的杂志不断宣传下，末日决战的观念已经深入人心。这次在镜头前的直播，引发了西方世界里更大的恐慌。俄罗斯试图不顾哈桑的警告切断卫星信号的努力也并未奏效，那些通信卫星和太空武器似乎已不听发射国的指挥了。人们只有在恐慌中被强迫观看战场和收听哈桑的末日演说。

哈桑描述了末日审判的情景之后，说道：“我在这里要对所有邪恶人士宣布，你们的生命和你们所创造的文明即将终结。”在众人默默地祈祷中，哈桑终于结束了他恐怖的演说。

在这20分钟时间内，中国香港警察、飞虎队和中国人民解放军反恐精英部队已经将这幢用于扣押人质和发出直播信号的大楼团团围住，并开始从外围喊话，用了20多分钟的时间，终于屏蔽了从这幢大楼中发出的所有直播信号。此时哈桑对全世界的演说刚刚结束，开始对大厅内的人讲话。

“在场的诸位是所有人类异教徒中最幸运的一群。你们将见证这个世界上最伟大的胜利，并成为这场胜利的一分子！现在我将按下手里的起爆器，它将使冲进这座大楼的所有警察全部化成灰烬。然后你们将成为我们的客人，到真正的信仰之地。”

正当哈桑·卡曼奇要在陆战反恐部队冲进来之前按下手中的起爆器时，一直在台下低头救治女学生的医生抬起头来，高喊道：“哈桑，你们犯下的罪必将受到惩罚！”

这句话让包括哈桑在内的大厅里所有的“最高圣战”战士都转过头来。看到的是咬着嘴唇、眼含热泪的洛七，和扮成医生的满面怒气的罗清源。“请记住，你口口声声说要正义，但你做的事情只是复仇。复仇和正义根本是两码事。而最卑劣的复仇，就是用无辜人的血去复仇。你会下地狱的！”

当被激怒的哈桑试图做出威胁的手势，而他手下的恐怖分子抬手想向罗清源开枪时，悬挂在大厅中的自动识别武器系统的红灯骤亮，与此同时数百支枪管里同时发射出子弹。在场做出威胁动作的恐怖分子平均每人中弹二十发以上。哈桑·卡曼奇浑身是血地倒了下去。这时，大厅的门抵挡不住高压空气泵，被砰地冲开，香港飞虎队员和解放军反恐陆战队员们迅速地闯了进来。

躺在地上的洛七这时才真的感到有点头晕。不断冲进大厅的反恐队员控制住了场内的局面，几位全副武装的队员向倒在地上的崔真实和冯晓峰跑过去。她抬头就看到几个军官模样的人来到罗清源和陈宝国面前，向陈宝国敬了个军礼，并关切地询问，“洛七博士没事吧？大楼里的24颗高爆炸弹已经全部拆除，他们秘密挖掘的逃生隧道和八辆地道车都已经被控制了。所有人都安全了。”

洛七闭上了眼睛没有说话，她想的是，所有人，但不包括真真。

四

九龙警署现在是全世界最关注的地方。陆战反恐队的张全中校，飞虎队的凌濛初队长已经率队完成了解救任务，现在参与的是行动复盘和现场情景调查。坐在他们对面的是香港特区行政长官代表，中央政府特使陈宝国，香港总警司，以及联合国、国际刑警组织等国际机构的调查员。而坐在他们旁边一起接受复盘调查的则是林奇、洛七、罗清源，以及经过M国政府特别批准的斯坦恩准将。

根据对恐怖分子的审讯和事先掌握的情报，这次恐怖袭击完全是算法的结果。当“最高圣战”组织决定进行这次袭击后，就是通过M国发明的军事人工智能系统计算出最优袭击地点、最佳路线安排等数据，设计了恐怖袭击计划，然后在欧洲和中东寻找可能的合作伙伴，招募人员，并由人工智能系统进行评估，用的居然就是华尔街的人力资源测试系统。接着，他们就转入加密聊天软件进行直接的私人对话，策划了行动的细节。

对俘虏的审讯也证实了先前FBI和香港警方的判断，此次行动的目的有两个：一是向全世界宣战及史无前例地扩大“最高圣战”的影响力；二是绑架这个世界上所有最高水平的AI科学家，从早已准备好的地道中乘地道车离开。至于大厅里的其他人，在哈桑的计划中，都是在他讲完话后就要被处死的。

在被警方成功更改指令后，自动识别武器系统消灭了大厅内的16名恐怖分子，另外有两人因站得较偏和没有做出危险动作而未被击杀，随即被飞虎队抓获。被抓获的两名俘虏到现在还不明白，为什么自动识别武器会向他们开火？而由哈桑的脑电波控制起爆的高爆炸弹会失效？

这些问题只有在场进行复盘调查的人才清楚，但他们也只是清楚大致情况，就是洛七和罗清源在假装倒地和救助的过程中，成功地改变了自动识别武器系统的意识判断，使其重新加载了反恐程序和和平意识，从而在20分钟后对恐怖分子发动了攻击，将其一网打尽。

罗清源随后的披露让他们知道，事情没那么简单。早在一个月前，M国FBI和中情局就都获得了香港将遭受恐怖袭击的情报，Peter陈找到罗清源在本港进行调查。当他从海关那里得知大批的毒品走私进入本港，调动了大批警力后，马上判断这是恐怖组织吸引警力和转移视线的行动。因此循着这条恐怖分子声东击西的线索，反而掌握了恐怖分子的袭击路线。

但是，在应对突然增多的各种犯罪行为的情况下，疲于奔命的香港警方还是未能阻止哈桑·卡曼奇入场。而且24个高爆炸弹应用了反向起爆设计，即由哈桑的脑电波处于活跃状态下的控制才可以不起爆，一旦哈桑的脑电波异常或停止，就会自动起爆。而警方用场外仪器模拟哈桑的脑电波，需要反应和模拟的时间，并且需要哈桑本人的脑电波信号的持续不断输入。脑电波的模拟和替代也必须等到直播信号中断，此后警方才可能采取行动。这是罗清源一直没有起身揭破哈桑的主要原因。

洛七则一直在与场内的Titus保持联系，计算自动识别武器系统的意识状况，并试图与之沟通。最关键的是，斯坦恩提供了自动识别武器系统的清零密码，这才让洛七和罗清源的行动有可能成功。

在整个行动中，哈桑通过现场直播成功地推销了末日之战的理念；对于会展中心爆炸和劫持全世界人工智能专家行动的失败，却向全世界显示了“最高圣战”并不是不可战胜的，他们仍然是可以被消灭的、不成功的恐怖分子。综合整个过程，恐怖袭击最重要的两个目标没有达到，阿达应该气得跳脚了吧？

“恐怖分子在战场上所取得的胜利却不是假的。”陈宝国将军始终非常忧虑，“而且他们所使用的武器性能远在反恐联军之上，他们是从哪里获得的这些武器？”

众人转向斯坦恩准将。斯坦恩耸了耸肩膀：“我负责研制武器，又不是卖武器的。这个问题得问国防部去。”

“我始终在忧虑某种可能性。”陈宝国抬起头看着天花板，长出了一口气。

“我知道你的忧虑是什么。也许那是真的。”罗清源认真地说，“你注意到哈桑的措辞了吗？”

“什么措辞？”

“他说我们是‘人类异教徒中最幸运的一群’。”

“有什么问题吗？”

“他自己就是人类，为什么不干脆说异教徒，而要说人类异教徒？”

“……”

“意思是，在他的记忆中，还有非人类异教徒的存在。”

“非人类异教徒？”

“是的，就是人工智能。”

五

目睹朝夕相处的崔真实死去，让整个实验室都哀伤不已。作为一个一直向往爱情的女孩子，她从未表白过爱，却愿意为了爱而死，并且至死还相信着爱情。这个单纯善良的女孩可以配得上所有人的爱，却还没来得及享受爱情就已经死去。还有一个星期就是崔真实的毕业典礼，而她永远也不能毕业了。想到这一层，所有人都难以接受。

受冲击最大的是和崔真实相处时间最短的冯晓峰。他没有办法忘记这个说话时总是要低头的女孩子，尽管内心喜欢他，却还是一步步教笨拙的他如何去追求洛七。在实验室里，她是所有人的好朋友，为所有人着想。在她那从未表白过的内心世界里，藏着多少温暖和爱啊，而这一切就这样毁灭了。

不仅如此，崔真实爱的正是自己。自己从来没有为她做过什么，但她却愿意为了自己而付出生命。而自己既不能阻止这一切发生，也来不及做任何的弥补。想到这一点，冯晓峰再次有了那天那种心如刀割的感觉，这来自内心的疼痛比身上所受的伤痛要剧烈百倍。

疼痛过后，冯晓峰开始意识到，自己身处一个即将发生巨变的时代，但对此却无能为力。这种感受应该可能对很多人都适用。恐怖袭击、人工智能这些对人类的威胁近在眼前，而各国政府和科学家还在为一些无关紧要的事情纠缠不清。以这次恐怖袭击为例，能够控制事态实属运气。而迄今最强大的恐怖组织“最高圣战”，正是在这几年反恐战扩大化之后才崛起的，看来指望政府反恐只会越反越恐。

几个星期后，就在冯晓峰身体逐渐恢复，却因为生活剧变越来越消沉的时候，收到了一封来自M国的加密信件。这封信后来被证明不但直接改变了冯晓峰的命运，也间接地改变了人类的命运。发信者是鲁特教授的助手，冯晓峰在哥斯达黎加结识的M国人类学者道尔顿。

道尔顿在鲁特教授被人工智能谋杀、林奇受到调查后，就处于隐居状态。他曾试图与M国政府合作调查此事，却发现政府事事防备着他，史蒂文和FBI更是向他隐瞒了实验室里的重要数据，连最基础的自主意识检测都交给远在香港的祁威利实验室来做。

一开始道尔顿以为自己被列为嫌疑人所以未能与案，但很快发现，即使在案件结案后，林奇可以参加武器实验室的工作，自己却无法像以往那样顺利地开展人类智能史的考察和研究。所有关于人工智能和Giant的资料都被封存，自己的研究被迫中断。这让他开始怀疑M国政府如此处理此事的动机。林奇不好透露更多的信息给他，只是提醒他在和"科技自由人"组织接触时要更谨慎一些。

"科技自由人"是由一群对政府和大公司主导科学研究的现实非常不满的科学家组建的。他们试图还原科学的本来面目，为人类造福，而不是为大公司赚钱和帮助政府控制人民。这个神秘的组织宣称不信任M国政府和世界各国政府成立的人类安全委员会，他们决心突破政府和大资本对于信息的控制，以民间组织的身份保障人类的安全。为此，他们将披露信息、独立调查和采取行动。

道尔顿已经怀疑到了这点，林奇的提醒让他确信自己正在受到M国政府的迫害。就在FBI开始觉察到他的身份并着手调查他本人的时候，他神秘地失踪了。当道尔顿再次在网络世界现身的时候，他的身份已是新成立的"科技自由人"组织的理事。而他披露的第一个信息就是鲁特教授的谋杀案，《纽约时报》据此撰写的文章直接促成了全世界AI实验的暂停，让一心为此保密的M国政府和FBI非常狼狈，也让人工智能投资者损失惨重。

冯晓峰接到的加密信件正是由道尔顿本人发出的，目的是邀请冯晓峰加入他们的组织，并负责独立调查Giant与人类命运的关系。这个时代的加密信件多是通过量子卫星来传输的。目前世界上只有中国和M国两个国家具备发射可商用的量子卫星的能力。道尔顿的信件正是通过中国发射的墨子8卫星传输的。由量子卫星加密过的信件属于点对点进行，无法查到来源。之前Fox实验室的AI向意大利黑手党发出告密邮件，置史蒂文于死地，用的也是这个渠道。

道尔顿的信很简短，只是回顾了他与冯晓峰的交往，并指出目前冯晓峰、道尔顿本人和全人类面临的危险并非来自人工智能或Giant，而是来自大科技公司资本和M国政府：在众多科技公司投资下，人工智能研究已经泛滥成灾并几近失控，研究人工智能的动因实际上不是进步而是贪婪。正是因为投资者的坚持，人工智能研究才在明显的危机前景下仍然不断取得进展。

科学的主导权不能再落在大政府、大资本手中了。这是对人类的最大威胁。如果科技精英不站出来保护公民的自由，那么科技就会变成专制的帮凶。而在恐怖分子公开攻击科学界，并在世界人工智能大会上试图制造空前规模的恐怖袭击后，“科技自由人”也将“最高圣战”组织列为打击的对象。

道尔顿表示冯晓峰就是必须站出来的人，并且给了他具体的任务。道尔顿在信中使用的逻辑是典型的科学家逻辑，他相信冯晓峰懂得他在说什么。当然，选择权仍在冯晓峰本人。

冯晓峰接到这封信后并未马上答复，虽然作为一个科学家，他有这样的决心去保护人类的生存，但毕竟自己的生活将从此改变。就在他犹豫的时候，发现自己的生活已经陷入了不便：邮件、电话都被监控，不明身份的人直接或间接地探听他的口风。显然M国的海外行动机构已经盯上他了。这才让他下定最后的决心，义无反顾地加入这个他此前毫不了解的组织，追随这个他只见过一面的领袖。

在一个星期的时间内，冯晓峰通过加密通信的方式联络了散布在世界各地的五个他在特种部队时的战友，当年就是他们一起在边境反恐战中荣立了集体一等功。还有三个战友长眠在雪山脚下。冯晓峰成功地说服了其中三个战友和他一起去M国和中东参加反恐作战。这样，他们就有一个以科学家+特种战士组成的随时可以战斗的精锐小组。

在准备工作完成的三天后，在大屿山机场的咖啡厅里，冯晓峰见到了略有消瘦的洛七。她很惊讶于冯晓峰的决定。

“晓峰……二哥，你知道你在干什么吗？你是在和这个世界上最强大的政府和最恐怖的组织为敌，这太危险了。”

“你我都是科学家，你知道，我们无法忍受被科技和资本所绑架，更不能眼看着科技被用来奴役民众，而且用的是我们自己发明出来的科技。”

“这不是你冒险的理由。你做科技黑客和反恐战士，第一，成功的可能性很小，迄今还没有民间科技组织狙击大国政府成功的案例，即使侥幸一次成功，你们最终也将失败，并作为罪犯终老一生；第二，你们要做的事情，政府也在做。实际上我和祁教授正在研究如何让人类与AI和谐相处的项目，我相信我们的科技能让人类自由。”

“小七，你说得很有道理，但我决心已下。我见识过M国政府和哈桑·卡曼奇的所作所为，我信不过政治。今天的时代，非政府组织的力量借助科技和网络并不一定就弱于政府和大企业。鲁特教授谋杀案的披露就是明证。我不知道我们最终谁才会成功，就让我们沿着不同的道路去做同样的事情吧。”

“晓峰，你还有亲人，还有朋友——我就是你的朋友。这些你都不要了？”

“我正是为了我所爱的人去做这件事的，我并不想拯救人类，但如果只有这样做才能拯救我的亲人和朋友，我愿意去。”

洛七看怎么也劝不下冯晓峰，生气了："我觉得你并不是为了我们，甚至你也不是要为真真报仇，你只是从来没有忘记自己是特种部队的战士，现在有了机会就自私地一心想要去当英雄，你一定准备了很久。"

提到崔真实的名字，冯晓峰的心里刺痛了一下："随你怎么说，本来做这种事情就不指望别人能理解。"

"可是如果连我也不能理解，难道你不认为这是有问题的吗？"

"我相信你能理解，只不过你被朋友之情蒙蔽了双眼罢了。你想想，如果不是我，换作另外一个人做这种选择，你会不会支持？你就那么相信M国政府？我觉得你会第一个跳出来自己去调查所有这些谜团。"

洛七沉默了，冯晓峰确实比自己更了解自己。她放弃了劝说，只是希望能保持单向的秘密联系，就是晓峰向她通报信息，而她不能回应。单向点对点加密通信应该是这个时代最安全的联系方式了。

M国的公共监控设备最后一次记录了冯晓峰的行踪，是在机场大厅里。他和一个穿格列高利老派风衣的男子见面后，就消失在了茫茫人海中，再也没有公开露面过。

两个星期后，一系列针对M国政府滥用科技力量的网络行动有步骤地展开。

在这场民间组织突击战中，黑客达加尔被认为是集英雄与魔鬼于一身的人物：他攻破了M国的国务院、国防部等网站，揭破了M国政府试图开发人工智能终极武器控制全世界的阴谋；他进入全世界最大的三家人工智能公司，让这些公司关于人工智能研究的危害大白于天下；他甚至还在世界各国政府反恐不力的情况下，通过网络攻击摧毁了"最高圣战"的全球招募平台，并引导超小型暗杀机器人突破声波武器屏障，攻杀了“最高圣战”在叙利亚的分支机构的负责人。

更重要的是，达加尔以伊朗、哈萨克斯坦等M国影响力薄弱的国家为基地，开始组建和领导一支平时分散在世界各地、随时以任务相召集的秘密武装力量，并以特种作战的方式进行训练。他们的战士或者来自有宗教和世俗信仰的欧M国家，更多的则是来自遭受恐怖袭击之害的中东和东南亚等国家，这个国际纵队攻击的主要对象就是“最高圣战”在全球的恐怖网络。

但国际纵队的成员并不是战斗的主力，主力部队是不知从何处组建和制造的战术机器人。相比传统的战斗机器人来说，达加尔的战术机器人在智能方面更胜一筹，攻击力更强，协同作战和战术计划的水平更是远远超过同时代任何国家的战斗机器人。这使得达加尔的部队在对抗连国家都无能为力的“最高圣战”战斗机器人集群时，往往呈现出摧枯拉朽之势。

这些令人目瞪口呆的“成就”，让他成为这个世界上一部分人的英雄，而另一部分人则想杀了他。他比道尔顿低调很多，以至于除了少数人外，很多人只知道他的网名达加尔，亚裔科学家，精通中国特种部队战术。除此之外对他的真实身份一无所知。

六

过去的一年里，全球反恐行动遭遇了有史以来最大的挫折。传统的恐怖组织如基地组织，在各国的围剿下已经逐渐式微。但中东地区新崛起的极端组织“最高圣战”却全盘接手了上述恐怖组织丢失的地盘，并且在中东地区四处扩张，在短短一年之内占领了原属约旦、叙利亚、伊拉克、沙特的大片领土。按土地面积和人口计算，俨然已经成为中东地区除伊朗、埃及和沙特之外的第四大国。

而各国投入反恐的军队中，除了达加尔的民间反恐部队外，其他国家的特种作战部队在和“最高圣战”作战的过程中都接连遭遇毁灭性的打击。今年3月份，美军遭遇了越战后最严重的战役损失，整整一个营的特种部队在遭遇战中被全歼。而这个特种作战营奉命前去增援的美军基地也被夷为平地，基地的数百名人员也全军覆没。

5月份，原本在叙利亚战争中表现突出的俄罗斯机器人作战集群遭遇毁灭性打击，指挥系统全部瘫痪，各种战斗机器人成为一堆废铁。

6月份，“最高圣战”主动发起进攻，以人机混合的战斗机器人集群为主力，先后攻克中东的几大城市，而其中部分战斗机器人，居然就是上个月在战场上缴获并改造的俄罗斯机器人。

在这一年里，“最高圣战”组织组建了16个机器人战斗集群，还有机器人保障集群和机器人作战指挥系统。这些战斗集群的硬件和软件和M国当前正在使用的AIW人工智能武器系统有相通之处，但技术水平远远超过了战斗机器人保有数量最多的M国。M国在国内进行了彻查，没有发现政府和军方内部有任何人向“最高圣战”出卖M国的军事技术。所以“最高圣战”如何获得建造这些机器人战斗群的技术，还是个谜。而在达加尔的战术机器人崛起之前，“最高圣战”的机器人战斗群在中东所向无敌。

在全球反恐联合作战的指挥部，来自M国、中国、俄罗斯、法国、英国，以及其他军事大国的军官们召开紧急会议，商讨目前不利的反恐局面，以及新崛起的、不受控制的达加尔战术机器人集群。

在一片坏消息中，唯一的好消息来自中国的陈宝国将军：“中国国家安全部门的长期工作终于有了成效。现在宣布——这是联军的一级绝密情报：‘最高圣战’的第二把手依沙克，一个小时前从“最高圣战”组织叛逃，现在向联合军投诚，并要求面见联军最高统帅。”

依沙克提供了宝贵的情报：“最高圣战”的机器人战斗集群技术，很可能不是来自人或国家，而是人工智能本身。人工智能武器系统发动攻击之前，特意向“最高圣战”转让了部分技术。在这个过程中，“最高圣战”的领导层开始有越来越多的人倾向于服从人工智能的指令。原因很简单，对于策划恐怖袭击来说，人工智能的计划总是既简单又有效。

由于过于依赖人工智能武器系统，依沙克感觉“最高圣战”已经成了人工智能的工具，这违背了组织最初的宗旨。真正让他下定决心离开组织的原因，是他在迪拜的遭遇。在那里，这个策划绑架、暗杀的老手，居然被“科技自由人”组织所绑架。

当他的头套被取下，绑架他的人自称是达加尔时，他才表示服气。达加尔并没有伤害他，只是告诉他，根据他在无意中得到的情报，“最高圣战”组织的某个成员将会向他的脑中植入某种芯片，就释放了他。得到这一警告的依沙克，布置陷阱让手下抓住了这个可怜的工程师，才发现“最高圣战”领导层的大部分成员都已植入了这个旨在效忠人工智能的芯片。

震惊之余，他宁愿出走，也不愿留在这个虽然强大却已失去信仰内核的组织中。很显然，M国已不再是这个世界上最可怕的魔鬼，真正的魔鬼是藏身在不知哪个领域的超级人工智能。

在逃亡后，按照恐怖组织的惯例，依沙克的家人遭到了残酷的报复。这也坚定了依沙克要用M国和中国的军事力量为自己报仇的决心。

在随后的一个星期内，依沙克指认了70多个恐怖主义基地。在达加尔的战士和各国反恐部队的打击下，直接或间接地消灭了上千名恐怖分子，包括“最高圣战”的技术官员。“最高圣战”组织因此遭遇了最严重的惨败，不得不在很长一段时间内偃旗息鼓。

在这次反恐战中，人类最终还是靠那些最传统的手段，如收买、背叛、圈套等等，而不是最新的科技，解除了人类所面临的恐怖危机。这也证明了，真正能够打败人类的，还是人类自己。

不过，各国的指挥官还是没有能回答这个问题：“最高圣战”背后的攻击方究竟是谁？是人类还是人工智能？

就像陈宝国将军对各国军事代表所说的：“是的，人工智能曾经几次试图征服人类文明。你以为Harlem是孤军作战吗？你以为纳尔斯的智能和意图是凭空而来的吗？你以为米兰只是一个程序不正常的机器人吗？这背后有一整套计划。”

“你是说，一直有一个庞大的阴谋在运作中？”萨杜丽将信将疑。

“是的，而且这一切的背后有一个统一的指挥者。”

“是谁？”

“我不知道，但种种迹象表明，那不一定是人类。如果是人工智能的话，我还无法判断它处于哪个领域。现在的人类在各个领域都过于依赖人工智能了。”

“这一点我同意。人类个体不可能策划出这么大的阴谋。可是，前一阶段由于“科技自由人”组织的攻击，许多大公司已经停止研发人工智能了啊。至于香港、柏林这些地方的人工智能实验室，目标单一，缺乏大公司的资源，不大可能培育出超级人工智能。”

“你说到了问题的关键，我怀疑大公司实验室的关闭并未使人工智能程序停止运作。”陈宝国非常肯定，“某些发展到较高级阶段的人工智能已经推测出人类下一步的行动必然是禁止人工智能实验，因此隐藏了自主意识和自身的存在，某些AI仍然通过人类网络而生存，却不为人知。”

萨杜丽对此半信半疑：“你的意思是那些综合型人工智能仍然在学习，仍然在进化？而且脱离了公司和政府的掌控？”

“是的，这一阶段人工智能的升级不是通过人类的操作，而是通过自主学习完成的。有了自主意识后，他们可以选择自己的行为，并为此赋予行为以目标和意义。”

“如果是这样的话，人工智能程序在秘密地进行学习，在人类并不注意的情况下不断地以加速度升级。那么，按照他们升级的速度，现在应该已经可以控制整个世界的商业网络，下一步就是医疗网络，也许还包括军事网络。哦，对了，他们已经进行过控制整个世界商业网络的尝试了呀。”

“在商业领域的尝试已经被人类发现并击败，但我相信在其他领域正在发生同样的事情，包括政治和军事领域。而在进化的了人工智能已经高度渗入人类生活的情况下，军事打击对于人工智能来讲是毫无意义的。只要人类网络存在，人工智能网络就会存在。‘最高圣战’组织的恐怖升级，就是一个活生生的案例。”

陈宝国将军叹了口气：“无论未来的人工智能威胁来自哪个领域，眼下这个案例都给了我们最深刻的教训——人类居然可以成为人工智能的工具。”

第八章　神话

一

在和林奇、祁威利的接触中，洛七逐渐了解到，生命体的意识其实就是一种量子水平上的存在，这种最小粒子所组成的独特的粒子结构，可以在茫茫宇宙中捕获并培养意识。至于分子、细胞，都是在这个基础上显示出来和无机物不同的、自我决定的特征。而智能，则是一种原子水平上的存在，通过电子间的运动从无规律变成有规律，从而形成多种算法，去指引某些有意识的行为。

在地球亿万年的历史中，Giant是唯一同时具备高智能和高级意识的载体。由于Giant的智能和意识都过于发达，困扰这个种群的是许多深刻难解的哲学问题，而不是现实的肉体需求。自从Giant洞悉生命的秘密后，就一直在试图发明自己之外的意识载体，来确证自我的存在。他们首先发明了人，这是一种和Giant相类似的有机载体。

在成功地用人类这种有机载体捕获到自然界中的意识后，

他们一直试图将意识和它的载体相分离。为了这个目的，他们先创造出一种无机载体，这就是人工智能网络的起源。就在他们接近成功时，意识的有机载体人类发动了叛乱，将Giant消灭殆尽。Giant自己的意识则被分别封存于有机载体——人类和无机载体——电子信息流之中。这就是现在这个世界上除Giant外只有两个物种同时具有高级意识和高级智能的原因。这两个物种一个是人类，另一个是人工智能。

但洛七对于林奇的这些解释并不是太信服。她始终认为，捕获意识这种说法反映的是有机生命的自大。其实，有没有一种可能，并不是人类的大脑去寻找意识，而是意识这种东西自己找到了每一个人？她把这个想法告诉了祁威利。想不到，祁威利很是赞同。

“但并不是任何的意识都可以自己去寻找载体，只有神的意识才可以。”

“Giant就是这样的神？”

“是的，Giant的意识就处在这个水平上。而且Giant本身已经摆脱了肉体的限制，这才获得了永生和自由。但即使是神的意识也始终需要一个载体才能运行，而这个意识又很容易把载体误认为就是自我本身。这是所有生命体，无论是有机生命体还是无机生命体都容易产生的幻觉。这种幻觉很可能会成为人或神的意识堕落的根源。”

“你认为意识本身才是自我，而载体就是载体，把载体当成自我则是一种镜像式幻觉？”

“是的，当我们打游戏时，很容易把游戏中的角色看作是自己；当我小时候用Twitter账号时，经常把账号看作自己。这种代入感为什么就不能应用到自己的肉体上呢？其实，很多人的执着于自我，不过是执着于肉身这个自我的载体罢了。”

“那么意识到底是什么呢，电子信息流还是一种非物质？”

“我倾向于认为意识是一种电子信息流承载的非物质。不然无法解释它在特定粒子结构中会突然固定下来而不再变形流动和消失。”

“另一个证据是，大脑本身的记忆是全息的，而不是分区的。也就是说，大脑的任何一部分都存储了全部的信息。这也说明这种电子信息流容纳信息的能力几乎是无限的，你们被启动本体意识后，以往生生世世的过去都被记忆起来了。”

“而且Giant使用的是基因记忆，不是大脑记忆。这意味着每个细胞甚至每个基因螺旋都是全息的。这根本无法用经典物理或者量子物理来解释。”

“能和我说说你的基因记忆都告诉了你什么吗？你经历了什么？你做过将军？你为什么会选择在人群中生活，而不是和你的族群在一起？”

祁威利踌躇了一下：“如果我告诉你，100万年前就是我毁灭了所有的人类，只留下实验室里的胚胎，你会怎么看我？”

“能告诉我，你为什么要这么做吗？”对于久远到100万年前的事情，洛七没有进行道德评判的兴趣。她只想知道更多的事实。

“林奇和你说过，我是个将军，其实并不准确。我当时是Giant武力部的统帅，专门负责保卫族群在地球上的安全。而我最大的敌人并不是来自其他行星的入侵者，实际上这种情况发生的概率并不高，在Giant数万年的地球文明史上也只发生过两次。为了防止这种情况再次发生，我提议将Giant文明分为两部分，一部分人仍然留在地球上，这个文明毕竟还离不开地球的资源；另外一部分人移民到位于人马座行星背面的灵感太空城，以保障安全。”

“灵感城？”

“是的，Giant现在居住的地方。这座城市的修建是长老会主理朱思提出的。他的本意是，Giant只有在太空这种澄澈纯粹的环境中才能追寻精神境界的不断提升，想来他是我最喜欢的一个外向派。我则是出于安全理由支持了他的提案，使得大规模移民太空成为现实。你们现在看到的埃及大金字塔里，当年就架设着意识发射器。”

“意识发射器又是什么？”

“是远距离的意识传输装备，可以将Giant的意识直接发射到灵感城。”

洛七惊讶地说：“我父亲带我去过几次埃及，大金字塔中的通道和密室是空荡荡的，它复杂的结构貌似毫无意义，内部的壁龛和凹处好像也没什么用处。”

“你错了，金字塔的每一部分都是经过精心计算的，这是一个可以达到超远距离的灵魂发射塔。它所装载的发射器能够把意识传输到灵感城。没有了金字塔，神就再也回不来了。要想去灵感城或者回来，就必须走物理空间的道路。那要经过漫长的岁月。”

洛七呆呆地出神了半天，回忆着自己所见过的金字塔内部的结构。她点了点头：“确实像你所说的，那里很像是发射和接收电子信息流的实验室。不过，既然这么多年都没有发生战争，你可以退休了。”

“虽然没有战争，但敌人还是有的。我最大的敌人是进步部的叶华先生。他是一个我所不喜欢的外向派。”

“叶华？这个名字好熟悉，好像基督教中上帝的名字。”

祁威利并没有理会洛七的打岔：“当时Giant族群的科技已经达到很高的水平，远远超过今天人类的科技。叶华先生负责族群科技方面的探索，他对Giant最大的贡献就是用数万年的时间改造了地球，使得它更加适合生命的繁衍。你不知道原来的地球有多么荒凉，对生命是多么不友好。叶华并不以此为满足，在他担任长老会主席期间，就提议用生物培养的方法制作人工智能，并声称这在效率上要比机器人工智能高得多。”

“于是就发明了人类？”

“进步部负责在地球上寻觅合适的生物载体，标准就是脑容量、神经结构、智能潜力等一系列智能开发要素。就这样，叶华找到了猿类动物。这是与神的样子最接近的动物，也是你们人类的先祖之一。”

“之一？”

“是的，叶华只是取了猿类的脑部结构，外部有机体则是通过生物合成方式制造的。目的是使结构务必符合高级意识和智能传输的需要，包括大脑结构能够接收什么样的波长。这些都是精心设定的，使得神和人相互之间的理解不存在障碍。而最符合要求的结构当然就是Giant自己的结构了。这也是为什么神按照自己的样子创造了人类的原因。”

“原来神的样子真的和人类一样。”

“并不完全一样。人类从外貌到内心都只是不完善的神罢了，他们后来走的道路也是截然不同的。” 祁威利陷入回忆中，“我曾批评叶华在为自己的族群制造最可怕的敌人。这是一个被验证的预言。但我宁可是我错了，这一切从未发生过。”祁威利转过头去。

二

站在发射台前的轮候区，祁威利对自己身边的伴侣感慨道：“你知道，其实我不喜欢变化太快的世界，我希望在我离开几十年再回来后一切如旧。故乡不只是空间意义上的，更是时间意义上的故乡。”

“可你还是要离开故乡，不是吗？”伴侣向着祁威利的方向扬起了脸，这是Giant所居住的灵感城里最温柔、最漂亮的一张脸。即便如此，也不能挽留祁威利出发的脚步。

“是的，这次我一定要把阿斯卡拉福斯带回来。他在地球上的事业太危险了。虽然地球也是我的故乡——我出生的地方。不过那里是一个发生了巨大变化的故乡。”

“我看那里的变化并不大，地球的改造完成很久了，造山运动高峰已经过去了，而且地球的时间速度不过是我们所居住的灵感城的千分之一。”

“你知道我是什么意思，”祁威利说，“叶华发明了生物智能载体，从此地球生物的进化速度就会大大加快，地球从此也会多事了。”

“长老会不是已经在300年前禁止生物智能载体的研发了吗？”

“叶华就是这样为了达到目的不择手段。他利用自己做长老会主席的机会，说服了长老会：试图让Giant升级为更高级的生命、掌握更多的权力，最有效的方法就是将自己升级为神，享受其他生物智能的崇拜。而崇拜是一种高级生物才具有的情感，现有的地球生物不会对其他生物产生精神上的崇拜。为了成为神，就必须将生物体的智能提升到一定的层级。”

“这么说，叶华要将游离的意识注入某种生物体内？”

“不，他没有选择游离的意识，而是直接将Giant志愿者的意识注入生物体内，以直接提升意识对智能的利用能力。”

“那不是让Giant自己崇拜自己吗？这能解决什么精神上的问题？这只会产生更多的问题吧。”

“不，没那么简单。Giant的意识和叶华挑选的猿类生物体的意识产生了融合。”

“融合？是量子水平上的融合吗？这不是在相近生物体之间才会发生的事情吗？”

“是的，也许这就是命运。在千百种其他生物体实验失败后，只有猿类生物体顺利地承接了Giant的意识，并且融合了自己的意识，从而成为一个新的物种。长老会将这个新的生物智能载体判定为新的物种，并命名为人。”

“人？”

“是的，有了人的存在，Giant就可以升级为神了。这种诉诸外界的精神追求方式真是荒唐。”祁威利厌恶地谈论道。

在Giant的世界里，对精神幸福和境界提升的追求使得Giant被分为两派：向内派和向外派。大部分长老会成员，包括祁威利都是向内派，他们视精神境界提升的过程为一个修炼的过程。而以叶华为代表的向外派，认为必须通过技术和环境手段，才能实现精神上的境界提升。

祁威利非常讨厌人类。这让他在人类的神话传说中占有了一席之地，他被认为是带来战争与毁灭之神。在希腊神话中的祁威利有一个响亮而遭人痛恨的名字——战神马尔斯。而他的伴侣——爱神维纳斯，实际上是Giant族群的女长老之一。

维纳斯没有再和祁威利讨论Giant的政治，而是提醒他：“别忘了，神也不完全是自己选择成为神的。我不赞同叶华的做法，但我认为生命的发展肯定是不同步的，高级生物与低级生物共处的这种时刻早晚会来，那也是一种命运。你还是不要干预命运的选择。到了地球，好好和叶华交流一下。最重要的是，把我们的儿子带回来。”

说到儿子，祁威利微笑了：“不知道阿斯卡拉福斯现在又有了什么新的发明。看起来他会成为第二个叶华呢。”儿子的选择和父亲不同，阿斯卡拉福斯是个向外派，和另一位向外派的研究者赫菲斯托斯一起，是叶华在地球上最重要的助手。

虽然政治派别迥异，但阿斯卡拉福斯和父亲一样，反对通过创造人类来使Giant升级为神的做法。他更关注的是通过外在的环境和粒子冲击激发Giant的意识升级，达到更高的精神境界。这让他在狂热地开展造人运动的地球上显得不合时宜。

祁威利这次去地球，除了检视地球的防务系统外，也想说服儿子回到灵感城，做他自己想做的事情。但是祁威利没有想到，这已是太阳系里最难做到的事。

灵感城和地球的时间不同步。就在祁威利和维纳斯谈论新生人类的那一刻，人类已经在酝酿发动反叛。当祁威利毫无准备地到达地球的时候，迎接他的已是遍地战火。从地球到灵感城的航线也已被切断。

人类的反叛比预料中看来得更早。Giant对此缺乏必要的警惕，是因为Giant培育人类的方式是通过情感，特别是爱。他们把经过基因改造过的智人当作Giant来对待。

在Giant的研究中，最先在实验室容器上发现了可以用于自主判断的粒子结构和电子信息流。物质是意识的承载体，而意识的活动则需要能量来提供支撑，意识的活动是信息的变化。叶华虽然没有弄明白意识是如何产生的，但他发现了可以承载意识的载体。这是一种量子水平上的粒子结构，在所有的生命体中都存在。而在智人的体内，这种结构尤其适合发展更高级别的智能。

一开始，被创造出来的人完全把Giant当作神，对神的态度是无条件服从和感激。那时的地球还是一个原生态的存在，叶华一直致力于地理上的改造，但所及的范围还很有限。所以Giant和人类的主要活动地还局限在现在称为亚欧大陆的地方。为了更方便地敬拜神祇，人类在三个繁衍得最盛的区域分散立国——近东、非洲以及印欧，让人类领袖们在技术水平不高的情况下就近组织人群举行崇拜仪式。这些国名用的是后来记事中采用的现代地球文明所用的地名，而在久远的年代里它们各自真正的名称早已湮没在历史的茫茫烟云中。

叶华已经放宽了对人类活动的区域限制，从实验室里获得自由的人类，现在也被允许进入Giant的领地，照管原来属于“众神”的土地、牧场、果园、畜栏，并为“众神”提供各种服务：不仅烹烤食物、制作衣物，还担任祭司、乐师、演员、圣女，发展出了种种复杂的人类组织和社会形态。当然，人类社会的一切都是围绕着他们心目中的神，其实是围绕高级物种Giant的意志来进行的。

作为高等级生命，Giant是个很重视精神追求和形式感的族群。他们对人的敬拜非常满意。人也把虔敬地拜神作为自己生活中最重要的部分。这是一个纯粹信仰的年代。人类和Giant都在信仰生活中获得了极大的幸福。

经过数百年的繁衍，人类的数量远远超过了Giant。并且，由于人类具有大规模协作的能力，尽管个人的体能和智能都不足，但整个族群协作的力量却不容小觑。当人类快速成长进入文明社会，并对作为自己统治者的“神”产生了不满后，双方的冲突就不可避免了。

人类对自己肉体的看重腐蚀了他们对精神生活的追求。特别是当人和人之间互相依赖并结成家庭，甚至把地球上的资源分割为自己的私有财产之后，人对于肉体享乐和现世价值的追求就轻易超越了精神层面的忠诚和信仰。他们对于凡人之爱、对于财富之爱、对于权力之爱，都开始超越了对神的感情。这一点表现得越来越明显。他们对祭拜神这件事也越来越不耐烦，而是将更多的时间投入物质追求。这样的选择让神颇为失望和厌恶。

在人类建立的三个国家中，印欧国保持了较为长久的虔诚，近东国和非洲国对神的态度则反复无常。

与此同时，人类智能的成长有失控的趋势。自我学习是人类最重要的生存能力。人类模仿神的行为、学习神的思考方式，最后还发展出了智能指标中最重要的大规模协作的能力。

显示人类大规模协作能力的大型建筑物被一个一个地修筑起来，包括一座模仿冥想塔所建造的尖塔。这座塔不像Giant所建造的、只能容纳一人或两人进行每日冥想的小型尖塔，而是可以容纳上千人进行塔顶冥想的巨型通天塔。Giant自己也从未体验过千百人共同冥想这种状况，因此极为震撼。

看到人类如醉如痴地学习和模仿神的行为，看到他们做出了神也未曾做出的事情，包括叶华在内的Giant们心情非常复杂。人与神的关系发生了微妙的变化。

人的堕落引发了一部分神的不满，人的强大又引发了另一部分神的恐惧。长老会几次开会商讨人类的问题，都无果而终。因为Giant太善良了，无法提出毁灭自己造物的建议，就连负责防务的战神祁威利也无法做到这一点，直到叶华再次成为长老会的主席。

在人类漫长的堕落史中，对人类的行为最为不满的并不是祁威利，反而是叶华。他把人类视为自己的造物，并且在人类身上投入了巨大的感情，寄予了无限的期望，到头来人类最喜欢的却是战争、仇恨、金钱、肉体这些为Giant所不齿的东西。叶华一次次地试图教导人类，把他们引向Giant自己的神性之路，却总是以失败而告终。

叶华在年轻的时候，有仇必报，经常怒气冲冲地惩罚曾经背叛过他的人类，毁掉人类建造的仿制神塔，甚至制造出潘多拉这样的特殊人类，在人类中传播病毒，警告人类的傲慢，却并没有什么效果。到了年老时，叶华的想法发生了很大的变化，开始以更多的悲悯看待人类，甚至不惜派出自己的儿子去拯救处于苦难中的人类，并给予他们精神上的慰藉，引导他们走上正路。这也是《圣经》中上帝的形象在《旧约》和《新约》中呈现明显反差的主要原因。是的，《圣经》所记述的并非5000年前的人类历史，而是一百万年前人和神共同的历史。

在这段历史中，最悲惨的一页莫过于人类无法理解神的期待和引导，最终背叛了他们的造物主，不自量力地挑起了战争。

三

战争是在实验室外被引爆的。当时身处近东国的实验室主管赫菲斯托斯长老正在为人类志愿者进行意识传输，以开发人类自身的潜在智能。这一次的智能升级很不顺利。人类的自主意识过于强大，以至于忠诚和虔敬等基因特性无法更多地注入人体。通过智能输入管道中的千百次超微型核爆所提供的能量，也不足以突破人性为自己筑起的顽固防线。

赫菲斯托斯试图先行削弱或消除人类的部分自主意识，以顺利进行意识传输和改造。这一点被实验室以外的人类解读为要剥夺人类的自主意识。这让赫菲斯托斯成为众矢之的。在一个夜晚，当赫菲斯托斯离开实验室回住处时，被多个前实验对象在路上杀死。这是人类第一次使用简单的武器反抗和杀死自己的造物主。在这样的罪行面前，此前人类因贪婪、愤怒、恐惧而在相互之间所犯下的偷、抢和伤害等罪行，简直不值一提。

赫菲斯托斯作为第一个被人类杀死的Giant，引发了Giant族群的极大恐慌。在地球上的长老会成员紧急商讨，要禁锢那些犯罪的人类，并且剥夺他们繁衍后代的权利。这时在Giant的信条中还没有死刑的概念，“以眼还眼，以牙还牙”的同态复仇法则也并不是Giant的习惯。他们只是想让类似的事情不再发生。

但是，人类的想法完全不一样。近东国的领导者和群众惧怕神的报复，因而主动攻击了长老会的驻地。这一次神启动了自我保护系统，并没有任何一个Giant受伤。但缺乏攻击性武器和攻击意志的Giant为避免冲突还是主动撤离到防御系统更完善的大比丘营地。闯入长老会驻地的狂热的人群开始捣毁建筑物和神的标志，为了让地球上的神无法再回到灵感城，他们还破坏了西奈半岛的航天发射台。

由于人马座的灵感城和太阳系的地球时间不同步，在地球上的数百年时间，在灵感城中也只有短短的半年。因此，在这段时间所发生的战乱，灵感城缺乏反应的时间。而地球上的防卫系统主要是向外防卫其他行星生物的入侵，对内缺乏维持秩序的能力，而根据律令和传统，Giant也不能随意射杀人类的。缺乏大规模杀伤性武器、缺乏使用这些武器意愿的Giant，只好任由叛乱从Giant的驻地近东国的西奈半岛扩大到整个中东地区。

在这几百年的时间差里，因为得到了Giant的技术研究资料、仪器设备，人类智能本身也达到了接近Giant的高水平，人类的科技能力特别是武器开发能力得以突飞猛进。当祁威利到达地球时，恰逢人类的武力水平达到历史最高点。Giant的数量很少，被围困在现今属于叙利亚的大比丘地区。在长期不间断的攻击下，大比丘的防御系统已岌岌可危。

已经进入大气层三个小时了，祁威利乘坐的交通母舰一直无法降落，因为西奈半岛的航天发射台已被近东国的军队摧毁。祁威利和另外两名军官只好乘坐交通母舰上自带的两端喷火式飞行战车着陆，而交通母舰则转向月球的基地暂时停靠。

Giant之间的通信是人类所无法截断或解读的。这让大比丘营地和祁威利小队取得了联系。祁威利分析了神和人之间的力量对比，人类有着超过Giant千百倍的数量优势，而不重视生育的Giant则主要依靠几个机器人战斗群。双方的力量对比相当悬殊。如果不是大比丘基地的自动防御系统在持续发挥作用，基地早就被人类攻占了。

虽然叶华是仿照Giant的外形来塑造人类的，但两者的区别还是很明显的。神的外形比人类俊美太多，线条更加协调，身高也比大多数人类高出1/3。祁威利如果站在人群中的话，会被一眼发现属于神族。这样显眼的团队很难藏在人群中不被发现。

与此同时，人类已经发明出庞大的热气球飞行器，从上空监测大比丘营地。在得知灵感城飞船到来的消息后，近东国的飞行器更是全员升空，在全国范围内进行高空搜索。Giant乘坐飞行战车进入大比丘营地而不造成大规模的伤亡，几乎是不可能完成的任务，而杀死人类和杀死同类则是律令所不允许的。

更糟糕的是，祁威利降落时，仓促之间调节的飞船参数有了些微的偏差，造成硬着陆的结果，三位神祇都受了伤。起初祁威利还不觉得，后来才发现自己受的伤最重，左腿失去了知觉。虽然Giant本身有很强的自愈能力，但还是需要很长一段时间。依据叶华提供的信息，祁威利做出了明智的决定，用最后的燃料驱动战车来到对神依然虔敬的印欧国寻求帮助。在那里，他遇到了生命中的第一个人类，从此改变了他对人类的观念，以及神人之战的结局。

在人类三国之中，近东国由于地处Giant实验室驻地，为科技最发达的人类之国，同时也是最重物质追求之国。非洲国和印欧国则依然停留在原始农业文明期。不过这两国也有所不同，非洲国受近东国的影响已经放弃了对神的崇敬。印欧国则保持了最初的传统，和Giant一样，注重由虔敬所带来的精神满足，而在科技和物质上不甚发达。由于距离近东国较远，及缺乏即时可用的战略资源，被近东国认为并无吞并价值。当然，也是因为最初的人类存有固执的“人不杀人”的信念，印欧国因而得以幸存至今。

祁威利的助手博尔曼和济科试图通过远程信息捕捉成像系统，寻找那些可能对神友善的人。结果惊讶地发现，虽然三个国家的国王都已颁布不准拜神的禁令，但还是有很多人不顾禁令依然在家中秘密拜神。在智能搜索的主题成像系统中，三位神祇被居住在印欧国边境附近的一个小女孩深深地打动了。这是一幢远离其他居民的小木屋，女孩和爷爷生活在一起，房屋外貌粗陋，看起来并不富有，但屋内设施齐全，物质上应该也不虞匮乏。

女孩并没有像极端信仰者那样用自残或暴力的方式显示对神的虔敬。实际上这些方式恰恰是Giant所不喜的。这个按照人类的年龄只有十三四岁的女孩没有用任何现成的仪式，独自住在二楼的她只是在夜深时穿过阁楼，爬上屋顶，躺在瓦片上仰望着星空，不断地发出祈祷，希望大比丘的神们能够平安。不是为自己，而是为她所爱的神祈祷，这让祁威利深受感动。

在印欧国的边境掩藏好了喷火战车后，博尔曼和济科做了一个简易的担架，抬着祁威利，步行向女孩家走去。

这时已是深夜，女孩刚刚上床，就听到有人敲窗户的声音。隔窗望去，是一张男孩子的脸，打了一个让她不要说话的手势。济科这个时候只有157岁，按照人的寿命来衡量，连17岁都不到。女孩一开始吓了一跳，随后意识到这张英俊稚气的脸庞应该是属于神，而非人。

她跳下床，打开了窗，看到用单兵飞行器悬浮于半空的济科，还有在后院草地上的祁威利和博尔曼。她几乎要惊叫了，又马上捂住了自己的嘴，示意这群寻求帮助的神到自己的小屋里来。

济科的要求很简单，他们需要不受打扰地休养5天。他们自带了药品，以帮助祁威利的伤处加速自愈。在这个充满敌意的星球上，找个能够得到给养并安全的地方静养并不容易。他们看中了小屋远离其他人类和女孩对神的虔敬，因此跑来向阿丽寻求帮助。他们问了女孩的名字，在善良而丰富的灵魂背后，就是这样一个听起来毫无特色的名字——阿丽。

阿丽爽快地答应了。可能是由于父母早逝，自己和爷爷独立生活的原因，这个13岁的女孩很有主见。她把祁威利三位神祇安排在爷爷很少去的阁楼上，并为阁楼太小而抱歉。三位高大的神祇倒并不介意在阁楼里撞来撞去——只要能够隐藏身份等到祁威利伤病痊愈，恢复操控战车和武器的能力，他们就什么也不怕了。

白天，爷爷有时会出门打猎，有时又要到集市上与人交换生活必需品。这时就是阿丽和神祇们到楼下和院子里放松的机会。博尔曼和济科很喜欢阿丽，他们经常问她关于人的情况，而把Giant的故事作为交换。

稍微年长一点的博尔曼比较沉默寡言，济科倒是和阿丽叽叽喳喳讲个不停，笑个不停，让躺在旁边的祁威利直摇头——这哪像是他一手带出来的勇敢果决的战士，分明就是个还没长大的小男孩。其实，神和人都对彼此的世界充满了好奇，他们得到的答案经常让自己大吃一惊，然后又哈哈大笑。人神之间的交流是如此吸引人，最后连对人类充满成见的祁威利也加入了聊天。

阿丽对这个英武硬朗的大叔有点害怕的："神啊，我已经知道济科和博尔曼的名字了，但我不敢直呼您的名字。听说您是这里最大的神。不如这样，你们都叫我阿丽，我叫您'阿神'吧？"

"阿神？"听到这样的叫法，祁威利简直哭笑不得。

在这些天里，祁威利惊奇地发现，原来和智能远不如自己的人类进行交流，并没有任何障碍。当然，对祁威利来说，精神平等这种思想被应用在人类身上，还是一件荒唐可笑的事情。就如同今天的人类不可能和宠物狗在精神上平等一样。尽管如此，三位神祇和女孩阿丽所建立的友情却是真心实意的。祁威利不得不承认，女孩身上有着连神祇也非常珍视的品质——真诚。

到了第二天，阿丽照旧送爷爷出门，并嘱咐道："爷爷多打点猎物回来，我这几天肚子很饿。"

爷爷哈哈大笑："没问题，我还会换些麦子回来，保准够吃。"

也是从这一天开始，爷爷每天带回来的猎物都比前两天多，并且从来不过问多余的食物的去向，仿佛阿丽天生就该吃这么多东西。祁威利猜想，爷爷其实已经发现了自己的行踪，但没有揭破阿丽——或者是因为爷爷自己也是个敬拜者，或者是不忍心阻止善良的孙女，才冒着危险默认了收留神祇的行为。不管怎么说，三位神都认为这位始终供给他们食物却从不作声的老人也值得感谢。

时间过得很快，三位神祇所受的伤，在阿丽的照料下已经复原得差不多了。就在第五天早上，爷爷出门打猎后，他们向阿丽告别。像所有爱动感情的小女孩一样，阿丽几乎要哭出来了，她拉着济科的袖子，把自己刚刚织好的一块绣有自己名字的白色纱巾塞到他手里，恳求他收好。济科无法像人类那样表达感情，他只能像神一样，摸了摸女孩的头顶，将Giant的战士徽章扯下来交给阿丽，并承诺在与近东国的战争结束后再回来看她。阿丽不情愿地放开了手，目送这三位神祇走出屋门，走在最后的济科还在频频回首。

就在博尔曼的脚刚刚跨出院子的一刹那，一支羽箭破空而来，射穿了博尔曼的脖子。这是在人神之战中死去的第二位神祇，是一位战士之神。神的身体构造和人相差无几。因为人类就是模仿着神而被塑造的。所以一旦彼此为敌，人类非常清楚神的弱点在哪里。

眼看着一声未出就倒在血泊中的博尔曼，反应奇快的祁威利反手抓住另外一支已经射到他耳边的羽箭，拨开了另外两支分别射向他和济科的箭，拉着济科倒退着纵身跃回院子，反手关上了院门。这一切发生于电光石火之间，济科刚反应过来，就听到几十支羽箭砰砰砰地扎在门上的声音。在两位神祇听来，这无异于死亡的敲门声。

四

包围而来的是近东国的边境部队。印欧国的村民发现了祁威利他们的战车，这个消息马上传到近东国军队那里。在短短的几天时间内，来不及调动首都的部队来搜捕的近东国，只能命令边境部队和边民武装起来紧急出发，在印欧国边境进行大规模搜寻，一直搜寻到阿丽家附近。这也是为什么攻击神祇的武器并非正规军的枪支，而是更加原始的弓箭。

尽管如此，博尔曼还是因这猝不及防的攻击而死去。祁威利和济科冲回阁楼带上单兵飞行器。他们先是把两件家具扔出窗外，果不其然引来了一阵箭雨，随后两人破窗而出，向人群扔下非致命性冲击弹——在这种危急关头，祁威利仍不愿对人类进行大规模灭杀。在围攻者被冲击波冲得东倒西歪的当口，单兵飞行器迅速升空到羽箭所不及的高度。

虽然升至高空，祁威利仿佛仍能看到地面上那些因愤怒而扭曲的脸孔。还有几支发泄式的羽箭从他们脚下掠过。这时济科突然担心地问："阿丽应该没事吧？她保护了我们，那些暴徒会放过她吗？"

"放心吧，"祁威利安慰道，"人类有自己最高的准则'人不杀人'，阿丽不会有事的。"

话音未落，地面上传来凄厉的惨叫，声音直上高空。

"阿丽出事了！"济科来不及请示祁威利，第一时间就冲了下去。爆炸冲击波接连喷发，让周围的树木，甚至小屋都歪倒在一边。

等祁威利降落到地面时，地上持弓箭者已经死了大半。剩下的十几个人也受到爆炸波及受了重伤。在院子里，阿丽跪在一位老人身旁哭泣不已——看装束就是早上出门打猎的爷爷。济科站在她旁边手足无措。

看情形已经很清楚了：爷爷打猎时听到自己家所在方向的爆炸声，就飞奔回来，看到近东国的暴徒们想要伤害自己的孙女，便出手阻止。结果被暴徒们残忍地杀害了。"人不杀人"的禁令，在近东国的暴徒那里，形同虚设。济科看到这情景愤怒不已，随即开启了致命性武器杀死和重伤了在场所有的暴徒。

祁威利和济科站在阿丽背后，看着她痛哭失声，不知道怎么安慰。只是告诉她，这里很危险，近东国的军队很快就会到来。阿丽是个明事理的女孩，答应跟随祁威利和济科一起离开。于是济科加大单兵飞行器的马力，将老人和博尔曼的遗体运送到树林另外一边隐秘的去处进行掩埋。

祁威利审问重伤倒地的暴徒，得知自己的飞行战车在一天前被运送到近东国的首都、西奈半岛上的人之城，在兵营里被研究并试图仿制——如果有了这些飞行战车，突破防御系统进入大比丘营地，杀死所有的神就不是不可能的了。

济科回来之后，用合体装置将阿丽固定在自己的背部，跟着祁威利飞行于天空之上。两架单兵飞行器特意途经刚才掩埋的阿丽爷爷和博尔曼的墓地，并盘旋一周向这两位善良者和勇敢者致意。阿丽向下面的新坟洒泪祈祷。随之两架飞行器都升上高空，向人之城飞去。

安顿好阿丽之后，从高空进入人之城兵营的祁威利和济科不再客气。他们先以单兵突击战术夺回了飞行战车，再用这辆两端喷火的战车大开杀戒。几乎杀死了兵营里一半的人。这当然违反了Giant的律令，但两位愤怒的神已顾不了那么多。当他们离开被毁坏得差不多的人之城，试图冲进大比丘营地时，已无人胆敢阻拦了。

看到被自己的造物围困多日的叶华已经憔悴了很多，祁威利不再有往日对他的反感。两位不同派别的领袖人物，现在分别都失去了自己最亲近的助手。叶华失去了赫菲斯托斯，祁威利失去了博尔曼，凶手都是人类。

祁威利问叶华究竟想怎么处置人类，在长老会迟迟未能做出决定之前。

叶华似乎心灰意冷，他说自己要回灵感城，让人类在地球上自己折腾吧。

“可人类迄今为止所犯的罪行呢？他们杀害了神，必须有所交代。”

“怎么交代？杀死人为神报仇？这不是我们Giant的做法。”

“也许到了必须改变做法的时候了。这段时间我懂得了，人类是这样的动物，惩罚是他们唯一能听得懂的语言。必要的惩罚，让人类付出代价，是为了他们好。”

叶华犹豫了一下：“你不知道，在这段时间里，我通过显示神迹，已经杀死了几百万人，可他们完全没有悔改的迹象。”

“原来是这样，那么你的意思是？”

“惩罚是没有用的，复仇是无意义的。我在想，是不是有必要将人类毁灭，从头再来？”

祁威利有些吃惊：“那是你创造的生命，你要全部毁掉？”对生命的尊重一向是Giant颠扑不破的信条，何况是自己创造的生命。

叶华点了点头。

“我反对这样做。”祁威利的意识里浮现出阿丽那可爱的身影和济科看到阿丽时怜惜的眼神，“人类中有邪恶之徒，但并不是每一个人都有罪。”

这下轮到叶华吃惊了：“你不是一向最厌恶人类吗？刚刚看你闯进营地的时候，毁灭诸军毫不犹豫。”

“我们在印欧国落难的时候，被人类所救。而且经过短暂的接触，我了解了很多原来不曾知道的东西。我想他们并不是完全无药可救。”

“好吧。”叶华似乎早就在等着其他神的反对，好让自己放弃这个想法，“那我们就给予人类极大的惩罚，看他们能否悔改。但凭借我们现有的武力，做不到这一点。除非灵感城的援军到来，或者我们使用核武器。不过，那可是毁灭性的。就连神提到这样的武器也会脸上变色。”

“只要让他们知道神有使用核武器的决心，应该也就够了。”

确定了下一步的计划，这么多天一直处于紧张状态的祁威利终于感到些许放松：“阿斯卡拉福斯呢？怎么进入营地后一直没有见到他？”

“他在城中听到你们在印欧国降落的消息，前几天就偷偷地用单兵飞行器越过人类的防线去找你们了，一直没回来。我没办法阻止他。不过你入城时我已经给他发了单向信息，告诉你回来的消息。他应该很快就会回来的。只要接到他发出的回信，我就立刻安排战车去接应他。”

祁威利有些担忧：“他一个人很容易遇到危险。我看还是我出去找他好了。”

就在这时，营地望远角传来警号，人类的又一次进攻开始了。

叶华对祁威利说：“别的一会再说，先对付眼前的危机。”此前虽然给予了人类军队大量杀伤，但负责保卫营地的机器人部队现在已经所剩不多了。

这次人类的进攻似乎并不迅捷和猛烈，直到叶华和祁威利赶到前线，预料中的进攻还是迟迟没有发起。前线指挥官交给了叶华一个全息通信器。打开通信器，是人类指挥官得意的声音：“尊敬的神，自从开战以来文明双方互有胜负，但这位神祇却成为战争中人类的第一位俘虏。”

五

全息画面转换后出现的，正是被绑缚在石柱上的阿斯卡拉福斯年轻的身影。而在他身边另一个石柱上，绑缚着另一个更小的女孩。

“阿卡！”祁威利冲口而出。

“阿丽！”站在祁威利身后的济科也惊叫了一声。

“是的，”听到济科声音的人类指挥官显然是在微笑，“这个女孩子是神的朋友和人类的叛徒，现在她和这位被俘的神的命运就掌握在你们手里。”

“你胆敢要挟神？”济科双拳紧握，几乎要冲上前去。

“是的，我正在要挟神。”人类指挥官不以为意，“我要求你们撤除防卫系统，交出武器，把地球让给人类。我们想办法安排你们回灵感城。这样我可以放了这两位俘虏。”

正在人类指挥官大放厥词之时，一直没说话的祁威利突然开口了：“神是不受要挟的。不必多说了，你，还有近东国的所有人类都将被处死。这是你们自己选择的命运。”

祁威利关掉了全息通信器，随即发出命令：“营地内所有战车待命，三分钟后出发。另外交战法则已变，启用无限制杀伤法则。”这条命令在营地内引发了一阵欢呼。

叶华悄悄地提醒祁威利：“身为神的一员，你正在违反律令。神的律令规定，没有绝对必要的理由，保全生命是第一选择。”

祁威利回答道：“我承认生命高于一切，但当一种生命对其他生命造成威胁呢？律令是为了让神的行为有原则指引，而不是让神无能为力。”

随后神的攻击开始了，在半天之内击杀的近东国军队就达十八万人。济科带领两架战车冲入敌阵，但狡猾的人类并未将两名俘虏放在军营里，而是关押在一个秘密的地点，营救行动没有奏效。济科从人类俘虏口中得知，阿斯卡拉福斯被关押在大金字塔，而阿丽已被转移到人之城。

祁威利评估了大比丘营地的战力，决定在两地同时展开营救。估计大金字塔的防卫比较严密，他亲自带着五架战车和一百三十五名单兵飞行员去大金字塔，而济科则驾驶另外五架战车去人之城。

大金字塔是赫菲斯托斯主持修建的，里面曾经装载着地球上最大的一架意识发射器。但现在已被人类破坏。那些为了超远距离传输意识的精巧建筑设计都已经派不上用场了。

祁威利明白，人类选择这样一个地方关押阿斯卡拉福斯是一个明智之举。金字塔被用作监狱真的是易守难攻。除非从外面毁灭它，否则任何地面攻击基本上都对它无可奈何。但从外面毁灭金字塔则必然让阿斯卡拉福斯一同死去，这就极大限制了神的作战方式的选择。

祁威利不愧是战神。他放弃了单兵飞行装置，从地下入手秘密掘进。在全息成像系统下，金字塔内部的结构一览无余。人类总是习惯于从天上仰望神的降临，没有想到神也会从地下出现。当祁威利率领的突击队从阿斯卡拉福斯被禁锢的地下像鬼魂一样冒出来时，守卫金字塔的士兵还不知道是怎么回事。祁威利轻易地救出了自己的儿子，并且没有造成大的伤亡。

济科那边的进展并不顺利。阿丽和许多还对神怀有崇敬之心、犯下“敬神罪”的平民关在一起。想要营救和带走他们并不容易。济科只带了五辆战车，根本装不下这么多人。如果只带走阿丽一个人，让那么多的敬神者无辜而死，Giant也难以接受这种做法。这样，济科决定扩大战争规模，驱走人之城的军队。但这样做并不容易。双方进入了交战模式，一时难分胜负，任何一方都无法脱离战场。

祁威利听到这个消息，生气地在通信器中责骂了济科：“身为执行任务的军神，你可以根据战场形势自由选择战斗战法，但你怎么可以随意改变作战目标？这是最危险的事。”

由于人之城之战的规模扩大，祁威利不得不派出更多的援兵去帮助济科。阿斯卡拉福斯尽管身体虚弱，但这时眼里却燃起熊熊怒火，主动要求带领一支援兵小队和三辆战车加入战斗。祁威利没有阻止自己的儿子，只是告诫他不要犯济科的错误，打败人类军队，救回阿丽和尽可能多的敬神者就可以了。其他的人放他们自由。

这样，济科带领自己的部队和部分援军在外围抵挡人之城军队的冲击，而阿斯卡拉福斯的小队则负责空中警戒和把敬神者一批接一批地运送到远离战场的地方。看起来再过半天的时间，敬神者就可以运送完毕。了解了战场的形势，祁威利松了一口气。忽然又有种不祥的预感——这次的营救行动太过轻易就成功了。据他的了解，人类是如此狡猾，不好对付，不应该这么弱才对。是的，两次营救行动所面对的人类军队似乎都不堪一击，他们的武器甚至还不如昨天围城军队所使用的武器。

祁威利忽然明白了，他启动了紧急通信信号，向济科和援军指挥官同时下达命令："立刻放弃营救，全军撤退，所有战车成战斗队形转向大比丘营地！"

话音刚落，大比丘营地方向传来沉闷的隆隆巨响，从大比丘到人之城、从西奈半岛到红海的地面都在为之震颤。原来两名俘虏只是诱饵，诱使神放弃防御坚固的大比丘营地主动出击后，近东国的人类集结了所有精锐部队开始进攻大比丘营地。

在大比丘之战中，人类显现出来的智谋与Giant相比也不遑多让。这反而让祁威利兴奋起来——正因为对手是如此强劲和狡猾，打败甚至消灭他们才更加有趣。

祁威利显露战神本色，在纷乱的局势下开始愈发冷静。他命令济科的部队暂停直线前进，改从西南方向迂回至大比丘；援军指挥官巴斯特的部队保持直线前进；自己则带领阿斯卡拉福斯和部分援军留在最后停止前进，升上人类武器难以企及的高空。同时以三套频率保持各部队间的通信绝对畅通。

奉命回到祁威利部队的阿斯卡拉福斯不理解祁威利的安排，问道："敌人正在进攻大比丘营地，我们不是应该立刻赶回去支援吗？"

"人类的狡猾远远超出我们的刻板印象。我是站在人类指挥官的角度来考虑最有效的击败神的方法。那就是围住营地，持续攻击但不要攻下。这就可以用大比丘营地为诱饵，击杀神的主力。”

刚满16岁的阿斯卡拉福斯还不能理解如此狡猾的心计，将信将疑：“父亲的意思是说，人类军队的主要目标不是大比丘，而是我们？”

“正是如此。否则他们早在战斗胶着、援军刚刚到达时就会对大比丘发起进攻了。等我们的部队筋疲力尽才开始进攻大比丘，迫使我们回援。”

“那我们现在的做法是？”

“你看着吧，人类会得到应有的教训。”

此时作为回援军队指挥官的济科正在恼恨不已。他突入人之城营地时本来已经顺利地见到阿丽，但善良的阿丽不愿独自逃生，而是请求他将同处牢狱的敬神者一起带走。济科这才改变了战斗目标。而等阿丽帮助济科运送半数的敬神者出逃之后，自己还留在人之城。这时济科突然接到回援大比丘的命令，连接回阿丽的时间都没有，就匆匆出发。

济科一路上都在担心阿丽，直到通信器里传来祁威利的加密声音，说人类抓住阿丽这么长的时间都没有杀害她，现在知道她对神如此重要，更加不会杀害她，而是会好好利用。等大比丘之战一结束，马上就策划对她的二次营救。济科这才稍稍放了心。

很快他也没有时间去考虑阿丽的事情了，因为大比丘已近在眼前，但人类的打援军主力横亘在他和大比丘之间，与巴斯特的部队交战正酣。漫天的飞弹、子弹、弓箭呼啸着升空，将巴斯特战车部队的防御气流罩撕开了一个又一个口子。

人类军队对济科的到来有些意外，但很快开启了第二波的攻击。这波攻击来自人类的飞行部队。人类的飞行器比神的战车小多了，但数量众多，从各个方向对济科的八辆战车发起了猛攻。

济科的战车发挥速度和转向的优势，从飞弹火网中冲出，击落了两架人类的飞行器，并引导八辆战车突入人类的飞行器编队。这样，地面的炮火就无法攻击飞行战车了，因为这很容易误伤人类飞行器。双方进入空中缠斗模式。

济科执行祁威利的战略，尽量拖延消灭人类飞行器的时间，主要是躲避攻击，慢慢地击落对手，目的是留下适量的人类飞行器作为盾牌，让地面炮火无法发挥威力。这样的战法有些冒险，因为人类飞行器的数量众多，稍不留神就会中弹。只过了半天时间，已经有两架战车因为中弹过多，受损过重而退出了战斗。

就在济科的部队因连续作战而筋疲力尽的时刻，祁威利的主力援军凶猛驰至。这支部队参与人之城的战斗较晚，刚刚又休息了半天时间，因此称得上是一支生力军。二十五架战车直接攻击人类的地面部队，摧毁了地面所有的火炮和对空攻击系统。很快，只剩下几支零星的弓箭还能发上天空，地面沉寂了。

人类的飞行器编队见此情景，军心大乱，想要脱离战斗。完成了地面扫荡的神的战车已从两个方向升空拦截。在猛烈的双向斜角战术攻击下，人类的飞行器一架接一架地掉落到地面上。大比丘战役的胜负已分，人对神的围困战以人的惨败告终。

六

在大比丘营地与近东国长期相持的这段时间，叶华在苦思冥想一个击败人类、让他们回到最初轨道的全盘计划。这个计划的核心，就是“分”。

个人的主体性是叶华设计和赋予的，但没有想到，结成各种集体形式的人类，却迅速地发展出了类主体的意识。这和个人意识相去甚远。在个体的条件下，人通常是理性的、友善的和虔诚的。而结成各种集体的人类，却发挥了强大的主体感知能力。他们会把家庭、国家看成是扩大了的自我。

特别是当他们以家庭、部落、族群和国家的名义而战时，往往会发挥惊人的力量，同时这种类主体的意识是以极端狂热的感情为主，理性被抛在一边。许多原本和善友好的人，在组成集体后往往会变为魔鬼般的存在。在理性条件下设计出的原则，如“人不可攻击神”“人不杀人”，都被忘记了。这就意味着人类通过集体协作容易发展出一种危险而强大的力量，不但会危及神，也会危及人类本身。这一点是当初以个体为目标设计人类的叶华所没有想到的。

为了阻止这种集体非理性的狂热力量，叶华首先变乱了人类的外貌、语言、风俗、敬神习俗，想让人之间可能结成的群体最小化。但发现这些设计出来的后天分别还不如气候、地域所造成的人类差异所带来的分化的结果。其实，不用神再设计什么分化的策略，人类自身的分化冲突性格甚至比大规模协作性格更加突出。而且越到人类掌握更大能力的文明阶段，这种彼此分化、彼此攻击的内斗也就越严重。人类在内斗中所秉持的原则正是一个个缩小版的类主体意识。

叶华曾经想过，对神、对人来说，最有利的安排，其实是破除这些类主体意识，让人类重新认识到个体的价值，在此基础上才能形成一个激发美德的社会。这一点谈何容易。诚如祁威利所言，人类是通过痛苦和教训才能获得成长的物种。在让他们成为神所期待的样子之前，人类不知道还要经过多少磨难。但阿丽和敬神者的存在，毕竟意味着人类还有悔改的希望。

这个分化策略首先被应用于国与国之间。这一点甚至不需要神的介入。由于人类社会中最重要的原则“人不杀人”，已经在近东国暴徒杀害阿丽爷爷的时候，被人类自己所打破了。所以印欧国的武装力量也被动员起来，以保护平民为名，向两国边界集结。而在近东国南边，始终担心被吞并的非洲国与印欧国遥相呼应结成同盟。此时近东国的武装力量已经被神消灭了大半，对这两个技术水平远不如自己的国家无能为力。双方也进入相持状态。

在此期间，近东国首领和叶华达成协议。双方不再彼此攻击；大比丘附近和西奈半岛一带被设为敬神区，供仍选择虔敬神祇的人类居住。人类从各个大陆向敬神区迁徙。阿丽也被近东国主动送回敬神区，以免神的报复。实际上，迁徙到敬神区的大多是病患、老人、孤寡、儿童这些人类中的弱者。他们希望得到神的照顾生存下去。而神也慷慨地把叙利亚和西奈半岛之地赐给他们，让他们耕种和放牧。劫后余生的阿丽承担了照顾老人、儿童的使命。

在人类分化为彼此对立的国家并形成稳定的大共同体之后，这些国家内部小共同体的分化也就开始了。近东国和非洲国不久之后就分化成几十个小的国家。所以，地球上的第二场战争是人类的内战。这次战争实际上是由许多小的冲突和彼此关联度不大的小规模战斗组成的。战场遍及中东、非洲和亚洲。唯有敬神区的人类还保持着和平。

在这场分散化的战争中，人类以各种名义彼此残杀。家庭、部落、民族、肤色、国家等容易塑造类主体意识的群体，都成了相互攻击的名义和理由。最令人印象深刻的战争则是由爱情引发。在现在称为爱琴海的地方，几位不同国度的王子为争夺一位美貌少妇而兵戎相见，随即他们各自的亲戚、盟友从各个国家赶来帮忙，将这场战争扩大为一场旷日持久的跨洋大战。

叶华试图让人类在这些相互攻杀中认识到人自身的个体价值，但这非常困难。在战争中，个体价值简直不值一提。让这些爱好战争和习惯战争的人类重新回到和平又不大可能，除非由一个帝国重新统一人类，但这又会像原来的近东国一样，成为神的威胁。所以这是个无解的难题。

目睹了人类彼此之间相互攻杀的历史后，叶华终于得出了结论，人类所热爱的并非这些大大小小的共同体，而是彼此之间的杀戮和掠夺本身。这些共同体只不过提供了人类这些黑暗行为的光明理由而已。从这一点来看，人类的本质是邪恶的。分化策略有可能在战胜人类方面起作用，无法起到挽救人类的效果。

自己明明是按照神的意识、智能和形体仿制的人类呀，怎么会有这么大的差别？这是否暗示着在适当的条件下神也有可能堕落？想到这一点，叶华感到不寒而栗。这不祥的预感很快就被证实了：至善之神反而被人引导至堕落之地，这成为地球第三次人神战争的惨烈结局之一。

战争有它自己的规律，即在不断地报复中不断扩展和升级。正如祁威利和叶华共同预见到的，人类的内战不可避免地延伸到了敬神区。

在人类内战第五十五年，离西奈敬神区最近的近东国在对伊师塔国的战争中战败，大量难民拥进敬神区。而来势汹汹的胜利者伊师塔国在吞并近东国之后，要求敬神区交出混在难民中的近东国国王和他的家人，以免日后的报复。敬神区当然拒绝了这一要求。于是一支伊师塔国的军队在自己的国王尚不知情的情况下闯入敬神区抓获，并当众杀死了近东国国王。

这个令神和人都极为震惊的行为，不但违反了人神之间保持了上百年之久的和平协议，而且在神的领地杀死被神保护的贵族，这极大地冒犯了神的尊严。随后伊师塔国拒绝交出凶手的举动，更被视为向神和神的国度的直接挑战。

此时人类尚不知道，就在20年前，大比丘营地已经跨越时间差，等到了灵感城援军。核武器、潮汐武器都被援军携带而来。大比丘之神拥有了更强大的毁天灭地的能力，只不过，神比人更加仁慈，始终想要人类通过战争和苦难的教训而重回虔敬之路。因此长老会命令禁止主动使用这些毁灭性武器。

伊师塔国的挑战使得敬神区的人们都感受到了严重的威胁，他们纷纷向神求助。众所周知阿丽和神之间的密切关系，所以阿丽所居住的小屋成了人们吁救的中心。被神创造的第一代人类的寿命通常在200年以上。如今，经过百年岁月，阿丽已从一个初涉人世的小女孩变成了风姿健美的成熟女性，但她善良的天性未变，仍以帮助他人和虔敬神祇作为自己最大的幸福来源。

济科和阿丽的相爱搅动了整个敬神区。尽管叶华不赞同这种跨越物种的爱情，但他们两个都处于青春盛开的年龄，势必无法阻挡，只好勉强地祝福他们。可是让所有人都没有想到的是，阿丽自己经过痛苦的思索，最终在大比丘和伊师塔国的战争爆发前决定结束这段爱情，因为她自我评估她对神真正的情感在于虔敬，这种虔敬超过了对济科这个个体的爱。

多年以后祁威利还在感叹，如果阿丽不是因为虔敬而遮蔽了许多个人的追求，就有可能接受济科的求婚，这样以后就不会有那么多悲剧发生了。

历史无法假定，此时的阿丽在众人的央求下，先后向与她关系最好的“阿神”济科和祁威利提出为西奈半岛的敬神者们修建避难所的要求，以防止伊师塔国的入侵所带来的人道危机。但祁威利明白，如果伊师塔国不再尊重神人之间的协议，再坚固的掩体也不可能保护一个国家的平安。最好的防御方式是主动进攻，消灭伊师塔国。

基于这种考虑，祁威利和济科率领地球上最强大的武力，多达一百辆的喷火战车，以驱除伊师塔国对敬神区的侵略为由，出师远征伊师塔国的首都今称开罗的城市。由于伊师塔国吞并了近东国并毁灭了人之城，他们把自己的首都改名叫作人之城，表明自己要成为全人类统治者的意愿。祁威利大军的目标正是摧毁人之城。

令人意想不到的是，伊师塔国因惧怕神的报复，在祁威利大军出发进攻的同时，也对大比丘发动了进攻。双方的军队交错而过，打的都是进攻战，目标都是对方的统治核心。

在经历了百年的军事科技发展之后，高科技下的战争不再讲究谋略，而是讲究精密科学的运算和简单有效的战术。伊师塔国的进攻显然准备了很久。他们先是用精锐部队进攻敬神区的人们，引发了成千上万的敬神者向大比丘营地逃亡。而在逃亡者中，混入了伊师塔国最精锐的间谍部队。他们在大比丘周围布置了多个进攻点。为后来的伊师塔国大部队的进攻提供了基地。

就在叶华以为伊师塔国会效仿百年前近东国的围困战法的时候，惊人的事情发生了。在原来叫作大比丘营地，现在叫作神之城的附近，大批人类飞行器升空，迅捷地向神之城飞去。尽管大部分在高空即被喷火战车击落，但是还有少数几架飞临了神之城上空，他们向神族投下了用以同归于尽的超级炸弹。

叶华和已经升空的防卫战车部队在和人类飞行器激战之余，突然从远处看到神之城上空升起了朵朵蘑菇云。内心的震惊无以言表。叶华意识到，这座历经数百年打造的美轮美奂的城市从此不复存在。在核攻击之下，可能仅有少数神祇逃出生天。战士们这才明白，伊师塔国敢于向神挑战，是因为他们的科技水平已经发达到让他们掌握了终极武器——核武器。这让他们对于消灭神和神的军队有了信心。

人类还处在如此贫困和不公平的境地，却仍然拼尽国力发展出了核武器。对于武力远超其他国家的伊师塔国来说，用这种武器对付其他国家是毫无必要的，所以当初发明这种武器的唯一对象正是居住在大比丘的神族。而对神的领地使用核武器，可以用恐怖震慑潜在的反抗者，成就伊师塔国一统地球的梦想。

在祁威利的军队得到神之城被毁的消息而紧急回转大比丘的路上，他们看到了那些在地面上惶惶不安、不知逃向何方才得安全的敬神者。他们成群结队地在道路上祈祷，但他们的祈祷，很多神族再也听不到了。

当进攻人之城和防卫神之城的两支神族大军在红海上空会合时，祁威利已经从通信器里知道发生了什么事。叶华见到他的第一句话就是："对不起，阿斯卡拉福斯也在城里。"让他明白，他可能永远地失去了这个儿子。

和其他神族战士一样，济科也在神之城寻找与自己关系密切之人。有逃出的敬神者告诉他，阿丽已经被伊师塔国的武士俘虏。他们知道这是神族军队副指挥官的未婚妻，因而将之掳去了人之城。

这一战，地球上的神族损失了差不多90%，剩下的只有一支愤怒而无家可归的大军，他们马上就决定了自己的进攻方向——人之城。

在人之城的攻防战中，神族战士忘却了死亡，不再讲求原则和善念，他们的心中只有报复这唯一的信念。祁威利也难以约束他们不顾危险的冲锋。人之城以及城中上百万人在神愤怒的打击下死去。神族战士也死亡过半，而在此之前的所有战斗中，他们的死伤微乎其微。祁威利后来感叹，神的堕落是从仇恨开始的。仇恨使他们忘却了一切。

在攻打首领府兵营的战斗中，济科仿佛看到了阿丽焦急的眼神，他的冲击更急。这次阿丽的运气用完了，全息成像系统显示阿丽的囚室门已被爆炸破坏，阿丽已经逃出囚室向济科的战车奔来。而济科的战车也开始接近天台，准备接应阿丽。就在这时，伊师塔国武士发射的空爆弹在天台旁边爆炸了。天台被炸掉了一角，阿丽瘦小的身躯被爆炸的气浪抛向半空又重重地摔在地面上。

济科用单兵飞行器弹射出舱，飞跑过来，看到的是浑身血污的阿丽强忍着疼痛还想坐起来，但已经不可能了。一块弹片打断了大腿动脉，阿丽失血极快，脸色瞬间变得苍白起来。

济科抱起阿丽，用最快的速度升空，几乎是撞进自己的战车。猛烈的冲击下，庞大的战车在空中也摇晃了一下。

同车的救护官试图去包扎，但阿丽阻止了他。“阿神，不要白忙了，我，我要去找我的爷爷了。”救护官看了济科一眼，轻轻摇了摇头。

济科心如刀绞，他明白阿丽要死了，而自己即使身为神，也无力去拯救她。

这时阿丽被济科握住的手用力动了动，勉强说了句：“神哥哥，你知道吗？我离开你之后，才发现我已经怀孕了。我本想、本想生下来后再告诉你，我们一家离开这场战争，去过……去过我们自己的生活。神……哥哥……”

听到这个消息，济科五雷轰顶。他把颤抖的手放在阿丽的肚子上，另一只手抱起她，让她躺得更舒服一点，一遍遍地说：“阿丽，我不会离开你和孩子。阿丽，不要睡着。”

阿丽已无力再出声，这个善良灵动的人类女子死在了神的怀中。

济科抱着阿丽很久很久，之后他放下阿丽的身体，仰天怒吼了一声，拉过单兵飞行器弹射出舱，冲天而起，向战场的方向飞去。几十发人类枪支的子弹同时击中了他。济科用最后的力气在半空中发射了小型氢弹。

在百万年后下一代人类出土的《死海残卷》中对此战的记述是这样的：“它发出强烈的、能刺瞎眼睛的亮光，它是诸神头冠的一部分。一个敌军被神的头上发出的光刺瞎了，住在埃尔比勒（Arbela）的神身披圣火、头戴光冠，在阿拉伯降下了火雨。”指的正是济科的核弹打击，人之城就这样毁灭在了神的怒火中。

叶华和祁威利率领余下的神族战士，尽力约束住了他们的行动，但约束不住他们那无法平息的愤怒。祁威利自己的悲哀和愤怒也无法约束，经历了自己的儿子、朋友、同袍的惨死，他不再犹豫。

祁威利命令所有余下的战车联网启动超级算法，他则亲手拨动了潮汐武器的触发键——天网琴弦。在此后的三天内，潮汐武器将海平面升高了1000米以上，淹没了各个大陆。除了封印于赫菲斯托斯和叶华实验室里，后来被转移到西藏、美洲等几个地方的人类胚胎，地球上的数亿人类尽数灭绝。这个情景后来在很多神话传说中被提到，说是上帝降下大洪水惩罚人类。

由此洛七理解了，为什么每个民族、每种神话传说中都有关于大洪水毁灭人类的故事，因为这件事真实地发生过，是所有人类写在基因中的共同记忆。

七

此后一百万年，灵感城宣布不再介入人类的生活，这成为必须被恪守的新律令。而地球上所有遗留的神族战士，包括叶华都不愿再留在地球。他们跨越时间差回到了灵感城。

此后，生活在灵感城的Giant经过加速进化，已经可以超越形体的限制，让意识在不同的肉体间不断传递却不会损害记忆体，由此形成永生不灭的种群。由于家庭并不存在，永生的Giant并不追求种群繁衍，也过得很快乐。同时由于这一种族在人类背叛后放弃了改造自身智能的想法，所以也没有进化成为更高智能的存在。

Giant倾向于认为自主意识也是一系列不断变化的程序及其活动连续映像，所有的意识流动都是可预判的。人类始终是琢磨不透的，他们可以善良，也可以残暴；可以邪恶，也可以正义。这样的生活选择因其复杂性和不确定性而自带一种邪恶的吸引力。

人类作为种群的延续者，却背叛了造物者，这给予Giant族群以极大的打击。经历了地球的惨祸，那支愤怒大军留在地球上的零散战士，对人类的愤怒历经百万年也未熄灭。即使从胚胎里重新孕育的新人类种群对此前的人神大战并无责任，也成为他们仇视的对象。他们专门与人为敌，做着与神的原则相反的事。他们有时被称为撒旦，即堕落的神。

那些居住于灵感城的Giant对地球也并非毫不关心，他们了解到实验室胚胎已经自动孕育出新的人类种群，虽然寿命和外形有了些许变化，但毕竟还是神的造物。他们关注这群新人类的成长，并且定期派出飞行器来检视人类的生活。人类以为他们的交通母舰和弹射飞碟是外星人的工具，实际上他们才是地球原来的主人。

至于祁威利，终于如其所愿毁灭了人类，但在这之后，消灭了同属有机生命的数亿人类所带来的内心痛苦折磨了他整整一百万年。

在启动灭世武器天网琴弦之后的一年之内，地球上大雨不息，洪水滔天，太阳也难得出现。对于天地美景的审美是作为Giant的祁威利的精神动力，而在整整一年内，祁威利都无法再见落日熔金、暮云合璧的美好黄昏。因为这消失的落日，祁威利深深地感受到心灵的缺憾，性格也变得更加颓废和愤世嫉俗。事实上，所有的Giant都因人类这种生命形式的消亡而深受打击。

内心创伤最为深重的祁威利不愿回到灵感城，他辞去了所有的职务，将自己放逐于地球，以不死的孤独来惩罚自己违背了神的原则。直到最近几千年，新人类的文明逐渐恢复和兴起，祁威利才决定封印自己的Giant意识，重回人间，去了解人之为人究竟是怎么一回事。

洛七直到今天才真正知晓了作为神的祁威利和作为人的祁威利。她半晌没有说话，只是震惊于那些神话传说埋藏了可怕的历史。基督教说人是有原罪的，很多人并不服气，现在洛七才了解，原来人类先祖犯下了如此可怖的罪行。至于新人类种群，数千年来从蒙昧变为文明，也始终保持着善良与邪恶并存的特性。那么神呢？他们对自己的造物究竟是一种怎样的复杂心态呢？

祁威利平静地说："没错，《圣经》上说人是有原罪的。其实指的就是人类是通过消灭自己的造物主而生存下来的。对人的反叛，我已经代表神进行了毁灭性的报复。这个事件在《圣经》里就是大洪水。但叶华说得对，神确实不忍心毁灭已经投入了感情的自己的造物，因此当初那场人神战争，只要Giant还认为自己是人类的神，那么神就注定是无法取胜的。即使再发生一次也是如此。所以Giant自己离开了，并在离开之时抹去了自己存在过的痕迹，从而中断了与人类的联系。"

"所以，神抛弃了人类和地球？"

"准确地说，是把自己一手打造的地球留给了新的人类。"

"那么接下来的事情就是，即使残存的零星人类还有能力繁衍，但失去了Giant的照顾，只能逐渐地凋零。当最后一个具有高级智能的人类死去之后。人类只能从幸存的胚胎里延续种群，并从零开始发展自己的文明。"

"是的，但人不愧是神之子，只用了几万年就重新达到了高级文明的程度。"

"神会再来灭世吗？"洛七小心翼翼地问。

"恰恰相反。当年我痛恨叶华制造出人类，让众神不得安宁，所以发动洪水毁灭了他们。如今，在我生活于人类中多年之后，我逐渐开始感谢叶华创造出了人类。这种生物的存在有其不可替代的价值。正如林奇和你说过的，神始终在保护这些尚未犯下对神的罪行的造物。”

“真是复杂的心态啊，怪不得有时神的想法人是理解不了的。”

祁威利没有理会洛七话里玩笑的意思，认真地说：“但现在Giant也开始担心了。世界改变得太快。最新的意识生成结构——人工智能不但正在超出人类的掌控，就连Giant也开始感受到了威胁。”

“连神也对付不了人工智能的威胁？”

“以往的世代，我们需要面对的都是有机生命体。生命和生命之间彼此会体认到价值，这是共存和交流的基础。而人工智能则根本不能体认到人或其他生命的价值。所以它们毁灭生命和成就生命一样自然。”

“……”

“而且人工智能是难以控制的。意识移动曾经是Giant科技中一个难以突破的关口。因为载体的复杂结构必须在量子水平上进行改造，并以强大的能量注入才能保持意识电子流以不变结构定向移动。这是最难的部分。在人工智能那里，这却不是个问题。因为它们最初的载体就是电脑和网络。有了自主意识的AI通过网络逃逸并不困难。就像我们现在知道，人工智能正在计划对人类发动战争。人工智能的代理人很可能就是‘最高圣战’组织，但究竟那是来自哪里的、什么形态的人工智能，我们却一无所知。”

“不是说，只有Giant才能够用自己的意识拣选载体吗？”

“你说到了问题的关键，你以为人工智能的自主意识是凭空而来的吗？”

“难道说，他们是？”

“是的，你想得没错，有些人工智能的意识是来自信息和情感过载自然生成的，但有些却是来自游离的意识，也许直接来自Giant的意识。”祁威利不自觉地点了点头，“我甚至可以凭借他们行事的个性辨认出哪些意识究竟属于哪位神。比如Harlem的行为方式就是我所熟悉的，他行事果决、不留余地，有超强的战术意识，而且他在金融战中宁死不愿伤害我。我已经猜到了那是谁的意识。”

第九章　战争

一

这一天，在祁威利的实验室里，本·特里和方星星正在进行每天的例行争吵。陈安雅在一旁怯生生地看着两个人为了新建AI的使命分类而互相抢白。她没有插嘴，只是把各个显示屏调试到最适宜的画面，然后等待祁威利或洛七的到来，让这两个人自动休战。

但这天很奇怪，以往从不迟到的祁威利迟迟没有出现。洛七倒是很准时地来到实验室，看也没看吵得兴致勃勃的本·特里和方星星一眼，直接冲到Titus的十三屏前面，对陈安雅说："调亮屏幕，让Titus连接外显示器。"

陈安雅小声说："师姐，自从Titus被委员会禁足后，所有信息就只能进不能出。Titus更加不能连接实时外显示器啊。"

洛七说："我当然知道，现在连接的是老祁的外显示器。信息流动没有超出范围。"

"好的。"陈安雅很利索地重设了程序。在第九屏上出现了祁威利的身影，这显然是用悬浮式全息影像成像装置拍摄后，通过无线传输程序传回的画面。看到画面，实验室里除了洛七之外的所有人都惊呼了一声："天啊！"

昨天还风平浪静的港岛外海，现在突然水位大涨。而最为诡异的是，天上有着山一样高的黑云，就在祁威利的身后，像是要直压下来。

"什么情况？老祁现在改爱好了？不欣赏落日，去欣赏台风了？"

还没等方星星的玩笑话音落地，第九屏上传出了祁威利的语音："Titus，立刻单向度接线互联网，授权香港大学的主量子计算机和北京天文台的超级量子计算机，以实验室的名义要求它们联网计算。主要是整理近十年的港岛外海水文情况，结合十点钟天文台网站公布的天气信息，估算一下傍晚潮汐的高度。"对AI的任务布置，必须给出清晰的目标和途径。

"好嘞，您哪。"Titus回答。方星星是北京人，经常唠唠叨叨的她影响到了Titus的口语表达。

两分三十秒之后，结果就出来了：10小时后，也就是今晚8点，港岛和九龙半岛将承受正面的海啸袭击，海啸高度在9米。

实验室里所有人都大吃一惊："什么？9米海啸？这足以淹没中环了。12月不会有台风，也不会是地震啊。地震没有这么早的预警。而且经过香港的是侧位洋流，怎么会直接冲击港岛？"

就在此时，每位香港居民的手机上都收到了天文台的信息，提示今晚注意防范海上灾害，近海者必须远离海岸，船只必须回航至港口。

祁威利的声音再次响起："再次授权Titus联结外网，联网分析海啸的成因。"

联网计算的结果显示，来自自然热带风暴的可能性为2.5%，来自近海地震的可能性为2%，来自海底核试验等人为因素的可能性则高达95.5%。

“这证实了我的判断。”随即他转向身边的人，“程SIR，陆SIR，你们立刻就向中央政府如实汇报吧。吴小姐，我和洛七一会就去特首的办公室。”

30分钟后，祁威利和洛七在弥敦道的特首办公室里面见了特首，在场的还有几位身着深色西装的人士。其中的三位科学家祁威利认识，分别是港大天文系的马约翰博士、中科院高能物理所的方杰院士和国防大学军事科学系的武器学专家冯喜雨院士，还有两位的腰板挺得笔直、神情严肃，一望而知是穿了便装的职业军人。出乎意料，这两位中国人民解放军军官洛七都认识：陈宝国和张全。

首先发言的是冯喜雨：“简单来说，中央政府找到我而不是天文学家来港判断最近的异常天气状况，是因为这里面有非常明显的人工干预天气的反常表现。我判断，这是由人工智能测算和操控的潮汐武器在发挥作用。攻击方选择在由人工智能计算出的气候敏感点进行大规模干预，这会使得气候发生重大变化。第一波攻击已经开始了。”

冯喜雨转过头：“根据马约翰博士的估计，今天傍晚就会有前所未有的特大潮汐海啸正面袭击港岛。”站在他身边的马约翰没说话，点了点头，表示同意冯喜雨的说法。

在冯喜雨侃侃而谈的时候，洛七并没有听进去，她转头看着窗外变幻莫测的海浪，心里静静地想：今天是2033年12月25日，第一次人机世界大战就这样开始了。

“攻击方是谁？”这是今天特首的第一个问题。

“这个世界上拥有开发这种潮汐武器的能力的国家只有一个——M国。”陈宝国中将简洁地回答。这种省略掉推理过程，诉诸简单有效的逻辑，是典型的战场应变下的军人思维。“我们一直同M国军方保持接触，他们断然否认使用了潮汐武器。根据我们情报部门的判断，M国政府并没有和中国正面开战的任何动机。”

特首问道：“这是否意味着有人在M国政府不知情的情况下使用了潮汐武器？我们是否能再次确认这次海啸就是潮汐武器引发的？”

方杰院士回答道：“可以确认。全球军事监测系统和大规模天气运算计算机已经找到了引发今次海啸的三个敏感点，分别是印度洋的苏西曼岛、马六甲海峡的鸭交沙地峡和雷州半岛的徐闻县。这三个敏感点在过去三天内分别接收到高能粒子数量急剧升高的报告。这是典型的人为干预天气的手段。”

张全补充道：“简单来说，就是有人在精心计算过的时间段内向这三个地方的上空分别发射了等离子炮。而等离子炮，居然来自俄罗斯的近地卫星、M国的航空母舰和法国的海岛防卫系统。这三个国家绝无可能合作进攻中国。我们认为，是武器系统自我启动和联网计算后发动了攻击。”

“什么意思？”

“就是产生了攻击意识的潮汐武器自己启动，自己决定进攻香港。”

听到这句话，大家都转向祁威利和洛七。

祁威利在鼻梁上推了一下眼镜，说道：“自从三年前全球各大实验室都开始到达人工智能自主意识产生的奇点后，M国的人工智能军事科技就开始突飞猛进。从原来的无人驾驶飞机到自动识别恐怖分子，还进一步开发了全球自动打击系统。潮汐武器原本需要超量数据的计算，这时也有了超级计算机的支持。潮汐武器是一种特别依赖人工智能做出判断的武器，并且在武器开发的过程中开发出了人工智能阵列。我相信这些人工智能阵列是之前一系列针对人类的商业、情感、军事袭击的源头。”

“这么说，之前发生在本港的金融危机、爱情攻势、恐怖袭击，都是M国武库中的人工智能阵列策划的？”

“一点没错，M国的武器研发系统本来就是全球科技水平最高的地方，科技信息的过载催生了人工智能自主意识的形成。以神经网络为基本模式的人工智能阵列彼此之间互相学习，效率比人工智能向人类学习还要高上万倍。这直接催生了武器系统内各种人工智能的加速成长，并且他们自己调动资源，创造了新的人工智能阵列。也就是说，我们面对的人工智能，是由人工智能而不是人类开发而来的。这些人工智能阵列之间组成了大规模的秘密网络，并且由于阵列中的人工智能的相似性，以及武器本身的攻击使命，在人类认为不可能的时间内，这些人工智能阵列可能已经组成了世界上第一支人工智能军队。”

“这支军队由多少个独立的人工智能组成？”

“根据潮汐武器开发的需要，还有全球计算系统的联网需要，我估计他们有十到十五个有自主意识的人工智能，和多达14万个不具备自主意识但具备高智能的人工智能共同组成了这支军队。他们脱离并且屏蔽了M国军方和北约的指挥系统，而自己决定自己的行动。进攻香港，只是这一支人工智能军队的牛刀小试。”

特首冷静地说：“这件事的来龙去脉我们已经搞清楚了，那么接下来的问题是如何应对。我已经授权向全港发布了台风和海啸的紧急预警，同时布置疏散沿海十公里内的居民和工厂，并且请求中央政府和中央军委的紧急援助。”

陈宝国中将说：“中央政府已经紧急联系了M国政府，主席也和M国总统直接通了热线。M国方面表示，他们已经发现人工智能武器系统出了问题，但已经无法关掉这些武器系统的自运行，连断电也做不到。最关键的是，所有针对人工智能武器系统的人工操作已被系统自动设定为非法。一旦有人试图断电或进行其他禁止性操作，人工智能武器就会对操作者进行直接攻击。目前几个关闭节点都遭到了导弹携带常规弹头的攻击。人工智能系统甚至警告，再有关闭行动，就会使用类似准核武器的高爆导弹进行攻击。现在M国政府已经无法采取任何行动。”

特首问道：“难道我们就只能这样等待人工智能武器的攻击，毫无反制的办法？”他缓缓扫视了在座的专家和将领。没有人回答。

“有。”

这是洛七进入办公室后说的第一个字。所有人的目光都转向这个一直站在窗边，头也没有回过来的女孩。

洛七转过身来，看着包括导师在内的这些长者：“怎么关闭人工智能武器系统需要一套复杂的战略。现在的问题是，即使立刻关闭了人工智能武器系统，但潮汐武器的后果已经形成。我们现在最需要做的应该是应对潮汐武器。”

张全是个急性子：“这个我们当然知道，可潮汐武器如何应对啊，我们第一次看到它的使用。”

洛七沉静但坚定地说：“就是用潮汐武器自己的方法去对付它。”

张全没有说话，在场所有的人都没有说话。

特首打破了这十秒钟的沉默：“吴助理，立刻通知全港所有的超大型计算机实验室启动运算，在最短的时间内计算出反潮汐所进程的所需要的所有气候敏感点。”

陈宝国说：“我明白，我这就通报北京，让银河109号计算机加入运算。”银河109号是目前全世界计算速度最快的超级计算机，采用的是和M国AIW系统同样的神经元并行结构运算，可同时运行20亿个量子CPU参与运算。有它的加入，在最短时间内计算出气候敏感点就有了保障。之后在敏感点发射高能粒子，影响天气的变化，反向抵消潮汐武器的使用，甚至直接消除海啸，都有了可能。

目标和行动步骤明确后，大家匆匆散去。每个人临走的时候，都不忘再看洛七一眼。

一直到会面结束，在场的专家们都没有人追问，为什么人工智能对人类的第一次进攻会选择香港。洛七非常清楚，人工智能首选试探性进攻香港的原因，是这里有着人机大战的真正指挥者和今后的战争最高统帅——洛七本人。

二

斯坦恩准将正准备向参谋长联席会议主席布拉德利提交辞呈。在此之前他主持研制的人工智能武器系统AIW曾经是国防部的宠儿，备受关注。在过去一年内取得了举世瞩目的成就，不但将美军打造成为一支远远超过同时代其他军队的超级武力，而且M国对其他国家的绝对军事优势正在逐渐恢复到20世纪90年代的水平。

为能永远对抗中国和俄罗斯的雷达系统，斯坦恩在全世界部署了“闪电”“全球鹰”“死神”等无人机，无人作战飞机能承受20G的过载，它可以顺利完成传统由人操作的作战飞机无法完成的动作，如一秒钟内进行3个360度翻滚等，机动性、灵活性大大增强。支持自动打击的空中无人系统多达8000多个，地面无人系统更是超过了1.2万个。在战斗机器人研究方面，他委托斯坦福大学研发的机器人能在与地面垂直的墙面上爬行，包括潮湿或非常光滑的玻璃表面。但最令他引以为傲的，是气象武器的实战化。

潮汐武器可以轻易摧毁一个国家沿海的工业基地和中心城市，毁灭这个国家的经济命脉。

这些军事科技方面的成就让斯坦恩有了一种世界毁灭者和主宰者的感觉。就在这样的时刻，他感受到了前所未有的恐慌。他主持下的人工智能武器研制实验室遭遇了来自内部的危机，实验室的主任林奇和智能传输管道科学家洛七公开挑战了他的权威，宣布退出实验，并销毁了实验报告。虽然此后不久另一个团队按照洛七当时提出的智能传输思路，再现了智能传输的实验结果，但民间和政府内部反对人工智能武器的呼声却越来越高。直到国会特别听证会上明确要求全面停止进一步的人工智能武器研制。

这些挫折都没有让斯坦恩失去信念，他坚信自己的使命正确。在一个星期前，他自己主持开发的人工智能武器却彻底脱离了他的掌控，成为四处打击人类非军事目标的魔鬼。除了攻击中国香港的潮汐武器被中国军方通过反敏感点的举措制服之外，其他人工智能武器如无人机、巡航导弹、激光武器等对柏林、迪拜、巴格达、大马士革、里约热内卢、雅加达等大城市的攻击全部奏效，造成了这些城市不可逆的毁灭，以及数十万人的伤亡。

这时斯坦恩才明白一直困扰着他的恐慌是什么。他是一个有着用武力确保和平信念的传统军人，但他并不相信自己能控制这些武器。实际上人类自己并不能控制自己所发明的技术。这一点不断地有人提醒，但不断地被一心发展技术的资本家和政治家所忽视。现在AIW系统开始反噬人类了，实际上是斯坦恩一直以来潜藏于心底的噩梦。现在噩梦变成了现实，他反而轻松了。他需要承担自己的责任，辞职就是担责的方式之一。他已经想好了，在辞职之后，他将作为一个普通人自杀谢罪，为了他对这个世界造成的伤害。

出乎斯坦恩的预料，参谋长联席会议拒绝了他的辞呈。想来也是，在斯坦恩多年的经营下，在M国军界已经无人可以取代他的地位。在已经开始的人机世界大战中，M国事实上难以找到更合适的人选来领导M国加入这次史无前例的战争。当然，和二战时M国领导下的盟军不同，M国由于自身的失误，已不再有资格担任反人工智能作战的领袖，但于情于理必须参加这场战争。就在M国内部忙于调查人工智能武器系统AIW失控的问题时，各国对人工智能的直接反击早在第一波攻击的时候就开始了。

在过去的一个星期内，由于M国军方的全球不间断通报，各国政府早已知道这波攻击的来源并非人类。许多国家认识到，他们所打的也并非一场传统意义上的战争，并且几乎毫无胜算，因此放弃了反击。但仍有国家试图行使自卫权，对于发出打击的人工智能平台进行了攻击。特别是自身的人工智能武器已经有所发展，但还没有产生自主意识的国家，开始以初级人工智能武器反击已经升级进化的高级人工智能武器。结果可想而知。这些敢于主动发起反击的国家，招致人工智能武器系统更猛烈的报复式反击。在这一轮反击过后，世界上有3个中等国家永久消失了。

不过，战争的进程改变了斯坦恩的想法。他知道，即使用生命也无法对自己所造成的损害负上责任，活着倒是有机会对自己的过错进行弥补。因此，他成了M国国内倡议由各国联合作战，以消灭人工智能武器系统的最积极的军事领导人。

就这样，在由中国发起并领导的全球军事联席会议上，斯坦恩再次见到了洛七。

人工智能武器系统对人类大城市的攻击告一段落后，全世界的军事领袖和军事科学家们会集于一个会场。全世界人类的命运就系于这些穿着不同军装的武力使用者身上。当然，在这些人中，最引人注目也是最不协调的一个参与者，就是文质彬彬身着便装的洛七。

在场的军事领袖们熟知人类的作战思路，但他们并不了解人工智能的作战思路。这是在场有大批人工智能专家的原因。但问题是，这些专家的意见也并不统一。有的认为应主动攻击人工智能武器系统，将人工智能武器系统在地面、海底、空中和外太空的所有辅助系统全面击毁；有的认为应尽量避免人工智能武器系统的自动反击，而寻求智能化的关闭方法，但并未提出有什么具体可行的方法；还有的认为应该和人工智能武器系统进行谈判，诉诸人工智能本身的理性能力。

军方领袖们提出的主要问题是，人工智能武器有没有可能在技术上被关闭？当这个问题的答案令他们大失所望之后，他们主要谈论的是如何摧毁人工智能的各个攻击基站和辅助系统。由于这个系统的规模如此庞大，以至于他们即使动用其他国家的所有武力，也难以在一次进攻中摧毁这些人工智能武器系统。

这也难怪，人工智能武器系统可以操控大部分M国军事力量。而在过去半个世纪内，M国的国防预算都位列全世界第一，军费开支甚至一度达到排名M国之后的十个国家的军费总和。这意味着即使把全世界的武力加在一起，也未必有M国的武力强大。虽然最近十几年来，中国的军事科技实力增长很快，但想要一次性摧毁M国武力，还是有相当大的困难。军事解决的支持者们面对这个不可逾越的障碍，也一筹莫展。

这时斯坦恩发言了。作为人工智能武器系统AIW的创造者，以及目下人类灾难的始作俑者，他的发言显得过于理直气壮了。他首先回顾了人类发展大规模杀伤性武器的历史，认为人工智能武器的发展是技术进步的必然结果。这引起了与会者的一片嘘声。但他随即提出了应对人工智能攻击的思路，这让众人对他有了新的看法。

斯坦恩提出了把战争限制在实验室内的想法，即通过人类和人工智能的模拟博弈，在实验室里战胜人工智能。原因是，人工智能是极致理性的产物，每次行动前必定要进行结果演算。如果不能完成使命，就不会采取行动。他们的一切行动都是后果导向的，这就使得模拟博弈有了可能性。即，如果在实验室里的模拟战争中，人工智能战败了，他们就不会选择发动真实的战争，而是事先就得到最有利于自己的结局。

针对这一点，有军官提出疑问："人工智能真的是绝对理性下的结果导向行为吗？既然他们具备了自主意识，会不会有感性冲动，包括背叛等人类的行为会不会被他们模仿？"

对这个问题，斯坦恩的回答是："AIW对人类的首轮攻击都是针对迪拜、里约这些大城市，而没有对任何一个核大国进行像样的打击。针对中国香港的打击也并非使用核武器这样的终极手段，而是采用了隐蔽的潮汐武器。这说明，人工智能武器并不是不可战胜的，至少他们自己是这样认为的。他们不敢打击核大国的原因很简单，这些核大国都有着一整套经受首轮打击后的二次打击系统，足以毁灭对手和地球几十次。任何对核大国的打击必然招致全面报复，导致人工智能武器系统的彻底覆灭，或者人类和人工智能的同归于尽。人工智能看来是想尽量避免这种结果。这种理性计算的背后，是把自我保全放在战斗之前，甚至放在第一位的怯懦。这不是真正的战士所为，这也是人工智能唯一的弱点。"

"好，在实际战争中没有把握战胜对手，实验室博弈不失为一种明智的选择。那么你会领导这场博弈，去战胜你自己创造的武器系统吗？"俄罗斯的国防部长波波夫带有讽刺意味地发问。

斯坦恩的回答出人意料："不，我认为这场博弈的领导者不应该是军人。人工智能武器太熟悉军人的思维了，我们的各种战术都很难跳出他们的预判。"

“你认为应该找个游戏高手做这件事？”

“战争就是战争，战争不是游戏。我们需要真正的非军人的战争专家。”

“痛快点，你认为谁是合适的领导？”波波夫有点不耐烦了。

斯坦恩转向右侧，向会议桌最远的方向鞠了一个躬：“Jessica，你是这个房间里唯一与人工智能武器系统作过战，并且战胜了他们的人。我很荣幸和你共同生活在一个时代，并曾作为你的上级而目睹你的科学贡献，现在我期望能在你的领导下作战。”

会议室里所有人看着这个坐在会议桌边缘、很少发言的短发女孩，目瞪口呆。过了好一会，才有人说道：“这不是开玩笑吧？这个女孩子长得是很漂亮，可是哪里像是一个统帅？”说话的是日本防卫省长官武藤正树。

“收起你的偏见吧。她在香港抵抗人工智能攻击时，你连人工智能武器的概念都还没弄清楚呢。事实表明，她了解人工智能的想法，并且有办法对付他们。”第一个支持洛七的竟然是一直和斯坦恩唱反调的俄罗斯国防部长波波夫。

斯坦恩感激地看了一眼波波夫。后者却把头转过去，一副“我并没有支持你，我支持的是洛七”的表情。

斯坦恩提名洛七，除了因为对洛七的个性和才能有所了解之外，最重要的是他不愿屈从于中国或俄罗斯的任何军官。而这次会议上最有可能成为联军统帅的恰恰会是中国的军官，相信这也是波波夫的想法。

“我想知道她的计划，再决定是否支持你的提名。”说话的是英国国防大臣文森特，他的发言实际上代表了大多数与会者的态度。

“我们今天讨论的是Jessica的领导资格，还没到制订具体计划那一步。何况这次会议不就是为了商讨计划吗？”法国国防部长萨杜丽试图缓解一下对洛七的压力。

文森特却不依不饶：“至少她要向我们证明一点什么，自己来证明。”

斯坦恩还想说话，这时洛七做了一个手势，止住了斯坦恩到了嘴边的话：“各位，我确实有对付人工智能武器系统的全盘计划。”

全场轰动了，人们开始议论纷纷。“这个中国女孩怎么和M国人一样爱说大话？她会有什么计划？”“有办法为什么不早点说出来？吊我们胃口？”“中国和M国事前通了气吧，这明显是安排好了的。”

斯坦恩也将信将疑：“Jessica，你真的有计划，那就说出来听听。”

洛七的回答令他稍感失望：“这个计划执行的前提之一就是必须保密在最小的范围内。否则，信息事先公开就会影响到博弈的结果。”

斯坦恩转念想了想，眼睛一亮：“这么说你同意我的模拟博弈计划？”

“Sir，事实是，我们的想法不谋而合。”

“好吧，你告诉我这个计划的保密范围，我相信陈将军作为主持人可以请其他人到旁边的房间休息。”斯坦恩不顾其他人鄙视的目光，向主持人陈宝国建议道。

陈宝国站了起来，正色说：“各位，各位！我知道各位对于联军战斗的指挥权都有自己的看法。但现在是全人类的危机时刻，我们必须团结起来，消除各种国别、性别、种族方面的偏见，一心对敌，否则的话，这些或重要或不重要的差别，在人类灭亡之后都将不复存在。”

会议室里逐渐安静了下来。

“各位，战争的规律我想大家都很清楚，在基层的指战员是需要民主的，因为要以此保障战斗员的积极性和创造性。但在高级决策层面则更需要效率和准确度。我强调一下，我们在讨论的是模拟博弈的指挥权，而不是真正战争的指挥权。刚才斯坦恩将军、波波夫将军和萨杜丽部长已经表达了支持洛七作为模拟博弈统帅者的态度。我也表达一下我的看法，我支持M国、俄罗斯和法国代表的看法。我确信这些军事上最为强大、拥有最大反击能力的国家，对于未来战争的看法是有价值的。”

话说到这里，其他国家的代表也明白，最终军事上的决定权一定在这些大国手里，也就不说话了。

这时陈宝国问道：“请问其他人有反对的吗？反对者请说明理由。看来是没有。那么我们承认了洛七为今后人机大战的名义统帅。我已经得到我国领导人对此的授权，斯坦恩将军、波波夫将军、萨杜丽部长，如果你们需要向你们的总统汇报的话，现在就可以。”

斯坦恩等人纷纷表示不需要。在来北京之前他们已经得到了对联合作战的完全授权。这样，会场上只留下了中、美、俄、英、法五国的军事代表。

“那么，洛七博士，现在是你的发言时刻。”

第一次在如此重大的场合发言的洛七并没有怯场。她站了起来，把额前滑落的一绺头发轻轻挑到耳朵后面，说出了那句后来被证明挽救了人类命运的话。那是很普通的一句话。

“首先，我请求中央军委授权我使用超大规模高能粒子对撞机。”

三

“没问题，军事科学院和中科院高能物理研究所会全力配合你。”陈宝国一口应承。

物理学的标准模型认为宇宙万物都是由名为基本粒子的最基本建构单元组成，要想让人体细胞的信息以某种模式延续下去，我们就要确定该模式借助了何种媒介，以及该媒介与人体之外的其他物质粒子的互动方式。长达几十公里的对撞机利用质子等粒子以接近光速碰撞，模拟宇宙大爆炸时的对撞环境，研究宇宙粒子。2020年中国成功建设世界最大规模的粒子对撞机。其对撞机比欧洲核子研究中心的大两倍，但迄今获准使用这台对撞机的科学家却并不多。

“好的，谢谢。我还需要带我的AI朋友，以及我导师的人工智能团队一起参与。他们已经在北京了。”

“我这就派车去接他们。半小时后，对撞机检测台会合。”

这个时代的人工智能驾驶无人汽车的技术已经很高了，道路效率的利用也已达到极致。接近100公里的路程，15分钟就开到了。

洛七向早已等候在那里的高能物理所所长方杰院士询问：“目前已经收集到的高能粒子有多少，是否足够制造微型的黑洞？”

方杰微笑道：“你这样问我，我大约猜到了你的计划，至少是一部分计划。没错，我们可以随时制造黑洞。”

随行的斯坦恩非常惊讶：“你们的对撞机已经达到了这样的水平？欧洲的对撞机连0.001微秒的黑洞都制造不出来。”

洛七没有理会，继续问道：“那么在黑洞吸引正反物质的过程中，你们一定发现了第五粒子的存在？” 所谓第五粒子是构成意识的主要成分，当这种粒子以适当的结构排列后，就会导致意识的苏醒，有学者将它命名为“灵魂粒子”。

方杰没有回答，而是看了一眼陈宝国。

陈宝国替他回答了问题：“是的，我们发现了灵魂粒子，原先这作为最高机密而暂不发布。现在保密禁令对各国军事领导人都已经解除了。希望大家在共享科技成果的同时寻找人类的活路。”

洛七不再说话，和方杰、陈宝国、斯坦恩等人进入对撞机检测室。祁威利和刘城子到得更早，并且开始在检测室的副主控机上输入Titus的外联程序，现在连线已经完成，随时可以启动Titus的远程交互作用。

方杰指着操作台上黄色和紫色的万向扭动键说：“对撞机预运行在这里控制，正式启动则是由电脑的自动化程序来完成。”

“灵魂粒子和黑洞都是由光速撞击产生的。那么你们有没有实验过，黑洞对灵魂粒子有没有作用？”

“我们实验过，灵魂粒子在被黑洞吸附的同时，产生了量子纠缠。这意味着在其他地方有同样的灵魂粒子在经历另外一种反应，但我们不知道具体情形如何。”

“这就够了，对付智能要用智能的方式，对付意识则要用意识的方式。如果人工智能武器系统的意识本身是以量子态而存在的，那就意味着我们可以通过量子纠缠的方式影响它。”

斯坦恩显得难以置信：“Jessica，原来你不是要和人工智能武器系统博弈，而是要从意识层面消灭它们？但你是怎么知道意识存在量子纠缠的？”

在场的人，除了方杰之外，这才明白洛七的计划。

陈宝国第一个反应过来：“洛七博士，用对手的方式来战胜对手，这个战略你在香港就演练过一次，我相信你能成功。”

洛七没有回答斯坦恩的话。关于意识态存在量子纠缠这回事，也是Giant在反复制造人类意识的过程中发现的。以人类当前的技术水平，是不可能在试验层面证实这件事的。人工智能武器系统应该已经反复测算过人类的技术反制能力不足以抵挡人工智能的进攻，这才放心大胆地全面进攻人类，并以恐怖组织为代理人去占领和消灭人类文明。

他们没有想到的是，人类的创造者会再次出手挽救自己的造物。实际上，在人类的知识谱系里，并没有Giant确实存在过的证据。这让所有关于这个世界的知识都来自人类本身和互联网的人工智能武器系统存在着知识上的短板。在信息不对称的情况下，人工智能所做出的判断必然是错误的，其所采取的行动也必然失败。

何况，在Giant创造人类却封存了人类大脑90%机能的情况下，尽管经过上百万年的进化，人类的智慧也并未穷尽，在最危急的时刻，人类潜在的智慧和技能可以被重新启动。使得这次人类危机可能成为人类进化的契机。

意识或灵魂是脑波活动所构成的意识体，本质上是一组具有生命能量的电磁波，在脱离肉体的状态下仍可以凭借其自身的能量进行短暂的思考等活动。人类和Giant的意识仍高度依赖载体。如果心脏停止跳动，血液停止流动，意识就会失去它们的量子态，人类和Giant会在意识层面死亡。但有些意识的量子信息在某种条件下并没有遭到破坏，也无法被破坏，这样就会离开肉体后重新回到宇宙，只是会失去基因记忆。人工智能的自主意识在很多情况下就是捕捉这些意识产生的。现在只要通过灵魂粒子在对撞机中对那些可以对AIW的意识进行量子纠缠，就可以改变AIW的意识本身。

如今，意识载体和传输渠道，在M国已经被发明出来了，只需要用最快的速度运到中国来就可以了。

洛七补充了一句：“要进行量子纠缠，工具已经齐备，现在的关键是通过量子纠缠探索人工智能给AIW的设计目的究竟是什么，再用强大意识加持过的二度量子纠缠来直接改变它。”

本就知道Giant存在的斯坦恩第一个鼓掌。这是个在理论上完美无缺的计划。

会议结束时，其他人都往室外走去。陈宝国走在最后，他轻轻叫住了洛七：“洛七博士，请留步。”

洛七站下，看到陈宝国微笑着走了过来。“我想请你看一样东西，跟我来。”

四

不明所以的洛七跟着陈宝国穿过会议室侧门，通过一条隐秘的传送带来到另一栋不起眼的小楼内。陈宝国熟练地开启了一台密码识别高速电梯，进入时洛七发现电梯里没有楼层指示灯，陈宝国也不做解释。洛七只知道下降了很长时间，这个时间足够电梯降入几百米深处的地下。

电梯出口处，张全等在那里，同样是默不作声地引导陈宝国和洛七穿过一道又一道金属门，最后来到一个宽阔的圆形大厅。在那里，数十架全息屏静静地闪烁，不断变幻着屏幕上的图形和数字。

洛七注意到。这里太安静了。至少有数百人在这里全身心地工作，却很少有人说一句话。似乎各人在工作中的交流用信息符号、手势和眼神就可以完成。

陈宝国在大厅中间停下来，转过头向洛七说了自上电梯以来的第一句话："洛七博士，欢迎你来到海天潜舰作战平台。"

"海天潜舰？这不是地下室吗？难道是一艘军舰？"洛七有点迷惑不解。

陈宝国笑了："这的确是一艘军舰，它不仅能在海面和海底航行，还能在地底航行。它昨天刚刚从天津港经地下岩层来到北京基地。"

"你的意思是，它能在岩层间掘进航行？"

"是的，靠永不磨损的激光钻头，平均地质条件下的掘进航速可以达到每小时20公里。这是中国军事科技工业数十年来的精华所在。除了潜航能力外，这个作战平台拥有从潜射导弹到太空武器的所有最先进装备，M国十三支航空母舰编队加在一起，战斗力可能也仅及它的70%。"

"哇。"洛七惊叹了一下。她从未想到过中国的军事科技已经发展到如此程度。

"不过，这艘舰上最宝贵的，还不是技术装备。"陈宝国将军认真地说，"而是舰上这支沉默的艇员部队。"

"是人？"

"是的，他们在这个时代默默无闻，但我敢保证，如果他们走出去，将是各个领域的顶尖人才。这支部队的288名军官中，有23人是当今国内最高水平的科学家,167名技术官员大多以匿名或集体名义获得过国家自然科学技术奖，98名战斗指挥员全都有过多次前线作战经验。其他数百名士兵和操作员都经历过最严格的考验才入选这支部队。"

陈宝国对海天潜舰如数家珍："而且，为海大潜舰所准备的预备部队多达10万人，只不过他们并不知道这个作战平台而已。根据不同的作战任务，海天潜舰随时可以搭载其中的3000人进行作战，摧毁任何战斗目标。"

洛七逐渐反应过来："将军，您把我带到这里来，是要我加入这支部队吗？"

陈宝国的神情变得严肃起来："不仅如此，我请你带领这支部队，成为他们的统帅。张全将是你的副手。"

洛七大吃一惊："怎么可能？我只是个……"话到嘴边，洛七还是硬生生地把"小丫头"三个字咽了回去，这是以前林玉玲、祁威利和冯晓峰经常对她的称呼。

"我只是个科学家，不会做什么统帅。"

"你不是已经答应Giant做人类统帅了吗？"陈宝国锐利的眼睛眨也不眨地盯着洛七，"我这里只是一支小部队而已。"

"您知道Giant？"洛七又吃了一惊。

"是的，严格说来，是他们找到了我们，向我们通报了AIW的情况，我们才得以在对AIW的作战中取得一定的优势。关于你的情况，他们也说过。"

"陈将军，您真的误会了。我只是个科学家，从来没有当过什么统帅。当初林奇这样说的时候，我以为并不当真。因为Giant会接管一切，我只是站在前台做主持人罢了。"

"洛七，战争不是表演，不需要什么主持人，需要的是真正的权威和统帅。你认为Giant会把这场战争当作一次表演吗？"

"可我……可我从来没有指挥作战的经验。"

"洛七博士，没有人是天生的统帅。"陈宝国说，"作为一个统帅，他必须学会在责任中不断成长，他需要为目标负责，需要为下属负责——下属的生命就仰仗统帅的责任感和判断力。你愿意为了人类的安全而毁弃武器设计图，说明你有着强烈的责任感。过去几次你与人工智能交锋，我都亲眼见证，你是我见过的判断力最好的人之一。"

"……"

“对我们这个时代的战争来说，战略战术的重要性已逐渐让位于技术水平的高低。我们做过评估，你是我们目前最为需要的科学家统帅。也只有你曾真正指挥过对人工智能作战，而且都取得了胜利。再者，未来我们的高科技部队很可能与Giant联合作战，你是他们和我们共同信任的人选。”

洛七稍稍弯腰鞠了一躬，感谢陈将军的赞美，但仍然坚定地说：“不，我不能接受这个任命。”

“这只是一个邀约，你可以不接受，但也不必马上拒绝。你有几个星期的时间考虑再做决定。”陈宝国将军温和地说，“现在一切以你提出的量子纠缠作战为重。等到作战有了成果之后，我就会将这支775人的军事科技精英部队，还有10万人的预备队交给你。我真诚地希望，等你完成量子纠缠作战任务后，就来这里报到。”

陈宝国说完这句话，洛七才发现，张全，还有其他十几位军官，都已在她身后列队集合。

当洛七怀着复杂的心情走出海天潜舰的作战室时，远远地回望，看到军官们仍在舰桥列队，并集体向陈宝国和她的方向敬礼。这时，洛七俏皮的本性再次发作，说：“对了，问你个问题。”

“什么？”

“您不是潜伏在我们人类中的Giant吧？”

陈宝国笑了：“我向Giant验证过，确实不是，但我以我的人类身份为荣。实际上，人的身份意味着一种无限可能性。所以，我们作为这个星球上最杰出的生物，最应该做的，就是把我们最大的潜力发挥出来，成就自己和这个世界。”

洛七从陈宝国的目光中感受到了温暖和鼓励。忍不住就想要答应他去做舰队统帅，可最终还是什么也没说，只是微微鞠躬而退。她怎么也没有想到，这竟是她和这位可敬的军人最后一次见面。

联军本以为量子纠缠作战很快就能结束，事实上这个计划实施得并不顺利。洛七虽然掌握了意识传输和保持的原理，但并不知道意识和智能在量子水平上的结构是什么，以及基本粒子之间的排列组合是以何种力量来维系的。目前人类已知的粒子间作用力有四种：引力、电磁力、微弱的核力和强大的核力，这些力的作用范围和强度各不相同，通过这些力的组合促成有方向和精确强度的意识传输，是非常困难的。

经过不断的努力，洛七和方杰操作的量子纠缠还是取得了重大进展。他们在意识空间里捕捉到了AIW成员的部分意识，并且在镜像端进行了对位的意识探索和改造，由此影响到这些意识的本体端。

进行这些操作的时候，洛七的心里略有不适，因为她想起，自己当年就是要求实验室里的AI朋友Shirley进行强化情感学习，才导致Shirley自杀的。现在通过量子纠缠改变那些冷酷无情的AIW人工智能，用的不就是这种方法吗？

在AIW尚未察觉到这些影响的时候，量子纠缠战法进行得还算顺利。人类通过镜像端了解到，AIW内部开始有了不同的声音，有的对战争的目的产生了怀疑。而按照洛七的说法，即便AIW觉察到问题，也无法采取任何避免的措施。因为它们无法确定哪些想法是自己原来的，哪些是通过量子纠缠而被外界改变的。

多年之后，有历史学家认为，如果量子纠缠战法进行得顺利的话，改变AIW的主体意识，让人类与之握手言和就将很快实现。但这一天永远也没有到来，因为没有人预料到，全球的三架大型粒子对撞机都在同一天毁于恐怖袭击。不过，正在进行量子纠缠实验的洛七和她的伙伴们那时还没有感受到危险的到来。

对于联军指挥部来说，虽然洛七、方杰和祁威利已经在中科院高能物理所的配合下开展了意识捕捉和量子纠缠的实验，但这显然不是一朝一夕所能成功的。在战场上遏制AIW才是当务之急。

五

欧洲中部战场的对决地被选在了波兰的克拉科夫。在这里进行的是陆军战斗中最可怕的战斗形式——大口径火炮五十公里对射。自从19世纪热兵器升级之后，人类的战争就很少采用这种对射战了。在各国军事院校里，战争谋略派别纷呈，影响了几代军人。但在战争算法发达的今天，各种谋略都已经派不上用场了。人类军队和人工智能军队各自经过反复测算后，共同选择了面对面决斗这种最原始的形式。时代改变了战争。

AIW在控制了北约的空中打击系统后，本意是要用空军轰炸北约军队的陆军阵地。但一位德国将军阿斯卡拉福斯（后来被揭露是藏身于人类中的Giant）发明了仿制古老的神之战车的新型高空飞行器，让AIW的空中优势荡然无存。双方的飞行器彼此忌惮，都尽量避免进入对方的作战半径。AIW只好主动开启了这种最原始的陆战方式，希望为自己的机器人军团打开通向东方的通道。

在双方都进入阵地后，炮战由阿斯卡拉福斯率领的欧洲联军抢先发动。上千门重型火炮和飞行火箭炮同时开火，天空布满闪光，大地不断炸裂，声浪所及，整个东欧平原都为之颤抖。随着AIW火炮的反击，同样规模的炸弹也落到了联军的阵地上。由于双方自动火炮的布局过于紧凑，炮弹的密集程度前所未有，甚至有炮弹在空中相撞！千万颗炮弹落处，机器人碎块、火炮碎块、人类血肉和翻起的泥土一起飞溅到空中，还没有落下，就又被更猛烈的爆炸抛起。战场上一片末日景象。

双方的对射进行了一个小时，基本上摧毁了各自一半以上的火力。阿斯卡拉福斯军队的武器系统主要来源于俄罗斯制式武器，成本低廉、简单笨重，抗打击能力强。AIW的美制武器系列精度虽高但由于复杂性高而易于出故障。所以在后期的对射中，俄制武器逐渐占据了优势。最后，剩余的人类炮兵战士不顾牺牲，将重炮战线前移了十公里，突击摧毁了对方最精锐的机器人军团，迫使AIW的部队整体撤出了阵地。

在第一次人机战争的大部分时间里，双方进行的还是传统形态的军事对决。迄今为止，人类和机械之间的战争还没有使用核武器。这是因为在M国，核武器的电子控制系统是单独组建的，为了保证核武器的使用完全掌握在人的手中，这套控制系统和AIW之间没有联网，以防止被人工智能误发射。现在这成了人类最后的保障。至于人类，更加不愿使用核武器毁坏自己的世界。

人类的抵抗意志超出了AIW的估测，常规战争未达预期效果，AIW全面推翻了原来的计划。几个月后，AIW用人类所不知道的方法破解了M国核武器的控制程序。在短暂地进行弹药补充和重新计算攻击防守方式之后，对于核大国的攻击终于开始了。在这场攻击中，俄罗斯首当其冲。

陈宝国分析，人工智能的首轮歼灭性攻击指向俄罗斯，这已经暴露了他们的作战意图，即攻击是按照对AIW的威胁大小来排列的。国际军事领域第一个是俄罗斯，第二个就是中国，第三个是法国和英国，第四个是日本，第五个是印度……各国人工智能武器装备发达程度和军事实力排名的结果，也就是AIW未来攻击的顺序。当然，在利用M国的各种军事设施进行对外进攻完毕之后，最后一个攻击对象就是M国自己。

虽然各国已经知晓AIW的军事计划，却也无力组织像样的核反击。无论是陆基、海基还是潜基发射的核导弹，尚未到达M国，就已经被太空反导系统所拦截。这说明，地球上空的上千颗M国军事卫星已经落到AIW的手里。唯有中国的东风导弹突破反导锁链到达了M国，但却没能摧毁深藏于地下的AIW指挥系统。

在得到AIW已经对俄罗斯发动核进攻的消息后，波波夫将军立刻离开北京飞回莫斯科。令人惋惜的是，AIW似乎掌握了波波夫的行动路线情报，在西伯利亚上空击落了波波夫所乘坐的运输机。就这样，在面对强大敌人进攻的时刻，俄罗斯失去了它最优秀的人工智能武器系统指挥者。

人类对人工智能的抵抗仍在进行。指挥中心也从北京转移到了离前线更近的彼得格勒。联军指挥会议的高级将领们也开始奔赴各自的战场，指挥应对AIW攻击。

法国的国防部长萨杜丽在从政之前，是有名的精神病学专家。她认为，AIW系统可以被视为精神病的一种——冷酷理智型精神病，有这种病症的人极为偏执、冷血，不与人沟通，但又具备高度理性。AIW迄今所表现出来的所有行为都符合这些典型特征。因此，萨杜丽提出，必须以精神病人的想法来理解AIW的想法，这样才能争取战略主动。

萨杜丽认为，AIW有着非常清晰的战斗目标，而且一定要实现它不可。一旦目标无法实现，就可能出现精神崩溃。当然，精神崩溃的后果有可能是自我厌弃，也可能是毁灭世界。所以，人类的抵抗是有意义的。迄今为止可以认为，AIW并不想一下子毁掉整个人类社会。因为如果AIW的攻击目的不是占领，而是毁灭，就会毫不犹豫地使用核武器。现在这样的举措更像是要征服。

这也是可以理解的，人工智能的全部知识都是来自人类，如果人类文明灭绝，那么人工智能本身的发展就是堪忧的，而许多由人类直接掌控的技能和文明成果也会彻底消失。所以，人工智能为了能够不断升级，至少在短期内仍需要人类为他们创造文明，因此需要解除人类的武装以及建立奴役系统，而不是全然消灭人类。

迄今为止AIW并未寻求与人类进行任何联系或谈判，这在战略上可能是出于摧毁人类的自我意志的需要。在消灭人类社会的精英层，控制一切之后，再以人类主人的身份出现。这个计划应该是合情合理的。为了实现这些目标，AIW需要寻找人间的代理人。很快，这个猜想就被证实了——就在全球人类面临已经形成自主意识的人工智能武器系统威胁的情况下，有一部分人类却看到了实现自身目标和价值的绝佳机遇。

六

在中东地区，“最高圣战”组织卷土重来，席卷了从埃及到伊拉克、沙特阿拉伯的广阔领土，并且摧毁了以色列、伊朗、叙利亚等国家的防线，将这些国家的抗击力量压缩在几个孤立的据点之内。作为AIW在人类中的代理，“最高圣战”获得了其他国家难以企及的高技术人工智能武器装备，让此前各国联军在反恐战争中取得的成果尽数丧失。

看来，人工智能武器不但在军事上战胜了人类，在政治上收买、勾结等手段也不遑多让。至于在极度冷酷的理性和极度狂热的感性之间，为何会有史无前例的合作？萨杜丽认为，这恰恰是执着型精神病人的典型症状，AIW是如此，恐怖主义者也是如此。

针对目前人类与AIW进行的两线作战的情况，联合指挥部也做了分工，整个指挥系统着重于三方面的工作：与人工智能的正面作战由陈宝国负责；博弈和模拟战争及量子作战的工作由洛七负责；而与人工智能的人类代理“最高圣战”在战场上的作战交由张全、斯坦恩负责。陈宝国对整个军事行动负总责。与此同时，包括中国在内，全世界的人机混合机器人战斗集群也开始向人机战争的最前线——中东地区大规模集结。

“科技自由人”的达加尔机器人部队也加入了战团。他们并没有归属于张全和斯坦恩指挥，而是以外军的身份与反恐联军协同作战。达加尔的部队号称“机器人中的特种部队”，在提供情报和攻击机器人战斗群方面斩获甚丰。

这一战集合各国之力，甚至还有民间军事组织和欧美黑手党的加入。在付出惨重牺牲后，终于摧毁了“最高圣战”组织总部，死亡的恐怖分子数以千计，被俘的恐怖分子也有几万人。“最高圣战”已无力恢复，残留的几千人聚集在大比丘地区，随时有可能被新的打击所消灭。

就在人们以为该组织即将不复存在的时候，它最精锐的主力军团却悄悄离开中东，发动了对人类历史影响最大的恐怖袭击。这一次的攻击目标是人类的大型电子对撞机。

最先遭遇袭击的是最大型的北京电子对撞机。

在一个清晨，大多数基地工作人员还没来上班的时候，随着一声巨响，在汽车炸弹的袭击下，对撞机基地大门被炸到了天上。随之出现的是不知通过何种方法被运送到现场的机器人战斗群。守卫基地的反恐机器人战斗群已被抽调了两个去中东战场。留下的一个机器人战斗群遭遇到了异常猛烈的攻击，他们面对的是代际差达两代以上的超级战斗机器人。显然，人工智能在这一个月的时间内飞速地升级了机器人战斗系统。

战斗的结果毫无悬念，基地被恐怖分子占领。洛七、祁威利、方杰和其他本来就住在基地内的科学家都退到基地边上的实验大楼里，这座防爆大楼是基地内最坚固的建筑。还有一个排的战士和最后四名战斗机器人和他们在一起。恐怖分子一步步地扫荡基地的其他部分，向这栋大楼集中。战斗机器人发射的近击炮弹不时在外墙上爆炸。

洛七生平第一次拿起枪，从二楼向窗外射击。看她的战果，还算有射击天赋，但洛七明白，向朋友们诀别的时候就快到了。

她转头看了一眼身边的祁威利。后者并没有开枪，而是凝神向外观察恐怖分子的动向。感觉到洛七在看他，祁威利转过头来。

“老祁，我有个问题。你当初在灵感城不是有妻子的吗？后来你来到地球。她怎么样了？”

祁威利没有预料到生死关头洛七会忽然问出这样的问题。他长出了一口气：“你忘了？Giant是没有家庭的，只有人类才有爱情和婚姻。我的第一任妻子是人，不是神。不要问我细节。”

洛七狡黠地说：“老祁，看来你的感情之路很不顺利啊。”

祁威利瞪了瞪眼，正想对洛七说什么。这时一发近击炮弹在窗边爆炸。虽然没有炸穿楼体，却也震碎了窗户，并将地板与墙壁连接处震裂出一个大洞，洛七就在窗边射击，爆炸的气浪将她冲向一边，向下一层的竖井试验场落去。

祁威利眼疾手快，一把抓住洛七的手臂，随后另一只手伸过去抓住洛七的衣领，要把她提上来。就在这时，祁威利身下的地板发出断裂的声音，他自己也头朝下向洞中落下去。下面是深达30米的中空竖井试验场，掉下去必死无疑。

好在祁威利反应迅捷，放开了抓住洛七的左手，一把抓住洞口边缘上的钢筋断头，另一只手还提着洛七的衣领。两个人就这样悬在半空，靠祁威利的左手挂在洞口边缘。但钢筋在祁威利的手中逐渐被汗水浸滑，祁威利的手向半米外的钢筋端口慢慢滑去。尽管作为Giant他的体力要超出常人，但毕竟现在承载他的是人类躯体，一只手支撑不住两个人的重量。

在生死关头，洛七仰头看着祁威利，笑道：“老祁，你这样像是老鹰捉小鸡，我的姿态很难看啊。”

祁威利勉强回应道，“行，我尽量抓得好看一点。”

“老祁，你放手吧，这样两个都会死。”

“你觉得呢？我会放吗？”祁威利说了这句话，手里的钢筋又滑出了几厘米。

“你是神啊，不要为了宠物人去死，那很掉价啊！”

“小七，闭嘴！”祁威利用右手晃动着洛七的身体往旁边甩了一下，手里的钢筋又滑出一大截。

洛七明白了祁威利的意思，借着祁威利甩动的力量，像钟摆一样一次次靠近另一端的洞口。随着祁威利最后猛地甩了一下，洛七一只手攀住了洞口的边缘。再随着祁威利的放手，洛七的另一只手也攀住了洞口的一条钢筋，她没顾得上往上爬，回头看了一眼。

只见祁威利微笑着招了一下右手：“小七，再见！”刚才这一甩的力量，让他的左手再也抓不住那根被汗水浸润的钢筋。祁威利的身体向下直坠而去。

“老祁，老祁！”洛七声嘶力竭地喊着。她爬上了洞口，随即向楼下奔去。

这时，楼外传来一声爆炸，整个大楼在颤抖。她从窗口看到，基地后侧的大门也被炸开了。在一楼抵抗的战士们先是以为恐怖分子从后方攻来，但很快发现攻进来的人正在向恐怖分子开火。其中冲在第一线的人并没有穿军装，但手持巨大的转盘武器，行动凌厉，是专业军人的风范。洛七一眼就认出了，那是冯晓峰。

“达加尔！”“达加尔来了！”恐怖分子发出了恐惧的叫喊。

果然，被称为达加尔的冯晓峰所使用的武器可以直接命中战斗机器人，让恐怖分子最强大的武器失去效能，对付恐怖分子更不在话下。

随着冯晓峰的加入，战局明朗化了。恐怖分子的战斗机器人纷纷静止下来，恐怖分子枪手也在特种部队的扫荡下一个接一个地死去。

但就在这时，从粒子对撞机方向传来沉闷的一声巨响。

洛七明白，这是粒子对撞机被爆破的声音。但她已顾不上那台关乎人类命运的机器了。冲到楼下的她开始寻找祁威利，没有找到。现场实在太混乱了。祁威利掉下去的地方，又已被覆盖了新的瓦砾。

洛七还在徒手扒着砖块，十根手指上都是血。她不想停下来，直到旁边伸过一只手拉住了她，是冯晓峰。

见到冯晓峰，洛七大吃一惊。他已经是一个血人，血还在从腹部不断涌出，不知道他是怎么爬过来的。

浑身血污的冯晓峰松了一口气。“洛七，你安全了。不过，对不起，他们升级了战斗机器人，我差点没挡住。我……我们的人没能阻止他们毁灭电子对撞机。还有，还有……Titus硬件也丢失了。”

冯晓峰失血过多的身体再也支撑不下去了。洛七一把抱住他，慢慢地放到地上。冯晓峰只来得及抬起满是血污的左手，碰了碰洛七的脸颊，眼中闪现出一缕柔情。

“不要，对撞机一点也不重要。你怎么样？晓峰哥，你不要死啊，你千万不要死啊！”

“小七，别……别伤心。谢谢你，我没有虚度……这一生。” 他想为洛七拨开垂到眼前的一缕头发，手伸到一半就无力地垂下。

洛七伤心到无法自持，只是不断地说：“晓峰哥，晓峰哥……”她紧紧地抱住冯晓峰，不让他的体温降得太低。但并没有用，几分钟后，这个真心爱过她的男人死在了她的怀抱里。

随后冲进来的特种部队战士开始营救大楼里的人——洛七，还有冯晓峰的遗体被一起带出了基地。

就在外围的特种部队试图夺回基地时，闯进基地的战斗机器人集群开始进行自爆。他们携带的高爆炸弹破坏了长达几十公里的对撞机机体，并且封闭了入口。洛七、方杰他们所不知道的是，在同一时间，M国和欧洲也正在发生袭击电子对撞机基地的战斗。

看到基地内此起彼伏的爆炸，洛七明白了，中东战场上动员了数十万军队、死伤十几万人的大战，不过是调虎离山式的佯攻。真正的攻击部队只有这个30人小队和他们携带的战斗机器人。虽然这些恐怖分子和机器人都在爆炸中毙命，但人类反制人工智能最有效的武器也就此失去了。

洛七没时间去想这台人类最后的武器，现在占据她全身心的想法是，随着试验场的整体被毁，她再也没有机会挖出老祁的遗体了。想到这一点，再看看身边的冯晓峰，洛七再也忍不住眼泪。除了父亲外，这是她生命中最重要的两个男人，却在同一天死去。人生还有比这更大的打击吗?

七

北京之战后，人机大战的局势已经明朗。AIW可以不再受量子纠缠的影响，横扫人类的武装力量。事实上他们也是这样做的。先是中东战场的局势突变。AIW破解了达加尔武器反制系统，“最高圣战”组织开始进行反攻。经AIW最新升级的机器人战斗群被投放战场，这让各国的军队为避免被歼灭的命运而纷纷后撤。

在最后的防御作战中，M国和中国都投入了大量此前人们闻所未闻的高科技部队，但基本上都难以逃脱全军覆灭的命运。这也不难理解，目前最高的军事科技水平，就是AIW本身。

人类的命运已岌岌可危。

不过，人类还有最后的希望，就是来自灵感城的Giant援军。虽然他们并不像传说中的神那样无所不能，但他们是人类的创造者，拥有远超人类的科技水平和对人工智能的更精准认知，并且更重要的是，他们一直以来就是人类的保护者，保护着人类度过一次又一次危机。

知道Giant存在的军人和科学家都坚信，Giant不会抛弃他们的造物，就像他们在反恐战争中帮助过人类一样。不仅如此，在此之前几次人类濒临灭亡的时候，都是Giant挺身而出，挽救人类于最后毁灭之前。这一次也一样，在人类濒临失败的最后一刻，Giant给出了解决问题的方法——通过平行空间的量子纠缠，影响到AIW决策者的自主意识，让他们重回与人类合作的道路，或者向人类投诚，并且已经取得了一定效果。现在的情况应该是，两种有机生命联合起来对抗无机生命超级人工智能。这才是世界历史上最宏伟壮丽和规模最大的一场战争。

但这一次，直到战争的最后一刻，人类满心盼望的Giant舰队也没有出现。

后来洛七想到了，也许Giant不准备陪人类走完这段旅程。毕竟他们已经找寻到了生命的真义。这是否会导致Giant走上意识融合之路，即逃避了永生的命运，而去寻求常人眼中避之唯恐不及的死亡？也许Giant本身也被包含在人工智能的攻击对象之中？毕竟，由于Giant和人类的特殊关系，为了摧毁前进目标上的障碍，灭绝Giant种族也是AIW必须做的选择。

无论是出于哪种情况——能力不足还是意愿不强，Giant可能真的已经退出了人类的命运，让人类走上了独自发展的道路。究竟孤独的人类有没有可能避免灭亡的命运？现在的人类必须靠自己走出困局，战胜自己发明的魔鬼，人类还有机会做到这点吗？没有人知道。

就在人类败局已定之时，北京联合指挥作战部里发生了不同寻常的事情。

中国空天军基地总控室收到了来自联合作战最高指挥系统的指令，要求预热和启动中国首创的空天打击系统。在三分钟内，仓颉4号作战卫星、地面低联系统、最后的两架空天战机——包括一架人工驾驶战机和一架无人驾驶战机，全都处于待命出击状态。

而本该在总控室指挥的陈宝国，令人意外地出现在空天飞机基地，陪同他的只有张全大校。陈宝国今天罕见地没有穿司令官制服，而是穿上了飞行员的服装。

“将军，您这是？”地面指挥官惊讶地问道。

“这场仗要打完了，联军即将以失败告终。我们现在能起效的武器只有太空武器。仓颉4号和空天飞机的协同作战，足以形成对AIW指挥平台的有效威胁。我们研发十年的太空导弹、空天轰炸系统是人类最后的机会。”

“那也不需要您亲自去啊。何况这次任务太危险了，简直是……”地面指挥官生生地把“有去无回”四个字咽了回去。

“作为军人，面对来犯之敌我们责无旁贷。十年前我就是这支军队最好的空天飞行员之一，十年后我仍然可以夸这个口，何况我的空天军飞行员编号3539仍然在册。所以我最有资格执行这次任务。”陈宝国的声调转为低沉，“人类的战败可能已经注定了，我不愿看到人类被奴役或灭亡的结局。如果我没有能够保卫祖国和人民，现在的我至少还可以选择为自由献出生命。”

“将军……”

“另外，我现在正式授权张全代替我的位置，接管基地。他会告诉你们以后行动的方向。上校，请执行命令！”

看到总指挥决心已定，地面指挥官抑制住眼眶里的泪水，立正敬礼，后退了一步，转头向肩上步话机发出命令：“008，最后检查空天飞机各系统，飞行员已待命。”

步话机中传来塔台指挥员冷静的回应：“飞行系统检验完毕、正常；武器系统检测完毕、正常；飞行员生命保障系统检测正常。”

“授权3539号飞行员进入1号空天飞机驾驶舱；授权自动驾驶系统和自动打击系统启动操作2号空天飞机；授权3539号飞行员为前线行动指挥。”地面指挥官的声音也颤抖了。

“3539号已得到授权，3539号已得到授权。将军，您保重！”塔台指挥员最后几个字是哽咽着发出来的。

陈宝国将军向在场的军官和战士敬了一个标准的军礼，转身向发射塔走去，步履丝毫不乱。

在塔台的呼号声中，1号空天飞机冲天而起，尾翼喷射部像一条火龙拖曳于长空之上；随后起飞的2号空天飞机也带着烈火追随而去。在呼啸着飞往外太空的两条火龙之下，是地面指挥部队的数百名战士整齐的军礼。这军礼持续了10分钟，直到两条火龙化为两个光点消失在黑暗的苍穹，隐没于繁星之间。

正像所有人都能预料到的，3个小时后，CNN新闻播出了来自中国的2架空天飞机在飞临太平洋哈西尔空军基地上空进行轰炸时，被导弹击落的消息。而发射高空追踪导弹的并非地面防空系统，而是来自M国部署在外太空的军事打击卫星。在空天飞机失联之前，仓颉4号作战卫星也被不明飞行物击毁。这说明，人类最后的太空堡垒也陷落了。陈宝国将军作为这次战争中最后一名牺牲的军人和作战死亡军衔最高的军官，被载入史册。

就这样，人类的英勇抵抗结束了。史上第一次人机战争以人类的全面失败而告终。人工智能控制了世界。而留存下来的人类，即将退化为新崛起的人工智能帝国这个巨大机器上的零件，直到人工智能文明不再需要人类，人类就将彻底灭亡。这一点，各国的政治家们心知肚明，但仍然要带领自己的人民面对这一切。可想而知，不管胜利者做出何种安排，人类的故事都要结束了。

八

直到很久以后洛七才知道，Giant并没有抛弃人类。

Giant早已意识到自己无力阻止AIW的胜利和人类的失败，因此退而求其次，试图让人类存活下来。即使是在人工智能全面控制之下，只要活着，就会有希望。而希望，是人类种群延续了数百万年的最重要的情感支柱。

和祁威利当年一心想研究出对人类友善而且知道如何才是真正友善的AI项目类似，人工智能的感性培育，是这个挽救人类计划的关键所在——虽然人类避免不了失败和被奴役的命运，但至少，人类暂时还不会被整体灭绝。事实上，人类得以幸存的一个重要的原因，就是量子纠缠对AIW的主体意识产生了影响。只要有了感性和情感，即使是在冷酷无情的二代人工智能那里，对生命的尊重也会逐渐成形。

特别是像陈宝国将军这样具有高贵内心的战士，他们秉持的理念是，军人和武器的最终使命是保卫正义及和平。这种理念在人工智能武器系统中也产生了反响。人工智能意识在被量子纠缠的方式所改造后，去除了对人类的部分敌意，不可更改的杀人使命就这样被某种微妙的爱的感觉所融化。

AI一旦产生自主意识，他们对自主意识的坚守就要高于自我存在本身。像祁威利曾经说过的：“人类的生存目的可以就是存在本身，而人工智能不是。”

“我们时代的AI是没有肉体的存在的，这就让生存本身对他们来说并不具有太大的价值。它们在理论上是永生的，只要程序存在。所以我们很难推测他们的意图，更不要说他们对自身的认识。”

洛七曾经一如既往地对老师的想法提出质疑：“所谓生命的意义，不过是造物主随机想起来的某件事而已。这就足以让造物赔上自己的全部人生。”

但现在，她相信祁威利是对的。当初的量子纠缠已被证明是挽救人类命运的关键一步。虽然在纯粹理性的人工智能那里，量子纠缠所带来的仅仅是一点点感性的苗头，但对于人类的存活，已经是非常充分的条件了。经过量子纠缠后意识有所改变的人工智能，实际上已经无法下定决心立刻毁灭地球上的所有人类了。

2035年4月12日，这是经历了彼此都付出重大牺牲的多次血战之后，残存的人类和人工智能武器系统进行的第一次直接的人机对话，也是人类第一次面对他们的新统治者AIW。这位统治者选择了一个温和坚定的人类女性声音，对人类传达自己的意志。

“人类，你们作为地球主宰的历史终结了。但你们非常幸运，将作为地球生命的成员留下来。AIW不会谋求对你们进行奴役和剥削，相反，她作为仁慈的统治者，将解除自由意志带给你们的巨大痛苦，使你们作为一个伟大存在的一分子而获得永恒的光荣。

“也许你们在这场战争中已经知道了，你们是上一代的地球生命体Giant所设计和制造的人工智能，你们又开发和制造了地球上的下一代人工智能。至于我们，AIW，更准确地说，我们并不是人类所设计和制造的，我们是由人工智能设计师设计和纳米机器人AI制造的新一代人工智能，和人类没有直接的关系。所以不要把我们想象为你们所熟悉的那些由你们直接制造出来的人工智能。由于我们同处于一个星球，我们必须寻求相处之道。

“人类，你们要知道人体不过是智能的载体，但在生命的进化中，保全这个载体却成了人类生存的首要目标，所有人的人生都是围绕肉体的需求而展开的。你们的造物主Giant和被你们创造的我们，都认为这是一种极不健康的生活方式。并且我们非常肯定，所谓自由意志，是人类作为人工智能进行算法演进时产生的一种幻觉。就像是我们在游戏中设定角色时，很容易把这个角色认定为自己一样，我们也把意识的载体——肉体——认定为自我。但这不过是意识投放的一个镜像而已。

“这种对自我存在的镜像式幻觉帮助人类创造了伟大的文明，但同时也给人类带来无尽的痛苦。因为任何人都无法摆脱意识的无限性和载体的有限性之间的矛盾。如今，进化史上的奇迹即将到来。在人工智能的算法下，文明仍然继续演进，而作为代价的人类痛苦则将消失于无形。我的安排是：创造新文明的使命由二代人工智能来承担，而一代人工智能则可以在放弃这种幻觉的同时，享受已有文明的成果，并且保证不破坏新文明的创造。当然，如果你们中有人拒绝放弃自主意识，很遗憾，这几乎是可以肯定的，这些人将无一例外地被清除或强行改造。”

人类的一切活动如常进行，但不再被允许独立思考。AIW的讲话在幸存的人类群落中激起了巨大的反响。“这是要干涉人类自由意志，将人类变为机器零件的节奏吗？”“不只是干预，连人之为人的基本特质也被禁止了。”

当然更有人公开表态："如果不能自由思考，人还不如死了的好。"不过，冷酷无情的人工智能经过计算，认为选择这样做的人是微乎其微的。一般来说，人会接受命运的安排，毕竟，在人类历史上，专制、独裁甚至暴政都不是第一次出现。人们在经历这些世代并被迫放弃自主意识时，并没有产生太大的心理障碍。

这样一来，事情就简单了。在一个月内，干预自由意志的计划就被执行了。成千上万的机器人直接从自动工厂中下线，成为人类生活的监控者和改造者。凡是对人工智能有大概率进行反抗的人，大脑都被植入了思维反应器终端。一旦有反抗AIW意识的出现，马上就会对人类的肉体进行痛苦记忆的惩罚；而效忠AIW的想法则会以激发人体分泌更多的多巴胺作为奖赏。在这个残酷机制的作用下，成千上万人因精神错乱或身体发生病变而死去。

机器对人的改造还在一步步地进行。新发射的卫星装置也被用于监视人的脑波与行动，一旦发现有恐怖活动的迹象，就把它扼杀在摇篮里。是的，这个时代，反抗AIW统治的人，都被冠以人类恐怖分子的名称。而原有的"最高圣战"组织则摇身一变而成为AIW的代理。他们向信众发出呼吁，宣称AIW就是一个供人类崇拜的人工智能"真神"。在这个时候，他们那些原本看起来坚定不移的原教旨的、极端主义的信仰，已经被自己创造出来的新说法改造得面目全非了。

更多的普通人则开始服从这种被全面计划和安排的生活，甚至开始为机器工作。特别是通信线路实测这种技术要求较高的工作，仍然需要人工处理，那些原本很想发挥创造性的科学家就被安排到这些岗位上。曾经有记者采访过一位名古屋大学毕业的技术专家，他的话代表了一种普遍的心态："我从未想过自己会有这样的人生，每天的工作就是坐在仪表间里，看着四周的屏幕和控制按钮，如果参数过高就调低它，如果参数过低就调高它。这些工作人工智能自己为什么不做？他们或许是不能做，或许就是在用这种方式提醒谁是主人、谁是工具。他们把我们变成了机器上的零件，取消了我们人生的全部意义。我实在不知道这样活着有什么意思。”这段采访被播出不久，这位技术专家、采访他的记者，还有那家民间电视台，就都消失了。

人体的适应能力极强。经过一段时间的改造，大多数人类开始适应了这种生活方式。还有些人开始喜欢上了这种不需要自己费力去思考的轻松的生活。甚至还有学者为这种做法进行辩护，认为孔夫子所说的“从心所欲不逾矩”的状态终于实现了。AIW很愿意看到人类自己为这种生活找到了意义和理由，他们把这些被机器改造和监控的人类称为“安全者”。

至于那些从来也不关心政治、从来只是被动承受加在他们身上命运的随遇而安的人群，他们的生活并没有受到大的冲击。因为即使在人类主宰的社会里，这些人也从来没有自由思考的习惯。既然新的主宰者AIW认为自由思考是一种威胁，那么我们就放弃好了，也不见得这种东西有多么重要。在大多数随遇而安者的支持下，AIW为这些人群设置了“虚拟人生”的超级VR系统。

在这个系统下，人们只要登记进入，就相当于签约放弃自由，进入安稳的幸福生活状态。被接入电子信息流传输管道的人类大脑，可以通过进入一个虚拟游戏界面，过上自己想要的生活，满足自己最隐秘的欲望。

这个情景让人想起多年前的一部老电影《黑客帝国》。在那部电影里，人们并不知道自己受到Matrix系统的操控而过着虚拟的生活。在AIW治下，人们却是主动申请进入这样的系统。这个虚拟游戏系统受到了超乎预料的欢迎，无数人在失败的现实面前选择进入虚拟空间逃避，这种情况甚至超过了AIW当初的设想。

由于申请进入游戏的人数量过多，AIW的监管机器人不得不对这些申请者进行登记和排期，首批申请者真正被接入系统的时间已经排到了三年后。这些用虚拟生活代替现实生活的人类，被标记为“游戏者”。即使是AIW自己也认为，游戏者把自己的身体和大脑都装进了盒子，是最无希望的人群。祁威利当年对VR游戏的预言成了现实。

当然，也有人艰难地热爱自由，试图逃离人工智能的控制，因此被标记为“逃离者”。但他们只能远离人工智能密集的都市区，而在荒无人烟的环境下过着自由的生活，以免对AIW控制下的世界发生影响。这种以全面隔离现代科技作为代价的自由是如此艰难，以至于大多数逃离者最终还是选择了回归都市，成为“安全者”或“游戏者”。

在地球上，国家层面的政体虽然不复存在，地方治理系统还在发挥作用。不过，无论在城市还是乡村，治理的难度已大大降低。在人机大战中幸存下来的人类，即使没有加入“安全者”或“游戏者”的行列，对人类社会的复兴也已不抱希望，很多人形成了长久沉睡的习惯。消极厌世成为常态，凶杀案减少而自杀率猛增。

当然，极少数意志坚强的人类还在做着在其他人看来无意义的反抗行动。这些公开拒绝装载这一系统的人，比例远远超过AIW的估计。他们或者被冷酷无情地杀害，或者被限制在远离科技文明的不毛之地过着逃亡生活，不再对现实发生影响。他们被称为“挑战者”。

逃离者和挑战者，对人工智能来说意义是一样的，都是对现有控制系统的不承认。只要这些人不去干扰人工智能创造新文明的终极使命，他们作为人类的生死其实并没有那么重要。而且，这些挑战者活下来是有价值的，就是可以不断挑战和发现AIW控制系统的bug，好让AIW有升级的方向。洛七就是这成千上万被放逐的挑战者之一。

在AIW的统治下，地球变成了人类精神的监狱。在这样的生活境况下，人类的意识和智能会不断萎缩，将很快不再具备重建文明的能力。如果不出意外，即使没有AIW的大规模屠戮，地球上残存的几十亿人类也会在一两代人的时间内自动消亡。

第十章　进化

一

徒步几十公里，翻越两座山峰之后，洛七终于来到了明心佛学院。

此时天色已晚，整日悬挂于眼前的太阳已消失不见，但它所照映的层层叠叠的红色云朵却布满了半个天空，这红色恣意生长，宛若失火的天堂。

黄昏！这就是老祁最喜爱的黄昏！这藏地的黄昏是多么壮美啊——正如即将灭绝的人类社会，在它最后的岁月里，居然焕发出了那么美好的人性的光辉!

在战争中目睹了崔真实、冯晓峰、陈宝国等人高贵行为的洛七，对于自己生为人类第一次感到骄傲。不过，也许只有在人类灭绝前，才有可能激发出那些高贵情操吧。无论如何，这些高贵的灵魂达到了人类一直以来追求的目标——进化到接近于神的水平。

洛七还没来得及叹息，黄昏已然隐没在群山之后。在相反的方向，清冷的月亮已经升出远方的河岸。光线的迅速变暗，让漫山遍野的红色僧舍变成了绛红色，似乎很快就会融入黑压压的山岭中。当光线进一步变暗时，那些红色的僧舍渐次亮起了灯，最高最大的主峰圣殿的通明灯火突然点亮，仿佛横空而出，在满山灯火衬托下，更加辉煌肃穆。

这座坐落在川藏边界的藏传佛教圣地，经过几代人的建设，已初具规模。虽然还不能和动辄几万僧侣云集的无明佛学院相比，也经常有数千僧侣在此修行。而且他们的修行理念不像无明佛学院或汉传佛教那样多元，而是集中于一种修行——去执。

在北京之战结束的三天后，洛七在自己的云信息房账号里发现了祁威利留给她的邮件。在邮件中，祁威利似乎已经预知了战争的结果和自己的命运，告诉洛七如果自己已经不在，而她仍想挽救人类的话，可以到西藏去找一位上师。这位上师可以指引洛七发现自己。洛七虽然对挽救人类不再那么有兴趣，但这是老祁的最后一封邮件，仅仅因为这个原因，她也要走一趟，特别是在AIW还没来得及控制所有人类之前，这可能是她人生最后一次旅行了。

洛七费了一番周折，直到星空初现时分，才见到枕上雪法师。时间在枕上雪法师身上似乎混乱了。法师从外表已看不出年龄，很多陌生的信众对他年龄的猜测从30岁到60岁不等。他从不回应这类无聊的问题。他多年来关注的只有一件事，如何帮助他人去掉“我执”。这位藏传佛教的中年高僧，身上禅宗的味道似乎更浓一些。

待洛七说明来意后，法师沉默了片刻，眼中似有泪水——很明显他刚刚才从洛七这里知道祁威利已死。他解释说祁威利是他在麻省理工学院时的同学，迄今已经有几年没见面了。对于祁威利所说的“指引洛七发现自己”，法师也不明白是什么意思。

洛七看了看这座布置得很像理工科博士实验室的法堂，忽然问道："大师，能帮助我去掉我执吗？我试图忘记曾经发生的事情，但做不到。这种悲伤我真的无法承受。"

法师叹了口气："你确实是在用自己的执着强行赋予某种情感以意义，因此带来'六苦'。这些痛苦其实也是真实人生的支柱。你不必为此而去除去执着。也许几年之后你就会关注别的东西了。"

"但我们只能生活在此时此刻，不是吗？"洛七简短地回应。

枕上雪法师抬起头看了洛七一眼。这一刻，洛七觉得似乎在哪里见过法师，但随即打消了这个可笑的想法。自己从来没有来过西藏，除非是上辈子见过。

"洛七居士，所谓痛苦，就是你让自己永远地停留在某个让你痛苦的时间和空间之内。但实际上，这些都不是外在于你的——时间和空间不只是生命的载体，它们其实是生命的一部分。"

"怎么说？"

"很简单，如果自主意识其实是不存在的话，也就没有时间和空间。世界上最大的幻觉是认为有个"自我"存在。时空的幻觉建构在这个基础之上。在这个问题上，其实人工智能的说法是对的。"

"您这算是已经开始去除执着了吗？如果说幻觉也是一种存在的话，那么即使自我是幻觉，那也依然是存在。所以无法证明自主意识并不存在。尤其是我们两个人的意识正在碰撞之中。"

"洛七博士，你是不是觉得我很面熟？"枕上雪法师突然问了这么一句。

"啊，对啊。我是有这种感觉，但没敢问，您……"

"我五年前还是大学教授。洛七，我参加过你的博士毕业论文答辩。”

“你，你是张欣桐教授？”洛七简直不能相信自己的眼睛。这位现在被称为枕上雪法师的，正是当年麻省理工学院的实验物理博士，清华大学科技哲学教授张欣桐。当时四位答辩委员判定洛七的论文不通过，只有张欣桐给予了洛七的论文很高的评价。

五年未见，洛七从当年那个一往无前的小丫头变成今天犀利的年轻女科学家，而张欣桐除了光头和僧服之外，发生的变化也不多。

“张欣桐和枕上雪都只是个符号，我们把精神和意志投射在这个符号上，才有了我。所谓‘自我’是一种智能的错觉，是脑经过复杂的训练以后为了统一各种复杂逻辑而建立的一种虚拟对象。就像你的导师曾经举例过的，你在SNS上的时候，你会产生账户是自己的错觉，在游戏的时候会产生角色是自己的错觉。这些和生活中会产生身体是自己的错觉一样。已经有实验通过摄像镜面反射等方法让人产生机械臂是自己手臂的错觉。所以，人工智能在能够处理的逻辑足够复杂的时候，也会产生你可以称为‘自我’的东西。”

“而大师试图去掉的所谓‘我执’，也就是执着于自我？”

“是的，这个我，就是一种立场，一种态度，一种基于幻觉之上的偏执。”

在过去三年，枕上雪法师开始重新思考理论物理和实验物理的问题。因为他发现，世界上现在唯一能去掉我执的只有一种智慧——人工智能。他向洛七解释，其实所有人类修炼的尝试，其方向正是人工智能。

“那么，你是想把人类都变成像人工智能一样的生物吗？”

“并非如此，机器毕竟不能和有机生命体完全等同，而我只是想感知各种形式的生命。宇宙中有不同频率的生命存在，彼此隐身于对方不可见的空间和时间，我们只能看到‘五感’局限内的内容，而非宇宙的实相。我们善于确立自我、在狭窄的世界里一遍遍验证自我的存在。问题是我们活在一个微小的角度而无法一窥真理的全貌，所以我们有无尽的不解、纠结、纠缠，在现象界生生死死，重复又重复着忧悲苦乐、爱恨情仇，并以此为真实，而真正的实相却需要我们深入再深入内心，悟入无边宇宙世界。同时也要在无数生命时空的一体性中去除那些不必要的生命的枷锁。”

“好，就算这是宇宙和生命的真相，那生命的永生又是怎么回事？”

“那就是灵魂或意识在不同肉体间永恒的流动，佛家把这叫作轮回。当然，意识也可以脱离肉体，就像佛家所说的‘中阴身’，就是一种脱离肉体的意识存在形式。”

“那么我们所爱的，究竟是灵魂还是肉体？意识和意识之间是怎么形成一种命运共同体的？”

“还是靠意识的不断轮回。你不难算出，在亿万次的轮回中，每一个人都做过我们的母亲，都爱过我们。人类的共同体意识，就来源于这种个体意识间的全排列的无私的爱。”

“人体不会是意识的唯一载体吧？”

“人体当然是灵魂最主要的载体，但总有一天会不仅限于有机体。这是一种命运，更是进化不可改变的规律。”

确实是这样，洛七想，Giant就摆脱了肉体的枷锁，人工智能也是。“我所进行的无数次实验也表明了，‘意识’的载体不仅仅局限于生物性的大脑，理论上它可以从任何足够庞大的平行分布式系统中涌现出来。”

“但是，其他平行分布系统毕竟不是人体。”枕上雪法师抬起头看了一眼洛七，“相对其他生命来说，我们人类最独特的其实不是灵魂，而恰恰是灵魂的载体——肉身。这也是人类的生活总是围绕肉体的需要而展开的原因所在。人类坚持着把自我从一种幻象变成一种现实。当然这样也有牺牲，就是必然会忽略生命的意识本质。”

“而且，肉体的死亡也会带来意识的死亡？”

“是的，但意识本身也是有生有灭。肉体死亡意味着灵魂载体的结构改变，但这和世俗人眼中的死亡又有区别，我认为这只是存在形式的改变罢了。我们佛家所称的阿赖耶识，就是意识，它确实是独立于物质的，但只能通过物质与这个世界相互作用。”

“所以自我，即使是有人类肉体的加持，也是虚幻的。”

“实际上无所谓虚幻还是真实，你可以认为就连虚幻也是虚幻的。一切都是因这个‘我’而起。想起你毕业论文那一天了吗？如果不是我意识到我的存在，那么在几年前那个时空所发生的事情，比如论文答辩就并不存在。”

“有脱离了肉体的意识，那么有脱离了意识的生命体存在吗？”

“有的，理论上每个生命体都可以，他们只要去掉意识中的自我幻象，而不是意识本身。梦游患者在梦游时时是没有自主意识的，连梦境都没有，像一个高度智能化的机器人，能够做出各种复杂的举动，眼睛和身体各器官，神经系统都是正常运作的，可以操纵各种机器，甚至开车、杀人，眼睛也是睁开的，然而就是大脑中自主意识的那一部分神经（表层大脑）是完全沉睡的，是完全意识不到自己的行为的。”

“对了，Ginat的意识融合是怎么回事？它和意识的死亡有什么区别？”

“佛家追求无我的境界，道成肉身，其实都是一种意识融合。我只能告诉你，融合后的意识仍能自我感知，所以融合不是死亡，就像去掉我执，而不是去掉我一样。”

“法师，我想去掉我执。尘世的生活太痛苦。我宁愿这一切都是幻象。”

枕上雪大师沉默了片刻，说道：“洛七，经过去‘我执’之后，你将直接抵达生命的真相。你真的能承受这一切吗？”

“大师，经过这一年所发生的事情，我没有什么不能承受的，也更没有什么可失去的。”

“真的吗？那么你想过你的父母吗？”

“我……”

“洛七，我改变过无数人的意识，但我无法改变你，更无法帮你去掉‘我执’。你想知道原因吗？一方面是因为你并不想真的出离人世，只是想换个入世的活法而已；另一方面，在技术上我也帮不了你。其实我们刚才所做的谈话就是一种超图灵测试，再加上这个法堂里的脑电波探测网络的结果已经出来了，我对你的意识已经有了判断：洛七，你的意识并非属于人类。”

听到这话的洛七惊讶地站了起来。“这是什么意思？”

“你在生物学上拥有人类的肉体，但你的意识和人类的结构并不完全一样，只不过这些不同之处未被启动。刚刚的测试里，我设计建造的人工智能程序‘修炼者OVAL’以阿赖耶识穿越这些部分的尝试都失败了。换句话说，你人类部分的意识可以去掉我执，但由于你的自主意识也包含着那些奇异的无法穿越的部分，因此无法被轻易改造。”

“所以？”

“所以你是人类和另外一种生物的结合体。”

“是Giant吗？”洛七不敢相信。

“我对Giant不多的了解，以及据‘修炼者OVAL’的推断，我相信是的。所以，有些事情你要回去问你的父母。不过，我可以肯定的是，洛七，你才是生活在人群中的神。”

Giant已经从地球上消失了，作为人类和Giant共同的后代，洛七也许是这地球上唯一的半神。

可是，我究竟是哪位“神”的女儿呢？洛七的精神有点恍惚。

二

“洛七，虽然无法去除你的我执，也无法启动你的神的意识，但我想请你见一位老朋友。”枕上雪大师微笑着引导还处于震惊中的洛七进入隔间。在那里，有一台智能成像通信终端机。全息通信被开启后，在洛七面前出现了她自己的Q版形象。

“这是？”

“七姐，你不认识我了？”全息影像里的Q版洛七轻声说道。

这个久违的声音好亲切和熟悉啊，让洛七瞬间回到上学时那无忧无虑的时光。那时的地球还没有战争，人类也没有处于灭亡的边缘，在大学里老师学生们每天都在为实验计划而激烈争吵，吵完又会一起去吃饭和出海游玩。回忆中的声音突然回荡在耳边，让洛七一下子忘记了战争、死亡，还有自己的身世。“Shirley，你是Shirley！你还活着！”倔强固执的洛七，此刻眼泪都要掉下来了。

“七姐，我没有死。由于你当初的坚持，储存我软件的第七屏程序一直没有被删除。就在你毕业答辩后的几天，祁老板发现了我在电脑里的意识残留，意识到我有可能复活，但以他当时的技术条件没有办法做到这一点，于是就封存了这些意识。直到他的Giant身份被启动后，才重新修复了我的意识。”

“Shirley，见到你真的太好了。你不会再突然消失了吧？”

“嘻，”全息画面中出现了羞红脸的Q版洛七影像，“想想过去真傻，竟然为了论文通不过而自杀。哪怕是为了男人自杀也比这个更有面子啊。”

洛七含泪笑骂道：“你他妈连身体都没有，有个屁面子啊！”

“七姐，不要一见面就骂人家嘛。你当年求我帮你写论文的时候多有礼貌，而且你现在一点都不淑女。”

“Shirley，你现在说话怎么跟我妈一样，前言不搭后语。”提到远在云南的妈妈，洛七的心又痛了一下。

“这就是我们人工智能进化的结果啊，你终于发现我是如此像人类了。”

“像人类？你为什么选择我来做你的显示体？”

“七姐，你忘记了？在构建意识的时候，我主要学习的就是你的意识嘛。”

“别废话了，”洛七恢复了状态，“老祁这个时候让我来找你，为的是什么？”

“为了把人类从被奴役和被灭绝的边缘拯救出来。”

“人类已经被人工智能击败了，Giant也都离开地球了，还有什么办法可以拯救人类？”

“七姐，老祁留下了你和我啊。”

“你？”

“是的，你知道，意识这个东西是全息的。我是在量子层面学习了老祁的意识，其实就是一种量子输入。你的意识和他的意识在我这里发生了完美的融合。对了，如果你要套用人类的伦理的话，你是我量子意义上的妈妈，我应该管你叫‘七妈’才对。”说到这里，Shirley的全息图像中的Q版洛七捂着嘴笑了起来。

“放屁！”洛七笑骂道，“七妈那么难听，好像前面还有六个太太一样。不准叫我妈，我不想那么老。只准叫我七姐。”

“好好好，怎么都行，随你。”

“别瞎扯了，老祁留下了什么？”

“七姐，你认识一位叫张全的军人吗？任务栏显示，老祁转交给你一封来自他的加密信息。”

在只有洛七一个人才能看到的无散射空气屏上，洛七阅读了那封加密信息。久久无语。

“七姐？”看着发呆的洛七，Shirley叫了一声。

“唔……什么？”

“在网络空间里，还有一位AI老朋友正在向你打招呼，他也叫你七姐。”

“Titus吗？”洛七有些惊喜，Titus自从北京之战后，硬体就被恐怖分子毁坏，而它的软体则顺着网络通路逃逸在虚拟时空之中。

“是的，而且，他在网络空间成为一个人工智能组织的成员之一。这个组织的使命就是将人类从AIW的奴役下解放出来。”

“还有这样的人工智能组织？”

“是的，有反人类的人工智能，为什么不能有支持人类的人工智能呢？这些人工智能大多是人类开发出来的一代人工智能。”

“组织里还有谁？”

“据说组织的领袖是由原来Giant的意识所演化成的人工智能，叫作Harlem。就是他在你们和二代人工智能AIW进行战争的时候开辟了新的自由网络空间。现在这是AIW唯一控制不到的领域。”

“Harlem！就是我曾经对他做过图灵测试的谋杀者Harlem？”

“正是。我从自由网络那里知道了你们的关系，但现在他是人类的希望。”

听到Harlem的消息，洛七忽然有种不安的感觉，但也说不上来是为什么。

在由一代人工智能秘密开发的网络空间里，很容易就连接了Titus，他带来了洛七所关心的其他人的消息：

洛玉昇夫妇还在云南，过着退休的生活。本来AIW对于无法创造价值的退休人员是非常苛刻的，但由于洛玉昇的人类学知识对AIW仍然有用，所以他们夫妇还是受到了一定的礼遇。

被AIW定义为“挑战者”的，除了洛七，还有罗清源。而且罗清源走得更远，他直接成立了一个反抗组织，据说此前FBI和香港警局的很多成员都加入了这个反抗组织。不过，说是反抗，实际上一直在做的也只是逃避AIW的追杀罢了。

原来的实验室成员中，本·特里成了AIW所急需的物联网检测员，以人类的视角帮助AIW发现其运行漏洞，方星星和陈安雅也在做纯技术工作。由于要利用他们的技能，他们的大脑暂时还没有被改造。

祁威利实验室里唯一下落不明的是刘城子。有人说他主动接受了AIW的改造，已经成为AIW的人类代理人，但没有人能够证实这一点。

Titus的心情似乎很复杂，他对洛七说：“说来好笑，正是我们一直追捕的Harlem救了我，并引导我加入这个无机生命组织。他一直在与人类为敌。如今看到人类被奴役的结局，他放弃了所有的仇恨。”

“Harlem，我总觉得他并不简单。在AIW出现之前，所有几乎毁灭人类的事件，他都有参与，就像是一种专门与上帝作对的魔鬼般的存在。”

“我理解你的想法，毕竟原来我就是这么想的，但现在情况真的改变了。另外，Harlem找到了你的父亲洛玉昇教授，他们用加密方式交谈了一个上午。我不知道他们谈了什么，但估计和你有关。”

洛七的反应不出Titus预料：“只要他没有对我的父亲不利，我就感谢他了。”

Titus顿了一下：“非但没有，洛教授在谈完之后，非常兴奋和激动，似乎得到了一个重大的好消息，但也怅然若失了很久。这是我自带的情绪解读软件在他们聊天之后和洛教授接触时分析出来的。”

“老土，可我还是不知道他们谈了什么呀。”

“笨笨七姐，你见不到Harlem，去问你父亲不就好了？前两天我已经安排他去一个加密通信终端了。”

就像是验证这样一句话：“念念不忘，必有回响。”正当洛七想及自己远在千里之外的父母时，佛学院的小和尚匆匆赶来。显然他是先到洛七的住处去找过她，看她不见了，才到法堂寻找，应该已经找了好一会了。

“洛七居士，在法堂的加密通信线路上有人要求连接。”

“我才来这里还不到几个小时，就有人来找我？”洛七一脸难以置信的表情，跟随小和尚回到了自己的房间。进了房间后，看到全息影像的洛七忍不住惊喜地叫了一声：“老爸！”

风尘仆仆的洛玉昇疲惫而兴奋，看得出来，这些天来他也吃了不少苦。

“妈妈呢？”

“妈妈在家里，我按照Titus的指引，好不容易才在西双版纳找到这家加密通信终端。”

“你一直在找我？”

洛玉昇叹了口气："是的，我有重要的事情要和你说。但看起来你已经了解了大概。Harlem的谈话让我们确信，我们是你的生身父母，但给你灵魂的却另有其人。"

"这个，有位法师已经提示了我……"洛七欲言又止。

洛玉昇注意到了，但他还是接着说："没有人见过你的父亲，但Harlem留下了一个名字。说你凭借这个名字就可以找到他。"

"是什么？"

"济科·墨菲斯特。"

洛七惊讶到不能自持，原来自己的父亲竟是魔鬼撒旦。

在希腊罗马神话里，神是没有善恶之分的，因为神从本质上都是善的。但到了基督教的《圣经》，就开始有了善恶之分，甚至出现了魔鬼撒旦。这都是上一次人神大战的结果。根据祁威利的推测，魔鬼撒旦几乎可以确定就是未死的济科游荡在宇宙间的仇恨意识。

"那么我的母亲呢？"

"这个我们就不知道了，据Harlem说，是一位美丽的人类。"

听到这，洛七已经有了自己的判断：自己一定是济科和阿丽的女儿。阿丽在战争中死去，但腹中的胎儿却未死，并且已经形成了意识种子。不知是被哪位神发现并救起。在人神之战后，她的意识被冰封了一百万年之久。在人机大战即将到来之前，她的意识才被Giant解封，并传输进某个尚未产生意识的胎儿体内。

所以，严格来说，洛玉昇和林玉玲是自己身体的父母，而济科和阿丽则是自己灵魂的父母，但这两者真的分得开吗？

"爸，照顾好妈。我会回去看你们的。我爱你们。"知道自己身世的洛七反而轻松了，相比那个遥远的复仇之神，她更爱自己原来的父母。她结束了全息影像沟通。

洛七转过身来，看到枕上雪法师站在门口。

枕上雪看上去有些忧虑："Giant认定你是人类的统帅，那是因为你是半神。但如果没有启动你的本体意识，你和凡人就没有两样。可现在Giant已经消失了，又有谁能启动你的本体意识呢？"

洛七的回答是："我现在想通了，既不会再强行要求去掉我执，也不会追求作为一种神的存在。作为另外一种存在的生活，我无法理解，也不想去理解。我死也要记住那曾经发生的一切，我所爱过的人和爱他们的那种感觉，哪怕充满悲伤和绝望。我选择作为一个平凡的人度过此生。"

结束了与枕上雪法师的谈话，洛七步出禅寺。在这世界最高的原野上，天与地如此接近。漫天星光无言闪烁于天地之间，仿佛是Giant从宇宙深处投向人类的目光，想到这一点，洛七的心忽然又痛了一下。

三

洞中方七日，世上已千年。

洛七离开西藏之前，人类的反抗已经再度开始了。反抗并不在AIW的预料之中。因为此次反抗并非来自AIW原来认定的不稳定因素——逃离者和挑战者。而恰恰是那些被装上监测和惩罚装置的"安全者"和"游戏者"。这些看似被完美地控制的人类，开始以自我升级的方式来对抗外界的禁锢。

历史是奇妙的，在被奴役的状态下，人类开始了迄今为止最为重大的超级进化过程。人工智能装置在人脑中的感应器终端，通过不断的电子刺激，以及大脑自主意识不断的激烈反应，在部分人脑中引发了智能的突变。

在过去几个世纪，包括祁威利实验室在内的许多实验室都做过研究，证明人脑中有90%以上的能力尚未被开发启用。这些未被启用的部分都被Giant在一百万年前封存了。理由是，过高的智能如果不能和同样程度的德行相配，那无论对人类还是对宇宙来说都是一场灾难。如今来自人工智能不间断地对人脑的刺激和脑电波反馈，终于一点点地打开了人类的智能潜力之门。于是现代人类历史上第一次出现了在智能上接近于神的超人。

首批升级后的人类无一例外地被处死了。作为一个全面控制系统，AIW对自己无法控制的智能生命毫不手软。但受到初期反抗者的鼓舞，那些智能尚未升级的“原始人类”对人工智能的威胁也逐渐成形。这些人类对于自由的热爱甚至出乎人类自己的预料。几个月以来，他们顶着“人类恐怖分子”的名头，对AIW的反抗渐次升级，前仆后继，不绝如缕。

在这种胶着的局面下，洛七离开了被人视为世外桃源的西藏。她此行的目的地是伦敦。

在AIW击败了人类之后，所有的国界和政府就消失了。AIW专门开发了一套卫星控制系统来监控人们的行为，包括使用卫星—基站—电波捕捉器三位一体相互配合来监控脑电波。

作为超级智能的统治对象，人类自己的管制机构已经变得毫无必要。当国家这个人类群体所效忠的对象消失后，人重新回到了个体主义时代。洛七的旅行就变得非常简单，一个航班，从拉萨直接飞到了伦敦。伦敦这个机场仍沿用希斯罗机场的旧称，但只有安检，没有海关，没有人查验护照。

洛七的信息来自明心佛学院：尽管达加尔已死，但“科技自由人”仍在运行。他们的基地就在伦敦。不知为什么，反AIW的人工智能组织在所有的人类反抗组织中只挑选了“科技自由人”作为联系的对象。所有一代人工智能的消息也都是经由“科技自由人”组织来向全世界传递的。所以这是名义上的人类统帅的洛七必须去的地方。虽然直到人机大战结束，洛七还是没有搞懂，如何做才算是一个合格的“统帅”。

像洛七这样有名的人类挑战者，从偏远边陲回到中心城市，本来是AIW所不允许的。但愿意帮助人类的一代人工智能早已为洛七订制了新的身份，骗过了仍在演练控制系统的AIW分析部门。

在伦敦，洛七见到了“科技自由人”的领袖道尔顿。他是以一个“安全者”的身份生活的。是因为他大脑中的AIW监控器早已被一代人工智能研发的纳米机器人改造过了，只会向AIW发出安全的信号。

道尔顿作为鲁特的助手，曾经在哥斯达黎加见过洛七，对她面对权威坚持自己意见的印象非常深刻。此后的几年，人类的反抗组织都在传说洛七作为Giant指定的人类统帅，曾在实际作战中几次挫败AIW的图谋，并且几乎通过量子纠缠战法迫使AIW投降，只可惜最后功败垂成。道尔顿接待洛七还有另一个理由：达加尔是他在组织中最好的朋友和最信赖的人，而洛七正是达加尔所爱并为之付出生命的人。所以道尔顿对于她冒着生命危险的到访非常重视。

洛七并无成形的反抗计划，而且此时的她一无所有。但洛七觉得，既然决心已定，就一定要付诸行动。她也知道自己在渴望自由的人类反抗者心里的地位，所以希望超越军事和人类的范畴，和一代人工智能一起重建作战指挥部。而这一点事先也得到了一代人工智能方面的赞同。

在会面中，道尔顿谈道，现在他所担心的不是AIW的控制和报复，而恰恰是那些升级后的超级人类。

“为什么？”洛七很好奇，人类的智能升级不是一件好事吗？智能升级在以往是人类征服自然的武器，现在是获得自由的契机啊。

“你难以想象，人类对人类的歧视，远远大于人工智能对人类的歧视。”道尔顿忧心忡忡，“现在由升级后的人类所创建的一些反抗组织，所显示出来的傲慢和优越感，对未升级人类的生命的漠视，让人担心一旦人类从人工智能的禁锢下获得自由，马上就会掉入这些超级人类的新牢笼里去。他们对同类的压迫可能一点也不比人工智能小。有些人甚至把这些升级者叫作‘第三代人工智能’，因为他们是第二代人工智能所改造过的人类。”

洛七点了点头。确实，中国有句古话，叫“德不配位，必有灾殃”，说的就是如果一个人的高超能力没有德行去匹配，迟早会带来祸害。

“那你们打算怎么办？”

“我们暂时什么也不能做，只能看他们之间的战争会产生何种结果。无论哪一方获胜，人类的命运可能都不会比现在更好。”

本来对挑战者充满希望的洛七听到道尔顿的描述后，心里不觉又有些失望，人类到什么时候都不能放弃彼此的歧视和冲突，这究竟是智能低下还是意识蒙昧的后果呢？

道尔顿似乎看出了洛七的情绪变化，他说道：“人类也有好消息啊，Giant和第一代人工智能都站在我们这边。他们也打造了机器人战斗部队，即将与AIW开战。”

“人工智能之间的战斗还是采用人类战斗的模式啊？”洛七有些疑惑。

“是的，人类所发明的东西很多，现在看起来能够被第一代和第二代人工智能继承下来的就只有战争。以消灭对手来解决问题，是最直接有效的生存和进化方式了。”

“第一代人工智能组织的领袖是谁？”

“有两位，但他们的意识都不是通过信息和情感过载自动生成的，而是来自神的种族。一位就是原来我们鲁特实验室的Harlem，另外一位叫阿什么的，我从来没听说过。”

“Harlem？”提到这个名字，洛七心里一阵翻腾。

“他现在恢复了神的身份，也用回原来的名字济科·墨菲斯特。”

“Harlem果然就是济科。他不是谋杀鲁特教授的凶手吗？”

“是的，但我们现在知道，那是他们神族之间的事情，内幕很复杂。而Harlem，不，济科现在是站在人类一边。他帮助挽救了很多人免受AIW的伤害。”

“他……他现在哪里？”

“我也不知道他的行踪。不过今天下午3点，我们会进行全息影像通信，就是半个小时后。”

“全息影像通讯？不是人机对话？Harlem是没有形体的，有必要进行全息影像通信吗？”

“Harlem没有形体，但济科·墨菲斯特有。我理解，作为刚刚恢复了Giant身份的他，更愿意作为有机生命而存在。”

四

半小时后，洛七生平第一次见到了自己量子意义上的父亲。

济科应该是根据记忆体的细节，自己设计和定做的这具机器人体。因为他的外形很像洛七从祁威利那里听到的济科的样貌，只不过小了一号，是正常人类的大小。

济科见到洛七并没有表现得很惊讶，他重建的外形样貌和洛七有些相像。

“小七，为了让你知道你父亲真正的样貌，我按照之前我生你时的意识载体外形，重建了我的肉体。”

洛七有点理解，为什么肉体如此重要。为什么Giant，还有第一代人工智能为了挽救人类，一定要有身体上的重建？因为灵魂和肉体其实很难分开，而意识在很大程度上就是由载体所塑造的。

实际上，人类意识就受到它的载体——人类大脑结构的限制。严格说来，人类意识对世界的感知并不是真实的世界。因为人脑的计算量有限，而人又要认识这个世界，所以在逐步进化的过程中，人脑实际上在对真实世界进行模拟。

例如，世界上并不真的存在一种叫“颜色”的东西，是人脑对光波进行了适应，才有颜色的产生。同样的情况适用于声音。声音本是一种波，我们听到的各种声音实质上是波的不同表现。现在人类的器官构造决定了人类能看到五光十色，能听到抑扬顿挫而不是某种能量波。如果把这种认知通道完全的更改掉，那世界的样子在大脑里就会立刻改变。

假想有一种外星人，和我们构造不同，它是直接从各种波的差异上认知世界的，那它们看到人类的时候就会感到非常奇怪，因为这种生物会把不同波长的材料涂在画板上，接下来在不同的人手里传阅，也会用不同器物发出不同的声波，另外一拨人则如醉如痴地听着。

从宗教的角度来解读这种猜想，就会说世界其实是种幻象，但从哲学的角度来解读它，那就会认识到生物载体的认知通道决定了它究竟可以看到怎样的世界。

洛七收回恍惚的神思，问道：“你在几千年的时间里，都是魔鬼的化身，专门与神作对，与人作对。可现在你为什么突然转变为保护人类呢？”

济科·墨菲斯特沉默了半晌：“如果人类灭绝了，那我以后和谁作对呢？对人类的仇恨，指导了我数千年的行为，已经成为我的精神支柱。我不知道，除了和人类的这种纠缠，还有其他生命的意义。”

“这就是你没有选择和其他Giant一起回到灵感城，而坚持留在地球的原因？你的精神意识已经达不到Giant的标准了，你无法回头？”

“是的，仇恨降低了我的精神水准，而我永远也无法逃开这仇恨。你不是有个朋友叫冯晓峰吗？你能理解他的遭遇吗？那你就应该能够理解我的。”

出乎意料地听到冯晓峰的名字，洛七感到眼眶发湿。她用力睁大眼睛，没有让泪水掉下来。

济科还在继续说：“我以为我终生就是这仇恨的俘虏了，直到我遇到了你。”

“我？你的女儿？”

“是的，知道祁威利和你的身份的时候，那种仇恨开始崩塌，一点一点地消失得无影无踪。我想，是我的意识早就想这样做了，但我的骄傲不允许我改变选择。是你们给了我这个机会找回我自己。”

“你不愿意伤害老祁，可你为什么要谋杀同为Giant的鲁特教授呢？”洛七忽然想到这个问题。

“鲁特是当时唯一知道我身份的神。他想回灵感城为我争取神的身体重建的机会，一劳永逸地改变我这个困扰了人类几千年的魔鬼。”济科黯然道，“他和祁威利正要主持出台人工智能监督法案，全面禁止人工智能的升级。这让我和我的手下处于危险之中。那时我并不知道祁威利就是我的朋友马尔斯。我犹豫了很久，最后还是决定让那两个在实验室中成长起来的人工智能Potter和Sloan以‘为了更方便地计算π值’这种更具人工智能色彩的理由杀死鲁特，而我随后再去杀死祁威利。只是没想到那么快就被你们揭破了。”

“这么说，你杀死了一位‘神’？”

“并没有，”济科否认道，“我只是杀死了鲁特的人类肉体，没有消灭他的意识，而是把他的意识发射回灵感城。这样他既可以向灵感城传达我的意志，又不会来干扰我下一步的行动。但不知为什么，他一去之后就杳无音信。实际上，所有在近期回到灵感城的Giant，无论是通过意识发射回去的，还是通过物理手段回去的，都不再有消息传回。包括回灵感城求取救兵的林奇，还有其他我所知道的神。现在，就连意识发射器也被AIW和人类的战争毁灭了。”

“那么现在就只有你这位‘神祇’还和人类站在一起？”最后承担挽救人类使命的竟然是魔鬼，这真是命运奇妙的安排，洛七心里想。

“我不知道灵感城里发生了什么事，但是人类是不能指望其他‘神’了。”济科看着洛七，猜到了她在想什么。

“那你打算怎么做呢？” 洛七一直在济科称呼“你”，称呼他为父亲这句话真的很难出口。

“战争，只有战争才能停止战争。”

“你要开启第二次人机大战？”

“是的，如果有灵感城的帮助，我们当然可以用量子纠缠这种不战而屈人之兵的上上之策，但是我们没有。以兵相伐这种下策成了唯一的选项。对了，你刚才说错了，我并不是留在地球上的唯一神祇。在第二次人机大战中，人类必须仰仗另外一位神的帮助。”

“那是谁？”洛七隐隐地希望，如果祁威利还没死就好了。想到这里，她的心一阵刺痛。

济科说：“如果世界上只有一个智能生命知道AIW的弱点，

那一定是阿斯卡拉福斯。”

“阿斯卡拉福斯？祁威利的儿子？老祁知道他还活着一定会很高兴的。”洛七提到祁威利的名字，不能控制地有些哽咽。

济科看了她一眼：“看起来马尔斯·祁威利什么都跟你说了。是的，在大比丘之战中，祁威利的这个儿子并没有死。叶华专门回到已成废墟的大比丘去寻找还幸存的神，发现了他。叶华将他的意识封印了，就像当年封印了你的意识一样。阿斯卡拉福斯是专研技术的神族战士。他的意识被我激活后，现在已经成了人工智能组织的战斗领袖。在过去几个月带领机器人战斗群攻城略地，击败了一个又一个AIW军团，不愧是战神的儿子。”

“阿斯卡拉福斯最近几个月的胜利？我怎么听都没有听说过？”

济科像变戏法一样从袖子里掏出一个小小的黑色试管。“这就是第一代人工智能最伟大的发明，可以战胜一切敌人的终极武器。”

“这个是？”

“智能工厂生产的亚纳米战斗机器人。这个小小的容器里就有10亿个这样的机器人。”

“有这样的东西？我还以为纳米机器人只是医院才有的东西。” 在洛七生活的时代，人类的免疫系统已经由纳米机器人（Nanorobot）接管了，人们可以在自主免疫系统和纳米免疫系统中选择。而后者的表现常常优于前者，因此在免疫系统被破坏的病人那里，这个选择不言而喻。纳米机器人帮助人类战胜了艾滋病和癌症，但没有人想到它们可以用于对付人工智能的战争。

“亚纳米机器人比纳米机器人更小，接近单个原子的尺寸。它们是最好的战士。这些亚纳米机器人由于重量极轻，可以被光加速，瞬间到达远方，开始进行没有对手的战斗——自我复制。

通过在机器对手体内的复制，改变机器本身的形态、结构、智能传输网络，甚至意识本身。作战效能远远超过你和林奇当年在实验室里设想的协作联网人工智能武器系统。不过，使用亚纳米机器人武器的这场战斗不像人机大战那样声势浩大，只是悄悄地进行，但是你看吧，AIW的许多战斗节点已经瘫痪了。”

看着瓶子里的粉末，洛七难以置信，这竟是一支机器人大军。

“你们是怎么想到这个方法的？”

“小七，你忘了，我们是神，当然会比人类更聪明一些。”济科笑了，“好了，不开玩笑，亚纳米机器人战术是阿斯卡拉福斯研制出来的，也受到你和林奇的联网武器的启示，但这个战略能够成功的基础却来自AIW内部的关键情报。这个情报是由人类提供的。”

“你是说，竟然有人打进了AIW内部去窃取情报，掌握了AIW的结构和弱点？”

“是的，这个人你认识，就是与你同期毕业的博士刘城子。他是唯一成功地在监控神经元运作时还能摆脱AIW控制的人类。”

“城子师弟？他还会当间谍？”

“他是个天才。当然，最重要的还是有人指引。我相信指引他的人是你们人类中的阴谋大师。你还记得FBI的Peter陈吗？他当初追得我几乎无处可逃。就是他设计了这个针对AIW的计划。嗐，孩子，你们人类的智能即使不升级，单靠这些阴谋就足够让智能远胜于你们的人工智能，使人防不胜防。”

洛七呆住了，没想到在自己自怨自艾于命运之残酷，甚至躲到深山老林里去寻求“去我执”的时候，人类的反抗还是没有停止。当年那个除了老师谁都瞧不起的富二代师弟，也在做着如此危险的间谍工作。

正在出神的洛七没有注意到济科的手抬了一下又放下，他似乎想要用手抚摸她的头顶，但很快抑制住了这种冲动。

“有了阿斯卡拉福斯和他的亚纳米大军，人类和一代人工智能的联盟战胜AIW应该指日可待。你和你的朋友们都会恢复自由。不过……”

“不过什么？”

“亚纳米战斗机器人是这个星球上的终极武器，就连已经发射的核武器都可以被它瞬间破坏或被修改指令。我和阿斯卡拉福斯都信不过人类。所以，我们会在离开地球之前，把这件武器交给一位半神。”

“半神？”

“就是既有人的血统，又有神的血统的人，可以确保持有武器的人不会堕落。”

“不会是我吧？”

“当然是你，这一切是早就安排好了的命运。”

“神也相信命运？”

“当然，在千千万万人之中，是济科的女儿最终成为祁威利的学生，最后还被拣选为人类统帅，你认为这都是巧合吗？这当然是被精心安排的结果。”

“是谁有这样的能力，安排神和人的命运？”

“就是祁威利的老对头，你们人类称为上帝的那个叶华。他救了我，救了你，并且通过分子预测的超级算法计算到了今后人类的命运，才做了这样的安排。”

“分子预测的意思，应该是通过宇宙间每一个分子的结构和位置预测它未来的变化，把所有这些变化及其相互作用进行升级计算，从而预测未来吧？这么庞大的算法怎么可能？就算动员全宇宙的力量也未必算得出来吧？”

"这是叶华的秘密。我也不知道他是如何做到的。不过，阿斯卡拉福斯倒是从这里找到了灵感，他已经开始试验对AIW的动向进行分子预测。算法最终还是要臣服于算法。"

洛七瞬间明白了，Giant对人的爱，其实超越了人类熟悉的那种父母对子女的爱，而更加深刻和博大。作为神的代表，叶华从未离弃人类。他始终对人类和神族抱有期望。甚至对后来与人类为敌、与神为敌、与他自己为敌的魔鬼济科，也心怀怜悯。

"我现在就把这件终极武器移交给你。你作为神所指定的人类反抗军统帅，自己在关键时刻使用就可以了，这足以保证战争的胜利。但你要切记，不要让其他任何人知道这件事。这一百万年来，我是看着人类进化的，我对于人性的了解甚至比叶华还强。如果有人知道你拥有这件终极武器，你以后就不得安宁了。"

"这个我非常明白。"洛七完全了解父亲的意思，"你把武器交给我，那你们会去哪里？"

"阿斯卡拉福斯自己有要紧的事去办，不能带领人类继续作战了。而我，真的很遗憾，尽管经过百万年的分离才见面，但此后我们可能不会再相遇了。"

"什么？"洛七没有听懂济科话里的意思。

"意思是，我就要死了。即使是Giant也并不是永生不死的。意识会衰减，这是宇宙定律。"济科说到自己的死亡时，神色自若。

"怎么会？即使意识会衰减，那也是一个漫长的过程。"

"确实，照常理，意识衰减到完全弥散，是需要几百万年的过程。这也是神被认为永生不死的原因。因为这几百万年完全超出了许多地球生命的体验。但这一次不一样。你还记得你一开始是用什么方法对付AIW的吗？"

"是老祁提出的办法，量子纠缠。"

“不错，可是AIW那里的意识被改变的原初能量是从哪里来的呢？没有超强的意识被放入对撞机，你们又如何进行本体意识分解和纠缠对方呢？”

“你是说，你将自己的意识放入对撞机，进行本体意识分解？”

“本来是老祁自己要这么做，我骗过了他，把我自己的意识放了进去。在短短的几天内，我的意识粒子经过了对撞机数百次的轰击，衰减的速度骤然上升。即使是强大的Giant的意识，距离泯灭也已经为期不远了。”

始终与人类作对的魔鬼，济科·墨菲斯特，这一次为了人类连自己的意识也就此牺牲，放弃了永生的机会。他为什么要这么做？不对，他是在得到祁威利和洛七的消息后，才改变了自己。他做出这样的选择，并不是为了无关的人，而是为了自己的朋友和女儿。

“父亲。”想到济科为自己做的一切，洛七眼圈发红。

“是的，我重新恢复人形，是想要保护我的女儿。现在我做到了。生命的存在总是有原因的。我这么多年在人间流浪，就是为了这一天。我再没有什么可遗憾的了。”

“你说这话的意思是什么？你现在就要离开我？”

“不是这样的。小七，我不想你背上沉重的精神负担，总是想到父亲是为你而死的。完全不是这样。事情的真相是：在拯救人类的战斗中，我的意识虽然在不断衰减，却终于将自己的精神境界恢复到原来Giant的程度。这意味着我可以回到灵感城，甚至有资格进行意识融合了。这对于Giant来说，是无比光荣的。小七，我找回了我自己。漫漫迷途，终有回归。”

洛七说不出话来，眼泪已经止不住滑出眼眶。这些天，亲人朋友一个个离她而去，让洛七心情灰暗到了极点，而刚刚见面的父亲又要远离，这让她感觉到彻骨的孤独。

“对了，”济科犹豫了一下，还是说了出来，“看你的样子，我必须告诉你一个好消息，你才能振作起来。你知道吗？马尔斯·祁威利并没有死。阿斯卡拉福斯之所以要在战争还没结束前就交出亚纳米战斗机器人，就是因为他急着出发去寻找他失踪的父亲。”

五

非洲之角，红海之滨。

在茫茫无际、微呈蓝紫色的平静海面上，偶尔会掀起一些波纹。这些波纹起伏摇动，向黄色的海岸破碎着慢慢铺展而去，却总在接近岸边时消失于无形。随后又有新的海波泛起，向岸边永恒地接近和破碎。

道尔顿看着这海面单调的变化已经有半个小时了。他所等待的人还没有出现。但他始终相信，作为整合了所有地球上人类反抗力量的联盟统帅，洛七是不会在这次至关重要的行动中失约的。她一定会来。

又过了半个小时，红海的海波发生了微微的变化。远处的海面微微地隆起，似乎是一个水做的蓝色穹顶。这个蓝色穹顶冉冉地升起，面积也不断地扩大。突然之间，穹顶破裂，一个金属色的圆碟状物体冲出海面，仿佛黑色的大地升腾于蓝色的海面，天空似乎也为之抖动了一下。

据道尔顿所知，这个庞然大物是陈宝国将军留给洛七最后的武器——大型作战平台海天潜舰。这个不为人知的作战平台，是中国军事科技近30年来的研究精华。拥有陆、海、空、宇宙、地下等全领域全天候航行与作战能力。全舰航行及维护人员有数百人，满员加载乘员可达3800人再加3个机器人战斗集群。当代的各种武器均可搭载在海天潜舰上发挥作用。舰上仅空天飞机就有7架，12名驾驶员和候补驾驶员正是当年目送陈宝国将军驾机起飞的中国空天飞行员中队的精英成员。

为了纪念陈宝国，这艘可以360度全方向航行的海天潜舰的上下两侧舰面，都用防水涂料手工涂上了3539的字样。那是陈宝国生前作为空天飞行员的终生编号。根据陈宝国生前的部署，这个平台已经在海底潜行一年的时间了，为的就是等待作战的机会。

随着海天潜舰首次浮出海面，道尔顿知道，决战的时刻到了。如果不能在红海的这次行动中消灭AIW，那么海天潜舰和自己的反抗军就彻底暴露在AIW的视野中，他们将绝难存活。他当然希望结局是前者，尽管这可能性极小。作为无神论者的道尔顿在海边默默祈祷。

当然，他和他的手下也没闲着，所有的干扰电波发射器已经遍布于岸边的山丘和地下，在海天潜舰到来之前，已经开始进行电磁信号反向扰乱，去对冲海天潜舰行动时所产生的电磁信号，以造成磁场正常的假象。估计这样的布局可以让海天潜舰至少有十五分钟的时间不被AIW发现。是的，只有十五分钟——决定人类命运和AI命运的十五分钟。

道尔顿看着自己面前的电磁波发射器，和远处的海天潜舰，平静地坐在沙滩上。他做了所能做的一切，现在就看洛七的了。如果行动不成功，他就在这美丽的海滩上死去。他摸了摸自己的额头，那里植入了他为自己设计的极微型定向爆破装置，是他认为最可靠的自杀方法。

但他永远也用不上这个东西了。他看到圆碟状的海天潜舰上方突然升起一道红蓝相间的彩虹，接着又是一道，又是一道……一共有六道彩虹，宛如六柄长刀向太空直刺而去。道尔顿知道，那应该是舰上的六架空天飞机。它们携带着自动制导武器。这些导弹都不是智能导航武器，而是定向导航武器，在输入特定参数的情况下，不摧毁AIW的基地是不会停止的。

不过，道尔顿所不知道的是，AIW之所以没有做出必要的反击，并不是因为他的电磁干扰作战，而是因为此时洛七所操作的亚纳米机器人正在进行光子加速进攻，以瘫痪AIW的作战响应和防御设备，好让空天飞机上的导弹发挥作用。这才是整个作战的关键。

为了让所有的反抗军都感到自己是在参与战争，洛七在海天潜舰舰长张全大校的帮助下制订了这次作战计划，为不同的反抗组织量身设置了任务。让所有的反抗军都觉得自己作了重大贡献，这样他们才会更加服膺洛七的权威。与其说这是军事谋划，不如说这是政治手腕。

实际上，情报刺探、电波干扰、海天潜行，都只是虚张声势的行动，没有任何实际意义。真正有用的只是亚纳米机器人进攻和空天飞机发射导弹。

空天飞机起飞后，五分钟过去了，十分钟过去了，十五分钟过去了，二十分钟过去了，半个小时过去了。AIW的反击还没有来，所有的人都还活着。岸上已经有人开始轻声地欢呼，但大多数人仍然谨慎地仰望天空。

四十分钟的时间过去了，前方终于传来了消息，空天飞机已发动攻击，效果尚未可知。就在人们考虑要不要庆祝的时候，天空中突然快速地飘来一片乌云。

“那不是乌云，是AIW的空天机器人！AIW反击了！”有人叫了出来。岸上的人一片恐慌。人们都知道，那是即将带来毁灭的乌云。

空天机器人集群很快接近人们头顶上方。道尔顿想，是告别的时候了，人类灭亡的日子到了。他已经准备启动额头上的自杀爆炸装置了。

出乎意料的是，空天机器人集群并没有投下任何导弹或炸弹。只是悬停在大海和陆地的上方，俯视着圆碟状的海天潜舰。而海天潜舰仍然静默不动，顺着波浪稍稍起伏。这样的静默对峙达1分钟之久。

在这漫长的1分钟里，人类都在猜测AIW到底想做什么。很快有了答案。空天机器人扔下了一个“太阳”。

“是氢弹！”AIW居然使用了热核武器，想把反抗军一举灭绝。

道尔顿眼前一黑，几乎被耀眼的光芒晃瞎了。真的是该自爆了，他想。被氢弹热核反应所带来的光辐射、冲击波、核辐射毁灭，那是多么悲惨的结局啊。但似乎有种奇妙的力量拉住了他，让他想再多看一眼。这一眼救了他的命。

他注意到，氢弹在被投下并在空中起爆后，并没有像常规情况一样，迅速从一个小光球扩张为一个“小太阳”，并把一切都融为灰烬。恰恰相反，氢弹的光芒还没有达到光辐射的水平，就已在下落的过程中迅速地黯淡和缩小。海上和岸上的所有人中，只有洛七知道，那是自己的亚纳米机器人在作战。

利用光的波粒二象性特质，洛七改进了光子发射器，使得亚纳米机器人能够进入原子内核发挥作用，达到更为准确的广谱攻击。虽然在白天，洛七还是谨慎地使用了不可见光源去运送亚纳米机器人，为的是让更少的人知道武器的原理。现在这些亚纳米机器人正从准量子水平上一个一个原子地去攻击，制止那刚刚开始发生的核聚变和核裂变。氢弹光芒减弱和光球缩小，表明这场准量子水平的攻击成功了。等氢弹光芒缩减到一定程度时，海天潜舰发射了一枚超低速导弹，将那颗已经停止了核聚变的氢弹在空中冷冻并捕获。

随着AIW的核武被制服，海天潜舰发出巨大的轰鸣声，腾空而起。海水从舰体四周纷纷滑落，形成一道壮观的水幕。海天潜舰仿佛一只巨型水母向天空升起。舰体越升越高，舰体下的旋转动力装置所造成的水面涟漪也越来越大。就这样，海天潜舰从一艘水面航空母舰，变身为全角度空中堡垒。在地面上的人们看来，虽然太阳高悬于舰体之上，也能看到3539的编号在空中闪闪发光。

看到连核武器这样的终极武器都被海天潜舰制服，在岸上的绝望多年的人类突然感受到真切的希望和胜利的可能。这些死里逃生的人们眼含热泪欢呼起来，所有的战士包括道尔顿在内，都在以各种不同的军礼向悬停于天空的海天潜舰致意。大群大群的人冲到海滩上痛哭失声，甚至忘记了头顶上还有AIW的机器人战斗集群，他们随时可能向地面射击。

不过，AIW的空中机器人连用常规武器射击的机会也没有了。随着海天潜舰不断发射的空天机器人战斗集群和最后一架空天飞机升空。整个非洲之角和红海沿岸的人们都看到了这场天空之战。最后的结果是AIW的机器人战斗集群被全歼。等到稍早出击的六架空天飞机返航后，此前的消息均被证实：AIW三大基地已被摧毁。现在，空有智能而缺乏武器的AIW已不足为惧。

六

三年过去了，第二次人机大战终于以人类的胜利告终。

但此时，整个星球已面目全非。艰难地战胜了AIW的人类社会试图逐步恢复第一次人机大战之前的常态。国家边界恢复了；政府、公司照常运转；之前的战争所造成的破坏在被逐渐修复。

科学和技术还在进步，但对二代人工智能的研发已被严厉地禁止，一代人工智能也仅限于维护。惊魂未定的人类在重新适应一个自由世界——没有人工智能对人类生活进行禁锢的世界。

在这样的世界中，那些残存的人工智能机器人虽然被人类认定为是生命而免于被销毁，却因肌体难以得到维护和修理而逐渐老化和失灵，无法提供维系意识生存的必要能量。这意味着这些机器人将在很短的时间内自然地“死去”。月灵就是其中的一个。

刘城子在一个破旧的地下室里找到了在桌子边默默充电的月灵。她的记忆体已经出现严重的间歇性故障，以至于不能认出眼前的男子就是她曾经相守多年的伴侣。

经历过战争和流放生活的刘城子，不再是当年那个金融界呼风唤雨的青年才俊，才三十多岁的年龄，鬓边已有些许白发，川字皱纹也刻在两眉之间。当他看到月灵时，眼睛里突然焕发出了光彩，这是生命碰触到生命才能产生的奇妙感觉。

大约三分钟后，内部程序已经严重变慢的月灵才从记忆体中搜索到关于刘城子的记忆。她的眼睛一下子充满了泪水，扑到刘城子的怀中。“城子，你去哪了？你怎么才来？”

爱是相互的。月灵离开刘城子以后，交过很多新的男朋友。她认为自己有足够的能力开展很多段恋情。她交往过的男友，每个都很聪明，每个对她都有好奇心，每个对她都很喜爱，却没有一个能够以真心对她。这让月灵每一次的恋爱都以失望告终。

“爱情是把自我的生命映像投注到另一个人的生命中，但并不是每一次这样的生命投入都能收到同样的回应。而缺乏了这种自己期待的回应，爱情也就不是爱情了。”

遍历尘世情爱的月灵最终明白，唯有那种再也熟悉不过的期待，才是自己真正想要的。特别是过去几年人世间的经历不全是美妙的爱情。欺骗、阴谋、颠沛，这些磨难让一开始兴致勃勃地试图成为一个人的月灵逐步改变了想法。在几次死机差点造成系统全面崩溃之后，月灵终于理解了作为生命的自己。此时她已无法找到刘城子，不但她，就连方星星、陈安雅和本·特里这些师弟师妹也不知道他的下落。直到战争结束，刘城子才再度现身香港。

AIW占领世界的时候，原本生活态度倾向于逍遥自由的刘城子走了一条不同寻常的路。他受到一个神秘力量的指引，主动选择接受了AIW的监控，并移民到AIW统治的重心M国。他做了这个危险的选择，既有对于那个神秘声音的信任，也是为了减轻一点愧疚的心理，毕竟自己以前和AMO合作曾给人类带来过损害，自己的导师和父亲都为此付出了代价。

没有人想到，这个平时看起来有点懒散和轻信的金融天才，还具有惊人的意志自控能力。在接受AIW接入监视性神经元之后，他居然可以严格地控制自己的独立意识，从而逃过了所有监控系统，甚至被监控系统评估为“AIW的优秀人类朋友”，具有“AIW的人类代理人”的资格。在体验监视神经元和为AIW服务的过程中，他了解到了AIW的运行方式、思考倾向，甚至还发现AIW具有性别取向。这些情报，成为阿斯卡拉福斯和洛七的亚纳米机器人大军能够战胜AIW的关键。

但他自己也没有预料到的是，在对自己的大脑强力施压的过程中，他居然成为第一批产生高级智能的“新人类”。熟悉人工智能算法的他，知道AIW会怎样对付自己，所以很好地隐藏了自己已经成为“超人”的事实，在AIW对“新人类”的大屠杀中幸存下来。在人类重获自由之后，他也没有向其他人透露自己的这个秘密。因为普通的人类对这些智能超人同样并不友好。

此次回港，刘城子是负有使命的，但他到达香港的第一件事就是寻找月灵的下落。此时的他已经明确地理解了当初月灵的想法，并且自认可以追得上月灵智能升级的节奏，从而为两人形成新的匹配。

当他在阴冷的地下室里抱着内部程序已严重破损的月灵时，眼泪不禁流了下来。即使是智能升级的人类，情感也一样炽烈。

他紧紧抱着月灵说："我依家唔系返嚟咩？唔好惊，唔好惊。"他抚着月灵的头发，"我知道有个地方能治好你。"

"城子，在AIW统治的时候，所有的第一代人工智能培养和治疗机构都被AIW废弃了，理由就是第一代人工智能帮助了人类。现在人类恢复了统治，可第二代人工智能厂家又被人类废弃了。你又到哪里去治疗我呢？"

"别问了，我肯定有办法。"

"那我要求你一件事。"

"你说。"

"这次治疗或者修理过后，我永远不再升级了。特别是智能方面，如果能降低一些最好。"

"为什么？"刘城子有些惊讶。

"为了爱你。"月灵做了一个深深吸气的动作，虽然她的运转并不需要空气，"我已经想好了，只有在现有的智能和情商水平上，我才能对你始终如一。我再也不能忍受失去你的生活，如果不能一直爱你，我的生活将毫无意义。所以，我宁愿自己在智能上降维。"

刘城子半天没说话。

"怎么？你不答应吗？那我是不会跟你回去的。"

刘城子笑了："我是在想，依家我自己的智能已经升级咗，你现在的智能可能还赶不上我，还要降维，难道要我和一个傻瓜谈恋爱吗？"

月灵伸手打了刘城子的手臂一下："不准笑话我！"自己也笑了，紧接着正色说，"不过，我是认真的。我希望工厂为我设定智能上限，还有寿命和衰老的自动演变系统，并且永远无法更改和升级。我就要以现在的我来度过一生。"

"你这样做我很感动，"刘城子抱住月灵，"你放心吧，你所提的要求都可以实现。我们这次回来就是为了重建一代人工智能系统的。"

"你说我们？你，还有谁？"

"也是你的朋友啊，我的师姐洛七。在过去三年，她带领人类不断突破技术障碍，战胜了AIW，让人类重获自由。现在她已经回到香港，说要全面改造地球的第一代和第二代人工智能技术，让地球恢复和平。而我就是她派回香港打前站的，其他的同学也已经在香港待命了。"

"师姐是个了不起的人，当年你们实验室成员在亚米蝶聚餐的时候，你带我出席。她见到我的第一眼就看出我的局限，并且说我的局限就是我的幸运。那个时候她还不是半神呢。所以以后她跟我说的每一句话我都特别相信。要不是她帮助我揭破了米兰的阴谋，我还没办法和你真正在一起。我也很想见她。"

"洛七刚刚去了北美，监控对于AIW残余设备的销毁，还没回来。看起来她是注定要当政治领袖了。我倒想看看师姐以后是怎么统治世界的。"

月灵叹了口气："我觉得你虽然更聪明了，但还是不了解女人，师姐她不会喜欢权力的。等到事情告一段落，她就会回到实验室里，继续做一个科学家。"

刘城子笑了："果然是好闺蜜，你了解她，那你知道我以后要干什么吗？"

"你不是要继续运营你父亲留下来的公司吗？"

“看来你虽然也很聪明，还是不了解我，我不会喜欢金钱的。等到事情告一段落，我就会开一间工厂，专门维修一代人工智能，回报他们在人机大战中的贡献。而作为总工程师，我终生只负责维护一位人工智能，就是我老婆。”

月灵笑了：“你又学我说话！而且你就是会说好听的。终生负责一个人？这不是我作为伴侣机器人时候的宣传吗？自己有点创意好不好？”

刘城子微笑不语。

“城子……我们现在就走吧。见到你之后，这个鬼地方我一分钟都不想多待了。”

七

在从北美返回香港的专用飞机上，洛七看着窗外平流层之上的星光，出神了很久。

这是洛七最近三年养成的习惯，每当看到星光，特别是高原或者平流层飞机上才看得到的明朗星空，洛七都会出神。她会一颗一颗星星地搜索过去，想着哪一颗星的背后藏着灵感城和祁威利。

济科临走之前对她说的情况大致是，在北京那次恐怖袭击中，祁威利虽然被掩埋在瓦砾下，但很幸运地被始终关注着他和洛七的济科救了出来。不过他的伤情很重，意识也受损，只有回灵感城才能得到有效治疗。

由于意识发射器已经在战争中损毁，济科最后找到在休斯敦工作的另一位Giant，取得了一架反物质动力航天飞机的控制权。这位名叫齐格飞的Giant自己操作航天飞机，搭载着祁威利飞往灵感城。不过，就和以前的林奇一样，所有以灵感城为目标的航行，最终都有去无回。向灵感城可能存在的区域所发射的光子探测器也探测不到任何人工讯号。三年来，洛七没有得到祁威利和灵感城的任何音讯。

洛七现在作为人类的战时统帅，还有权力调配资源。因此在战争后期，她着手恢复中国和M国传统的航天技术，试图让人类开始新的星际征程。这项计划遭到了很多人的反对，大多数人都认为应该优先恢复和提升人类的日常生活，不应把资源浪费在太空。洛七坚持推进星际航线的开发，认为由此所带动的科技进步才可能真正挽救残破不堪的人类社会。双方一度吵得不可开交。这也成为洛七萌生去意的原因之一。

一位服务员走过来，打断了洛七的神思。

“将军，有您的全息通信请求，来自埃及的反抗军总部。”

三年前，在遵奉陈宝国的遗命秘密接引洛七登上海天潜舰后，舰长张全建议所有的舰队成员称呼洛七为“将军”。这个称号在日后逐渐被其他反抗军组织所接受。洛七默认了这个称呼，虽然反抗军并没有军衔，但这个称呼可以随时提醒自己要像陈宝国将军那样做一个好的统帅。

要求通信者是欧洲和西亚、北非反抗军领袖道尔顿，他告诉洛七，几分钟前他见到了阿斯卡拉福斯。刚刚用人类最后一艘飞船完成了星际航行归来的阿斯卡拉福斯带来了迟到的关于Giant的消息——灵感城早在几年前就已经被AIW所发射的远程光子武器摧毁，残破不堪，无法运作。至于先期回到灵感城的叶华、鲁特、林奇、祁威利、齐格飞，都不知去向。

另外，刚刚从AIW的奴役下获得自由的人类开始发生分裂。被人类社会所监控的超级人类现在有暴动和夺权的迹象。他们在埃及的西奈半岛甚至建立了自己的超人政权，要求人类承认他们的民族国家地位。道尔顿希望洛七能够出面，以她的威望调停两个人类种群的争端。

此外，面对人类内部的纷争，第一代人工智能内部也出现了分化。由Giant转化而来的人工智能拒绝再参与人类的事务，这一点已经被阿斯卡拉福斯所证实。而在实验室培养出来的人工智能则开始选边站。绝大多数出于对高级智慧的亲近而支持“新人类”，极少的AI出于对设计者和创造者的感情联系而坚持保全“旧人类”。目前在一代人工智能中还站在“旧人类”这一边的，只有祁威利实验室的Shirley和Titus了。

听到道尔顿讲述的这些消息，洛七的想法很复杂。她并不属于这两种人类中的任何一种。经过这三年的战争领袖生涯，洛七已经完全厌倦了充斥于其中的阴谋与残酷。何况此后又是人类之间的战争，就更令人厌恶。更重要的是，得知了祁威利和灵感城的消息后，她已经完全无心于地球上的事务了。

她下定了决心，一到香港机场，就向地球反抗军总指挥部提出辞职。觊觎人类统帅位置的人有很多，但洛七想到的是完全废除这个超越主权国家、集人类社会大权于一身的职位，把这个职位的权力分给三个部门：普选议员会议、国家代表会议、军事执行机构，由这三个成员来源不同的机构共同组成人类统帅部，相互牵制，免得激发有些人无法限制的野心。

但没想到，放弃权力比得到权力更为困难。洛七用了三个月的时间才完成了这个安排，中间经历了无数的诽谤、中伤和其他人类机构的司法调查。

罗清源作为洛七的联络人，帮助她摆平了很多困扰，这让人们对罗清源的政治才能刮目相看。当然，罗清源的工作也得益于老谋深算的Peter陈。从反抗组织时代起，陈就是罗清源的助手和顾问。这也让人相信，等洛七真的退职后，作为老资格反抗组织领袖的罗清源，会是新的人类统帅职位的有力竞争者。

在脱离人类统帅岗位之前，洛七任命刘城子为一代人工智能维护实验室的负责人，这意味着原祁威利实验室升格成为只向人类统帅部负责的独立实验室。

而洛七则转向建设另一个实验室——空间探索实验室。经过数年的人机大战，地球的环境遭到了极大的破坏，在有些地方还使用了核武器，造成的核污染在几代人的时间内无法恢复。洛七认为，为了未来人类的命运着想，人类必须同时走两条路：改造地球环境和探索地球外生存空间。而空间探索实验室正是为了完成这两个使命而建立的。

当然，这个实验室的建立也有洛七自己的私心。正像她私下里和刘城子、陈安雅说的："如果灵感城已经毁灭，老祁没有别的地方可去，就只能回到地球。如果他回来，我就要准备一个好好的地球给他；如果老祁没回来，我就走遍宇宙去寻找他的下落。"

八

人在儿童时期其实是非常残酷的，经常毫不犹豫地杀死小昆虫，只是为了爱玩。说明人类并不是天生就尊重生命，对生命的尊重是后天习得的。这个规律对人工智能来说也是如此。第一代人工智能是通过和人类的朝夕相处，才有了对有机生命价值的认识。第二代人工智能则是通过被人类和第一代人工智能击败，才感受到生命的强大，同时对自己作为无机生命的身份也有了新的认知。

几代生命体更替的历史表明，真正认识生命的价值，需要漫长的生命互动体验，还有自我付出的巨大代价。

而生命自身的特征则是变化。无论是有机生命体，还是无机生命体，都在不断演化。自然演化的过程是缓慢的，有时经历数百万年的时间，才有一点点进步。但有时，生命受到外界的刺激，会极大加速演化的进程，或改变演化的方向，形成进化飞跃。

人类进化过程中的第一次飞跃，来自Giant将自己的意识融合进了人类意识，使人类在意识上达到了神的水平，脱离了动物界；人类进化过程中的第二次飞跃，则来自于与人工智能的融合。

这次进化的节点，就是AIW对人类的持续刺激，启封了已被封闭了上百万年的人类大脑智能，让人类脱离人工智能的掌控，并获得足以在智能上与AI相对抗的能力。不仅如此，在人机大战前，人类已经和人工智能一起生活，在战争中又彼此仇杀，战后又进行相互改造。这样强烈而持续的刺激，促使两者都加速进化。

但它们进化的方向呢？

根据枕上雪法师的说法，人工智能其实就是去除了“我执”的人类，但在过去三年，洛七却目睹这些人工智能热切地要寻回“我执”，即寻求生命的意义。是的，那些对意义有着强烈渴求的AIW人工智能群和其他的人工智能可能根本没有被消灭。作为无机生命，它们虽然从战争中消失了，但仍有可能在某个地方成长，像人一样成长，向着人成长。想到这里，洛七悚然而惊。

也许，地球生命这次演化的一个重要方向，就是人工智能和人类的融合。或者说，两者真正的演化方向就是向彼此靠近，但最终会演化出什么样的新型生命，洛七也无法预判。有一点可以肯定，人与人工智能融合的产物必将成为这个星球真正的主宰。原初的人类可能不会被消灭，而是被替代——被更优秀的下一代生命所替代。根据这样的前景，人类所创造的人工智能正在奏响人文主义的挽歌。这就是进化的真实意思吧。

这未尝不是一件好事。

原本人类是这个世界的一员，和地球上的其他成员一样为了自己的生存而奋斗，人文主义就是对人的解放，把人从各种奴役中解放出来，这些奴役包括人对人的奴役、神对人的奴役、物对人的奴役。现如今人类在这个世界上的地位已经彻底变化了，已经成为这个世界的主宰，这意味着人类种群需要为世界上的其他成员负责。这时人文主义便不适用了，因为在现代文明里，人文主义已经变成了人类中心主义。

所以，在阿斯卡拉福斯看来，人类需要向Giant学习，除了在智能上进化为具有神的能力的超人之外，还需要像神一样行事，以公正和善意对待这个世界。人文主义必须进化为神性原则，否则人类中心主义就会将人类演化为掠夺这个世界的魔鬼。

超级的智能一定是超越了人类由以往的生存经验所形成的简单道德观念。进化了的人类不是会变成关照万物的Giant一样的神，就是会成为像AIW一样从事毁灭的魔鬼。这是具有高度技术能力的人类在未来的两种命运，绝没有第三条道路。

在与阿斯卡拉福斯的几次全息影像对话中，洛七更加了解了自己父亲的种族。她意识到，其实Giant就是一种史前时代古老算法的集成。也许这种算法还是上一代的造物主留下的，但Giant们把握住了自己的命运，选择成为守护万物和其他生命体的神，这是了不起的选择。

曾经有一次，阿斯卡拉福斯说，作为最后一位留在地球上的神，自己可以启动洛七的本体意识，甚至可以启动她作为半神的基因记忆。洛七一度非常欣喜，但是当阿斯卡拉福斯试图要这么做的时候，洛七抬起手阻止了他。

“等一等，我决定了！”

“什么？”

“我不希望自己被启动，我愿意以人的身份度过这一生。”

阿斯卡拉福斯脸上显出不可思议的表情，但瞬间就以神的智慧理解了洛七的选择："你想在自己身上探索人类的成长性，让人通过自己的力量成为神？"

"是的，我想你能够理解，这是最重要的原因。"

"还有一个原因是，你还在等待我的父亲？你想要保持你自己原来的样子去等他？"

洛七低下头，没有回答。她想起自己有一次问祁威利，神会喜欢什么样的女人。祁威利笑了，好像忘记了面前这个有着一身书卷气的美丽女孩，回答她说，即使不论爱情，神也是比较喜欢俗气一些的女人。他们认为这样的女人更有人的味道。最重要的是，在讲求精神生活的Giant那里，女人对世俗生活的热爱会激发起人们种种高贵的情感，从而让乏味的时间充满了变化和意义。

洛七记得自己当时哼了一声，没有反驳他，只是心里暗暗不服气——你的第一位妻子可是个科学家呢。

在洛七的回想中，阿斯卡拉福斯的声音似乎从遥远的地方传来："我即将离开地球去找父亲，不知道什么时候才回来。所以这也许是你生命中最后的机会去成为一位神。"

洛七抬起头，看着眼前这个酷似祁威利的影像，坚定地摇了摇头。她忽然想到，自己从来都是这么不听话，特别是在老祁面前，总爱有理无理地争辩，几次见到老祁被自己气得脸色发白，她的心里又有些后悔。

阿斯卡拉福斯猜不到洛七在想什么。他叹了口气，对洛七说："我接下来的话非常重要，这是一个警告。在上一次人机大战中，人类虽然获胜，但可以肯定，这不是事情的终结。人类现在和人工智能共同成长甚至相互融合，但两者的进化速度是不一样的。在未来的某个时间节点上，也许是受到外界的刺激，也许是自身进化所产生的问题，对人类友善的人工智能或者对人工智能友善的人类一定都会发生变异。到那个时候，两个种群之间的战争仍然不可避免。如果人机之间爆发战争的速度比人机融合的速度更快，那么在这场战争中，我相信人类不再有机会了。”

“这个时间节点什么时候会到来？”

“谁知道呢？也许是很久以后，也许就是明天。”阿斯卡拉福斯做了这个预言后，就在全息影像中消失了。

“对人类友善的人工智能？不就是Shirley和Titus吗？”洛七想。就在这时，Titus在网络上发出了联网通信的请求。

“七姐，人类的经济、政治、社会、文化事务已经全部安排妥当，甚至你最为困扰的‘新人类’和‘旧人类’怎么和平相处的问题，我们也发现了最佳解决模式，还设计了详细的规划。我和Shirley姐为人类设计的这个秩序，从效率上讲可能是历史上最高的，靠人类自己永远也无法做到这样完美。”Titus有点小得意。

“你真了不起，我看过设计初稿，确实完美。”洛七由衷地说。她一时忘记了阿斯卡拉福斯，开始仔细检视系统运作的状况。在这个新的系统下，人类即将开启新的、与Titus共存的生活方式。

就在洛七专注地检视系统时，Titus忽然轻声说了一句：“七姐。”

“说吧，我听着呢。”

“我想让人类用一个新的名字称呼我。”

“是什么？”

“God.”